Über das Buch:
Feridun Zaimoglu schickt einsame Glücksritter ins Feld – sei es im sanierten Kiez deutscher Großstädte, in den Hinterhöfen touristischer Badeorte oder in archaischen Dörfern. Auf dem Basar der Geschlechter wird hart gehandelt: rachelüsterne Ehemänner und bigotte Ex-Freundinnen, romantische Schurken, Lustagenten und unkäufliche Verkäuferinnen verstricken sich in den Tauschgeschäften der Liebe. In der beim Bachmann-Wettbewerb preisgekrönten Erzählung »Häute« kollidiert die Sehnsucht nach dem Einfachen und Ursprünglichen mit den kruden Gesetzen kapitalisierter Bedürfnisbefriedigung. Die gebrochenen Helden leben in der modernen westlichen Wirklichkeit und wollen ihr um jeden Preis entkommen. Aber der Weg zurück in die Welt aus Altväterglauben, Ritualen und Reliquien bleibt verschlossen. Der Leser spürt die Sehnsucht, die sie treibt, und den Schmerz, der sie quält.
Der begnadete Sprachschöpfer Zaimoglu fesselt mit alttestamentarischer Wortgewalt und poetischen Bildern. Staunen macht, wie der Erfinder der »Kanak Sprak« jenen Zauber einfängt, der den flüchtigen Augenblicken des Glücks innewohnt. Denn entgegen aller Wahrscheinlichkeit klopft plötzlich das Herz, wenn die Liebe springt.

Über den Autor:
Feridun Zaimoglu, geboren 1964 im anatolischen Bolu, lebt seit mehr als 30 Jahren in Deutschland. Er studierte Kunst und Humanmedizin in Kiel, wo er seither als Schriftsteller, Drehbuchautor und Journalist arbeitet. Er war Kolumnist für das Zeit-Magazin und schreibt für die Welt, die Frankfurter Rundschau, Die Zeit und die Frankfurter Allgemeine Zeitung. 2002 erhielt er den Hebbel-Preis 2003 den Preis der Jury beim Bachmann-Wettbewerb in Klagenfurt und 2004 den Adelbert-von-Chamisso-Preis. Im Jahr 2005 ist er Stipendiat der Villa Massimo in Rom.

Bisher erschienen:
Titel bei K & W: »German Amok«, Roman, 2002. »Liebesmale, scharlachrot«, Roman, KiWi 675, 2002. Weitere Titel: »Kanak Sprak – 24 Mißtöne vom Rande der Gesellschaft«, 1995. »Abschaum – Die wahre Geschichte des Ertan Ongun«, 1997. »Koppstoff – Kanak Sprak vom Rande der Gesellschaft«, 1998. »Liebesmale, scharlachrot«, Roman, 2000. »Kopf und Kragen«, Kanak-Kultur-Kompendium, 2001.

Feridun Zaimoglu
Zwölf Gramm Glück

Erzählungen

Kiepenheuer & Witsch

3. Auflage 2008

© 2004, 2005 by Verlag Kiepenheuer & Witsch, Köln
Alle Rechte vorbehalten. Kein Teil des Werkes darf in irgendeiner Form
(durch Fotografie, Mikrofilm oder ein anderes Verfahren) ohne schriftliche
Genehmigung des Verlages reproduziert oder unter Verwendung elektronischer Systeme verarbeitet, vervielfältigt oder verbreitet werden.
Umschlaggestaltung: Barbara Thoben, Köln
Umschlagfoto: © photonica/Jason Hindley
Autorenfoto: © picture alliance/dpa
Satz: Greiner & Reichel, Köln
Druck und Bindung: CPI – Clausen & Bosse, Leck
ISBN 978-3-462-03630-5

Für Loulou Dakar

Diesseits

**Fünf klopfende Herzen,
wenn die Liebe springt**

In der Hochsaison des Widerstands verließ ich mich auf eine Frau. Ich hatte noch achtunddreißig volle Tage zu leben, und dann wollte ich, ohne Rücksicht auf eine mögliche gute Wendung, einfach nach Plan Selbstmord begehen. Ich wußte, wie man sich die Pulsadern aufschneidet, ich kannte den kurzen Weg zum Tod. Ich hatte in Gedanken ein Unglück durchgespielt, das ich aus anderen Szenarien kannte, die Jungs trauten sich erst beim vierten Bier davon zu erzählen wie ihre schönen aufgeschickten tadellosen Traumfrauen durchknallten, und die Jungs mußten sich tadellos benehmen, eine große Schuld brannte sie aus und verwandelte sie in furchtbar frostige Jammerlappen, ich wußte nicht, wie ihnen zumute war, und hörte ihnen trotzdem zu. Das erklärt meine damalige Verfassung am besten: ein Bekannter, ein Freund oder ein bis dahin Unbekannter redet vor sich hin, und ich bin der Beisitzer, ab und zu werde ich um meine Meinung gefragt, und ich gebe eine läppische Bemerkung zum besten. Ich hatte noch nicht wirklich mit dem Leben abgeschlossen, und ich schluckte auch jeden Tag Vitamin- und Calciumtabletten, ging zum Bäcker und Zeitungsladen, setzte mich an den Schreibtisch und schrieb an den Kurzgeschichten, für die ich mich nicht zu schämen brauchte.

Meine Finger bewegten sich über und auf der Tastatur, und wenn es klackte, wußte ich, es ist Zeit, daß ich mir die Nägel schneide. Ich hasse das Schlammweiß der Abenddämmerung, eindeutig hell und eindeutig dunkel sind meine Lieblingsfarben, deshalb gehe ich mittags und nachts aus dem Haus. Damals aber war ich skrupelloser, ich verließ meine Wohnung, wann immer mir der Sinn danach stand. Ich wußte, jeder Tag bringt mich meinem Ziel näher, bald würde ich bis zur Stopplinie aufgeschlossen haben, und ich würde endlich heraustreten aus der Gemeinschaft der gewachsten und geschwefelten Menschen, der Finanzoptimierer mit ihrer hundert Prozent Kapitalgarantie, ich dachte, bloß raus aus der bürgerlichen Welt, die mich und uns belagert, ich dachte wirklich: scheiß drauf, komm ihnen zuvor, mach dich vor dem finalen Termin kaputt, den sie dir gesetzt haben, kaputt bist du nicht mehr auf sie angewiesen, bist du nicht mehr angreifbar, bist du nicht mehr. Der Trümmerlandschaft um mich herum wollte ich keinen Sinn einhauchen, und daher mochte ich auch keinen Abschiedsbrief hinterlassen, mein Tod war mir versprochen, und ich würde ihn besiegeln, und in der Zwischenzeit schrieb ich meine Geschichten, Punkt.

Ich habe mich nicht umgebracht, sie kam dazwischen. Der achtunddreißigste Tag vor dem Ende fing vielversprechend an: ein Fagott-Trio spielte unter meinem Fenster ein herzzerreißend schwermütiges slawisches Volksstück, und ich hielt kurz inne beim Anziehen, das rechte Bein schon halb in der Hose und die Hände am Bund, die Russen spielten, und es erwischte mich das erste Mal an diesem Wintertag. Ich stand in der Küche – dort spielt sich mein halbes Leben ab – und sah die leeren Mineralwasserflaschen, das Abtropfsieb aus Plastik, die Fertigsuppen in Beuteln, ich sah die Mappen und Aktenordner mit den Mitteilungen und Mahnschreiben vom Finanzamt, und den Krimskrams, den man behält und sammelt, obwohl man dafür keine Verwendung hat. Je mehr ich arbeite, desto mehr hafte ich an den Zwängen des Betriebs, ich hangele mich von einem Abgabetermin zum nächsten, und während sich andere Leute besaufen, bekiffen und verlieben, sitze ich auf meinem Arsch und tippe Seiten voll, und wenn die Türken in der Wohnung über mir wieder einmal Krach schlagen, stehe ich auf, steige auf den Stuhl und klopfe mit dem Besenstiel gegen die Decke. Meine Exfreundin hielt mich deswegen für einen Spaßverderber, und irgendwann ist sie ausgebüxt und hat sich einen fidelen Luftgitarristen geschnappt, einen tollen Typen mit dreifach gepiercter Zunge und einem Drachenkopf auf dem Bizeps, den er durch Muskelspiel zum Leben erweckt. Er ist ein ständiges Mitglied der Szene im Schanzenviertel. Hier in der Schanze gelten vielleicht andere Regeln als in der Hamburger Reststadt, jedenfalls glauben das die Zuzügler aus den Kleinstädten. Wenn man aber die Hauptstraße, die Lebensader zwischen der Julius- und Eifflerstraße, abgeht, erkennt man die eindeutigen Zeichen der Yuppiesanierung, die jedem linkskulturellen Milieu blüht: auf der rechten Straßenseite wechseln sich Fischrestaurants, portugiesische Stehcafés, Goldschmuckläden und Nostalgiemöbelmärkte ab. Die schicken Dreißiger trinken ihren Galao oder spanischen Rotwein und schauen hinüber auf die andere Straßenseite, auf der man die Wahl hat zwischen dem Kampf um den nächsten Schuß und dem Kleinkrieg gegen die bestehende falsche Ordnung. Vor dem Fixstern stehen die Junkies, in der Roten Flora wohnt das Technische Personal der Revolution, meine argwöhnischen aufgeregten Freunde, die mir wegen meiner Verbürgerlichung Vorhaltungen machen. Ich liebe sie trotzdem, weil sie eine ungefähre Vorstellung davon haben, wie man es ohne Yoga und esoterischen Quatsch binnen einer Woche schafft, wirklich frei zu atmen: ein Werbeagenturknecht muß einfach aufhören, von der Wertschöpfungskette zu schwätzen, und schon ist er sein eigener Herr, ein blutjunges Fernsehsternchen muß nur ihre Brüste in die Körbchen wieder versenken, und schon glaubt man ihr, wenn sie von subtiler Frauenmacht spricht. Ich weiß, ich bin ein Romantiker, und wenn ich mich deswegen rechtfertigen muß, beziehe ich mich auf meine Ex-Freundin, eine Vegetarierin mit einem Heißhunger auf Spaghetti carbonara. Sie setzte Sojahackgranulat in Brühe an, es quoll auf und sah aus wie Hackfleisch, schmeckte aber wie Fleischersatz. Sie hat es tapfer verspeist, sie schmatzte sogar beim Kauen. Ihr Verzicht auf Rinderhack tat ihrer chronisch guten Laune keinen Abbruch, sie war beseelt von einer Idee, und die Idee bekam ihr. Ich vermute, das ist kein einleuchtendes Beispiel, doch darum geht es ja – wenn man fühlt und romantisch ist, liegt man immer daneben.

Ich habe mich schließlich doch aufraffen können, in die Hose zu schlüpfen, die Russenmusikanten zogen weiter, vormittags halten sich auch in meinem Viertel die Menschen ungern bei Pflasterkünstlern auf. Der

Bürgersteig war vereist, die Räumwagen hatten über Nacht den Schnee von der Straße an den Bordstein gepflügt, ich stapfte in die Kämme aus braunem Matsch, das Wasser lief mir in die Turnschuhe, und ich bekam auf halber Strecke nasse Füße. Vor den drei Geldautomaten der Sparkasse standen die Leute Schlange, unter dem Vordach der Bank saß Gerd im Schlafsack und bat um fünfzig Cent oder eine Zigarette. Hätte ich mich nicht zu ihm gewandt und die Hand zum Gruß erhoben, hätte ich dem Mini Cooper gerade noch ausweichen können, der aus einer Parklücke herausschoß, und die in diesem Moment vor Wut überhitzte Frau am Steuer hätte, statt das Bremspedal durchzudrücken, weiter beschleunigt, mir laut hupend im Rückspiegel den Vogel gezeigt und einen Anlaß gehabt, ihrem Ärger Luft zu machen. Statt dessen erwischte es mich zum zweiten Mal an diesem Tag, sie erwischte mich eigentlich nur mit dem Kotflügel, ein heftiger Schlag von der Seite. Ich ging zu Boden und setzte mich in den Matsch, ich weiß noch, wie ich zwischen meinen Beinen in den schmutzigen Schnee griff, so als könnte ich es nicht fassen, und dann saß sie auch schon neben mir, ich gaffte auf ihre Beine und dachte, das darf sie nicht tun, sie holt sich noch eine schlimme Erkältung. Dann hob ich den Kopf und schaute sie an, ich sah sie sprechen, aber ihre Worte drangen nicht zu mir durch, sie hatte wunderbar grünblaue Augen. Plötzlich verklang das Rauschen in meinen Ohren, und ich konnte sie verstehen, sie war besorgt und tastete mich seltsamerweise auf irgendwelche Knochenbrüche ab, ich sagte, daß ich keine Schmerzen hätte, ich sagte, sie könne mich stützen und in den ersten Stock des gelben Hauses dort begleiten, und als sie mir aufhalf und das Eiswasser von meinem Hosenboden troff, nahm ich mir vor, den Schock nicht einfach abzuschütteln. Sie sollte eine Stunde dableiben, denn dann, spätestens dann, hätte ich mich in sie verliebt.

Ich habe mich in sie verliebt, denn sie kam um vor Sorge und rechnete mit dem Schlimmsten, eine schöne Totschlägerin hätte sie abgegeben. Ich schickte sie gleich wieder auf die Straße, die Beschaffungskriminellen und die Politessen sind rund um die Uhr auf Raubzug unterwegs, ein nicht abgeschlossener Wagen in zweiter Reihe ist leichte Beute. Die Hose klebte schwer und naß an der Haut, ich fror erbärmlich, also zog ich mich in der Küche um. Die Wollsocken verfingen sich am Hosensaum, schwer atmend bückte ich mich und zupfte ungeschickt herum. Plötzlich flog die Tür auf, beim Anblick meines wie ein Erpelbürzel gereckten nackten Hinterns bekam sie prompt einen Lachanfall, sie lachte, wie ich noch keine Frau lachen gehört habe, und ich floh, beide Hände auf meinem Geschlecht und die verdammte Hose an den Fußknöcheln, ins Bad. Als ich zurückkam und sie fragte, ob ich ihr Instantkaffee anbieten könne, lachte sie erneut los, und ich mußte breit grinsen, weil sie sich dabei wirklich schüttelte, ihr Haar geriet in Unordnung und stand nach allen Seiten ab, und ihre Wangenröte war beachtlich. Obwohl ich sie nicht darauf angesprochen hatte, erzählte sie, daß sie als Kind gern draußen in der Kälte gewesen sei, und dann, sie war fünf und saß auf dem Schlitten, den ihr Vater zog, sei ihr Gesicht erfroren, seitdem bekomme sie Apfelbakken, auch zu unpassenden Gelegenheiten. Zum letzten und dritten Male erwischte es mich an diesem Tag, mein Herz stand in Flammen, das ist die ganze reine Wahrheit. Sie war nicht neugierig, sie fragte mich nicht aus, sie zeigte nur auf den Hirschkopfmagneten an der Kühlschranktür, sie habe auch Hirsche an ihrer Pinnwand, und auch ihnen seien die Geweihe nach und nach abgebrochen, sie sähen aus wie fette Antilopen. Dann wollte sie wissen, ob das Ding auf dem Boden ein Tischstaubsauger sei, und ich erzählte, daß Gerd, der junge Berber um die Ecke, neben seiner Haupttätigkeit als Schnorrer auch abstruse Gebrauchsgegenstände vertreibe, woher er sie beziehe, bleibe sein Geheimnis, und das Ding sei übrigens eine Dampfputzdüse, die den Kalk von der Badezimmerarmatur sprenge. Darauf folgte ein weiterer Lachanfall, und ich konnte mich an ihr nicht satt sehen. Angelockt von den Polizeisirenen, stellte ich mich ans Fenster, der Krawall war auf späte Nacht angesetzt, bestimmt mischten sich die Zivilbullen unters Volk, lauschten den Gesprächen und gaben die aktuellen Gerüchte an die Zentrale weiter. Gestern hatte ein Freund von der Roten Flora, ein Anarchosyndikalist, von dem bevorstehenden Zusammenprall der Kontingente gesprochen, und er nannte die vermehrte Polizeipräsenz in der Schanze eine Provokation. Ich drehte mich zu ihr um und fragte sie nach ihrem Namen, Lulu, sagte sie, und du? Fernando, sagte ich, ich schwöre, es ist mein Taufname. Wir blieben eine Weile still und dachten über diese beiden Namen nach, Lulu und Fernando, es hörte sich nicht schlechter an als Frieda und Karl-Johann. Mittlerweile spürte ich die Schmerzen an meiner linken Seite, das würde große blaue Flecken geben, mir fiel einfach kein interessanter

Gesprächsstoff ein. Sie blickte auf ihre Armbanduhr, ein Gucci-Imitat, sprang auf und sagte, sie sei mir etwas schuldig, ich müsse heute abend zum Eisenstein in Altona kommen, dort würde sie kellnern, und sie würde mir eine Pizza meiner Wahl vorsetzen. Bis dann, rief ich ihr nach – sie war eine knappe Stunde dageblieben, und es hatte gereicht, ich sog die Luft ein, ihr Parfüm kitzelte mich an der Nase.

Der Ärger, sagen die Bürgerlichen, liegt in der Luft, dort wo die Revoluzzer sich verschanzen und absondern, die Staatsgewalt und ihre Knüppel-bewehrten Truppen müßten einschreiten und zumachen, die Löcher zupfropfen, keinen Fußbreit den Ratten, das steht sogar im Feuilleton. Es fing alles damit an, daß zwei Streifenbullen einem Obdachlosen einen Platzverweis aussprachen, der damit nicht zurechtkam, weil er keinem Außenstehenden erlaubte, in sein System einzudringen. Der Berber war nicht mehr von dieser Welt: er blieb alle paar Schritte stehen und machte vor einer imaginären Macht einen Bückling. Er verwehrte allen den Zugang zu seinen Einbildungen, nur ein einziges Mal sah ich ihn auf den Treppenstufen eines Hauseingangs sitzen und ein zivilisiertes Gespräch mit einem Freund von der Flora führen. Ein irrer Lumpen-Rastafari in seiner kleinen Welt der Zwänge. Er tat keinem weh, und es gab niemanden, der ihn scheuchen wollte, weil er am falschen Platz stehenblieb. Manchmal kümmerten sich die Bibelenthusiasten vom »Spiritueller Shop« um ihn, sie gaben ihm Brot und Wasser, in ihre Andachtsräume konnten sie ihn aber nicht locken. An jenem fraglichen Nachmittag also stellten sich dem Mann die Bullen in den Weg, sie sagten, der Mann solle seinen Ausweis vorzeigen, und als er nicht reagierte, sprachen sie ihren Platzverweis aus, und als der unansprechbare Mann mit seinen Kotaus nicht enden wollte, glaubten sie, er mache sich über sie lustig, und sie schubsten ihn, vielmehr, sie rüttelten ihn durch, und er fiel hin. Sie umringten den Irren am Boden, er schrie, wie jeder schreien würde in Erwartung einer kommenden Verletzung, denn tatsächlich mußte man ihn später wegen eines Trümmerbruchs an der Handwurzel behandeln. Die Streifenpolizisten wandten sich zum Gehen, und ehe sie sich's versahen, waren sie von aufgebrachten Rotfloristen umringt, ein Wort gab das andere, »Schweine« schallte es ihnen entgegen, als »Prügelschergen« wurden sie beschimpft, man riet ihnen abzuhauen, sonst würde es was auf die Backe geben. Wenig später rückten Streifenwagen mit Blaulicht an, und die Meute zerstob, einige wenige wurden gestellt und zur Vernehmung mitgenommen. Man kündigte Vergeltung an für kommende Tage, man wollte »den Schergen« entgegentreten, die Söldner, wie man sie nannte, hatten einen armen Irren niedergemacht, und die Feigen gehen nicht ein in das Himmelreich, sagten die Bibelenthusiasten, denn wir alle steckten und stecken unter einer Decke, die Evangelisten, die Rotfloristen, die Passanten und die Gastronomen. Und wo war ich zu der Zeit? Ich lag auf meiner Matratze und dachte über meinen Selbstmord nach, und dann stand ich auf und stellte mich wie so oft ans Fenster, mir fielen die Menschen auf, die alle in eine Richtung schauten, und ich sah sogar die Floristen durch den Seiteneingang hinaustreten, ich konnte mir vorstellen, daß wieder einmal der Ernstfall eintrat, und vom Ernstfall bis zur Eskalation ist es hier immer nur ein kleiner Schritt, die Leitungen laufen heiß, und am Ende behalten die Schwarzvermummten recht, die fest davon überzeugt sind, daß der Friede ein fauler sei. Von meinem Krähennest aus blickte ich hinab auf die Augenzeugen einer eskalierenden Situation, ich wollte nicht mehr als die Zimmerwärme und die Schreibmaschine im Rücken. Ich denke: wer sich beteiligt, nimmt Schaden. So bin ich.

Bis zum Abend hatte ich viel Zeit totzuschlagen. Ich habe nichts geschrieben, kein einziges Wort. Eine beginnende Liebe, eine Liebe, von der man nicht einmal weiß, daß man sie fühlt, ist ein Schwächeanfall, nein, eine Folge von Schwächeanfällen, und die Minuten dazwischen verziehen sich ins Maßlose, wie als würde man auf den Stundenzeiger starren und warten, bis er endlich den nächsten Strich überschneidet. Ich wollte nicht immerzu auf die Uhr starren, und obwohl ein Schneeregenschauer niederging und kleine Hagelkörner gegen die Fenster prasselten, machte ich mich auf den Weg, wohin, das würde sich noch zeigen. Damals trug ich die Haare lang, dicke Locken grenzten mein Sichtfeld ein – wenn ich zur Seite blickte, mußte ich den Kopf drehen, und weil ich meinen Kopf ungern bewegte, war es auch leicht, mich von der Seite anzufallen. Dies bißchen Gefahr gefiel mir. Die Wandzeitung der Roten Flora gab Gefechtsalarm, ein revolutionsmüder Anwohner hatte dazugekritzelt, er glaube, wegen des guten Fernsehprogramms und schlechten Wetters würden die Schleimschnecken ihre Digitalquadrate nicht verlassen. Ich verließ meine Wohnung, ich verließ mein

Viertel, ich verließ meine Leute, den aufgespannten Regenschirm hielt ich schräg in den Wind, mein Nacken war ungeschützt dem Regen ausgesetzt, ein herrliches Gefühl. Ich verharrte und ging, mal stand ich an der roten Ampel und las einen in Augenhöhe angeklebten Werbezettel, auf dem eine Werkstatt für Unikatschmuck zu einem Tanz mit einer Elfe einlud; mal schaute ich einem Welpen hinterher, der vergeblich versuchte, ein windverwirbeltes Blatt mit der Schnauze zu schnappen. Ein Pokalstudio versprach Gravuren aller Art, Vereinsbedarf und Fußballfanartikel. Ich stieß mit fremden Menschen zusammen, und es war mir egal, denn so viele Dinge lagen außerhalb meiner Möglichkeiten, ich war fast stolz darauf, den Mund zu halten und krumme Gedanken zu hegen. Irgendwann schien es mir auch unwichtig, den richtigen Zeitpunkt abzuwarten, und so betrat ich, nach einem langen Gewaltmarsch, die Zeisehallen, ich betrat das »Eisenstein«, setzte mich an den ersten freien Tisch, blickte auf sie und sah sie, ich sah nur sie, es gab in diesem großen Saal keine andere als Lulu. Sie wirkte verblüfft, mich so schnell wiederzusehen, sie wickelte gerade die weiße Kellnerschürze um die Hüften, sie sah aus wie eine Schauspielerin, die sich für ihre Rolle umkleidet. Sie sprach kurz mit den beiden Afrikanern hinter dem Pizzatresen, dann kam sie an meinen Tisch, und bevor ich zu einer Erklärung ansetzen konnte, sagte sie, ich solle sie in den Hinterhof zum Zigarettenrauchen begleiten. Fünf Minuten habe sie herausschlagen können, sie könne sich nicht um mich kümmern, ich solle zum Arzt gehen, bitte. Der Glanz auf ihren Lidern war unbeschreiblich. Ihre schlanken, in geradezu zierlichen Kuppen auslaufenden

Finger waren unbeschreiblich. Sie nahm einen tiefen Zug, sie sei wütend gewesen, und die Wut habe einfach ihren Blick getrübt, sonst fahre sie immer in nüchterner Verfassung. Nüchterne Verfassung – ihr etwas altmodischer Zungenschlag gefiel mir. Und weil ich nicht nachfragte, wer oder was diesen Ärger provoziert habe, erzählte sie, nach zwei tiefen Zügen, ihre beste Freundin habe sich von einem verheirateten Mann schwängern lassen, und sie wolle das Kind und ein anderes Leben als junge Mutter. Sie ließ die Zigarette fallen und trat sie mit ihrer Zickenpusche aus, Schlangenlederimitat, Stilettabsätze. Wir gingen wieder hinein, die Schleifen ihrer Schürze wippten bei jedem Schritt. Ich wollte mich schon an meinen Platz begeben, doch sie stellte mir erst einmal die Afrikaner vor, sie hießen Gottfried eins und zwei, hochseriöse Ghanaer im weißen T-Shirt und in weißer Hose, sie verteilten die Soße auf der ausgerollten Pizza, und für den Pizzateig war ein gewisser Darius zuständig, ein nicht ganz koscherer Aussiedler. Wenn Bewegung in sein Gesicht kam, sah es aus wie erstarrendes Wachs. Ich schlängelte mich durch eine Gruppe von Musicalbesuchern wieder zurück an meinen Tisch und vertiefte mich in die Speisekarte, Barbarie-Ente, Lammkarree und Wildschwein, ich war, um mit Lulu zu sprechen, zu sehr in nüchterner Verfassung, um mir damit den Magen zu verderben. Und dann stand sie plötzlich bei mir und zückte einen Bleistiftstummel, dessen Minenspitze sie wie ein Buchhalter anfeuchtete, beinahe hätte ich bei ihrem Anblick jede Kontrolle fahren lassen, bestellte aber beherrscht eine Quattro Stagioni und verstand es nicht, daß sie auflachte, sie knickte an ihrem Körperschwerpunkt unterhalb ihres Nabels ein und schüttelte sich vor Lachen. Als sie sich einigermaßen beruhigt hatte, verriet sie mir, daß der hanseatische Spießer aus seiner Unentschiedenheit eine Tugend mache und die »Multibelagpizza« bestelle: zu je einem Viertel Artischocke, Salami, Schinken und Pilze. Wenigstens hatte ich mich nicht wie die schlimmsten Spießer für den krossen Spinatteig mit einem Ei in der Mitte entschieden. Sie stand, ich saß, und weil ich in diesen Dingen altmodisch bin, stand ich auf und sagte: Ich werde bald so stark sein, daß ich dir deine Trauer vertreiben kann – natürlich nur dann, wenn du es zuläßt. Lulu schaute mich lange an, fast schien es mir, als studierte sie mein Gesicht. Ich habe Kopfschmerzen, sagte sie, und schon sprang ich auf und bat sie, zu warten und nicht wegzugehen. Ich stürmte aus dem Eisenstein, ich lief so schnell, daß mir die Hacken auf die Arschbacken trommelten, und endlich fand ich einen türkischen Tante-Emma-Laden, in dem ich eine Halbliterflasche Anisschnaps und zehn Ingwerwurzeln erstand, ich legte einen Zwanzig-Euro-Schein auf den Geldteller und wartete das Rückgeld erst gar nicht ab. Keine zehn Minuten später war ich wieder zurück, sie war gerade dabei, meine Spießerpizza zu servieren, und ich wies sie an, so viele Ingwerwurzeln wie möglich in den Schnaps einzulegen, und in einer halben Stunde würde ich mit der Behandlung ihrer Kopfschmerzen anfangen. Sie lächelte, sie lachte nicht, sie lächelte. Mittlerweile waren alle Tische besetzt, sogar am Katzentisch neben dem Garderobenständer saßen drei Pärchen dicht an dicht und mit eingezogenen Ellenbogen. Die Kundschaft bestand aus den Angehörigen der gehobenen Kulturschicht, den typischen Pop- und Pornomodels einer Großstadt, Bürgerlichen und ihren Kleinkindern, die in Rüschenröcken oder gebügelten Jeans steckten. Ein bleicher Jungpoet hustete manieriert in die Hand, und seiner Freundin fiel vor lauter Langeweile nichts Besseres ein, als die Papierserviette in Stücke zu zupfen. Ich kannte ihn von seinen Gedichten, er hatte ein Poem verfaßt, in dem er beschreibt, wie er oder sein Alter ego die Beine auf einen Bandscheibenentlastungswürfel aus Schaumgummi legt und Apfelsaft trinkt. Ich habe die Wand über meinem Bett mit den vierzehn Seiten dieses Poems tapeziert, ich kann es stellenweise aus dem Kopf zitieren, ich wünschte, ich hätte es verfaßt. Ihm meine Huldigung offen auszusprechen kam mir doch zu blöd vor, ich klebte auf meinem Stuhl und dachte beim Pizzaessen darüber nach, ob sich der achtunddreißigste Tag vor meinem unangekündigten Selbstmord zum Guten oder zum Schlechten wenden würde. War sie die Frau meines Lebens, oder hatte sie einen Freund, einen Geliebten, einen Mann? Eine solche Frau wie sie mußte eigentlich einen smarten Italiener an der Leine führen. Ich verscheuchte die bösen Gedanken, und wie als hätte sie nur darauf gewartet, erschien sie und sagte, die halbe Stunde sei um. Ich folgte ihr zum Hinterhof, sie drehte einen Zinkeimer um, stellte ihn auf den Boden und setzte sich, die Augen fest geschlossen, die Wimpern zuckten wie bei einem Kind, das von niedrig fliegenden Vögeln träumt, deren Schatten es streifen. Ich fischte zwei Ingwerwurzeln aus der Salatschüssel und begann sanft und in kreisenden Bewegungen ihre Schläfen zu massieren. Nach einigen Minuten schlug sie die Augen wieder auf und sagte, sie kenne meine Hände nun besser als mich, und sie wüßte nicht, ob sie bereit sei, daran etwas zu ändern. Ihre Schläfen waren von der Ingwermassage gerötet, und die Röte färbte auch ihre hohen festen Jochbeine, ihre Wangen, ihren Hals. Ohne große Scham gestand ich ihr, daß ich ein Liebeslaie sei, und noch willens, in Schwierigkeiten zu geraten; ich wüßte, ich sei in einem Alter, da ging alles oder wenigstens das meiste, und in einem Jahr würde ich anfangen, die Menschen nach den Distanzen zu beurteilen, die sie wahrten zwischen sich und den Spießgesellen aus der Vergangenheit, und vielleicht bald würde auch ich behaupten: hinter mir ist Gerümpel, vor mir sind Prothesen. Sie verstand kein Wort, ihr Gesicht zwischen den rotierenden Ingwerwurzeln strahlte mich nur an, und ich stockte mitten in meinem Dichterquatsch und bat sie, mir zu erlauben, sie nach ihrer Schicht abzuholen. Sie sagte, sie müsse bis um zwei Pizza schleppen, und vor Freude biß ich in die Ingwerwurzel und nahm einen kräftigen Schluck aus der Salatschüssel.

Die Hauptströmung erfaßte mich, ich trieb ab von der Böschungskante und konnte noch knapp den Kopf über Wasser halten. Oder einfacher: Eine Frau berührte mich, ich glaubte, sie sei ein Traumbild, ein mir unerklärliches Phänomen, und obwohl ich mir ins Fleisch kniff, verflog die Schönheit nicht. Oder mystischer: Die Wölfin entdeckte mich auf ihrem Beutezug, und als ich ihr die Kehle hinhielt, fletschte sie die Zähne, und ich tat es ihr gleich. Oder problematischer: Wir sprachen und sprachen und sprachen, und doch sah sie keine gemeinsame Liebesbasis, ein Mann konnte ihr gestohlen bleiben ...
Während ich im Schneeregen zu meinem Viertel zu-

rücklief, malte ich mir ungewisse Ausgänge, böse Enden und, zwischendurch, Erlösungsfabeln aus, ich war eindeutig nicht bei Sinnen. Zum ersten Mal seit langer Zeit hatte ich das Gefühl, wirklich zu leben und zu erleben, denn meist verhielt ich mich in guten wie in schlechten Situationen passiv, wußte ich doch, sie ließen sich immer zu einer Geschichte umschreiben. Die Schaulust verging mir, ein halber Tag hatte genügt, um mich von einem Gelegenheitskomparsen in einen potentiellen Liebhaber zu verwandeln. Ich starrte nicht mehr durch die starke Linse, daß sich die Bilder auch zu einer Momentaufnahme fügten. Ist man verliebt, neigt man zur Selbsttäuschung, das mag richtig sein – ich wollte es aber so und nicht anders.

Im Schulterblatt traf ich auf kleine Verbände, fünf- bis zehnköpfige Gruppen, dem Ausbruch entgegenfiebernde Floristen und Sympathisanten, die mich, ihren halben Genossen, zur Teilnahme aufriefen. Es würde einen Knall geben, das war sicher. Vor dem kahlen Efeu an der Fassade eines Flora-Anbaus wärmten sich einige Vermummte ihre Hände an den Flammen, die aus einer Tonne herauszüngelten. Ein Berber kam herbei, man machte ihm Platz. Immer mehr Menschen strömten ins Viertel und wußten zu berichten, daß die Einsatzfahrzeuge mit Martinshorn und Blaulicht unterwegs waren, die Wasserwerfer wurden im Hintergrund gehalten – sie würden anrücken, wenn die Bullen auf größeren Widerstand stießen als vermutet. Man würde ihnen einen schönen Empfang bereiten, denn aus unserer Sicht waren sie die Chaoten, bessere Wirtshausschläger in dummen Uniformen, und die Frauen unter den Schlägern zogen die Knüppel besonders heftig über die Köpfe, mit dem Schlagstock in der Hand waren sie Geschöpfe der Männer und würden es auch bleiben. Für die Bullen war es auch einfach – sie zogen zu Felde gegen Ölaugen, Schmocks und Zecken, der Gummiknüppel traf immer den Richtigen, und sie verkauften es anschließend als Wiederherstellung der öffentlichen Ordnung. Heute abend, dachte ich, heute könnte es was werden, könnte es anders laufen, und in meiner Erregung lief ich von einer Gruppe zur nächsten, mir war klar, daß ich mich wie ein Zivilbulle verhielt, der Stoff für seine brandneue Meldung sammelt. Das Feuer aus der Öltonne zeichnete Schattenrisse von auf und ab gehenden Gestalten auf das Kopfsteinpflaster, ein Gedränge, als käme ein Stamm zusammen und hielte Nachtwache vor einer Ruine, die aufzugeben außer Frage steht. Ich mußte gleich fort und weg, später wäre es unmöglich, hinter die Linien, hinter die Polizeikette, zu kommen. Und ich wandte mich ab, vielleicht war es schäbig, vielleicht würden sie, meine halben Genossen, mir zu Recht vorhalten, ich sei ein Randaletourist, der sich trollt, wenn es zu brenzlig wird. Wie konnte ich mit ihnen über meine Liebe sprechen? Das Private ist nicht politisch, es steht manchmal der politischen Tat im Wege. Mit meiner vagen Abneigung gegen alles, was siegen gelernt hat, stand ich zwar nicht alleine da – doch eine Ausschreitung zu verpassen, weil man eine Frau abholen will, geht zu weit.

Keine zwei Häuserblocks weiter stiegen die Bullen gerade aus den Einsatzwagen, der Körperpanzer unter ihrer Uniform ließ sie wie ungelenke Gladiatoren aussehen. Der Zugführer gab über Funk die Koordinaten durch. Als ich die Plexiglasschilde sah, wußte ich, sie würden sie zu einer fugendichten Reihe schließen und im Eilschritt vorrücken, und die laufende Mauer würde alles aus dem Wege räumen, was nicht rechtzeitig zur Seite quoll. Einige Männer saßen auf dem Gußstahlgitter um eine einzelne Ulme herum und schnallten perforierte Schutzschalen an ihre Oberschenkel, ein unförmiger Hüne stützte sich auf einem Betonpoller ab und setzte seinen Helm auf. Es war die Zeit kurz vor dem Zusammenprall, auf der anderen Seite würden sich meine Freunde auch rüsten ...

Sie wartete auf mich vor dem Torbogen der Zeisehallen, und sie beobachtete mich, wie ich näher kam, und vielleicht hat sie mir meine aufkommende Unsicherheit angesehen, ich wollte sie nicht mit einem Kuß auf den Mund verschrecken, aber ich brannte geradezu darauf, ihr Gesicht mit Küssen zu bedecken. Sie gab mir einen Kuß auf die Lippen und schob mich sanft weg, hinter ihr die erlöschenden Lichter im Saal. Der Himmel hatte sich ergossen, und ein stumpfes Perlmutt durchmischte das kalte Winterblau, der Eisglanz ließ die Straßen wie Fabelpfade erscheinen, da und dort, wie Rußstreifen auf der Haut, der Gummiabrieb von Reifen. Ein voreiliges Wort hätte alles zunichte gemacht, sie, die neben mir leise Atemwolken ausstieß, wäre verschwunden, ohne ein Wiedersehen zu versprechen. Sie war erschöpft, und sie vertraute sich mir an, vielleicht überließ sie mir einfach die Entscheidung, ich empfand das Glück, sie in meiner Nähe zu spüren, und gerne hätte ich ihr gesagt: Lulu, du bist mein Glück, und was bist du doch für eine wunderbare Frau. In einem

Benimmduden hatte ich gelesen, daß die Regel, der Frau den Vortritt zu lassen, bei Eintritten in Kaffeehäuser entfällt. Als wir vor der Greenwich Bar standen, zog ich mit beiden Händen an der Griffstange und hielt ihr doch die Tür auf. Hinter dem langen Bartresen trocknete Gio gerade Cocktailgläser, und als er mich sah, schnalzte er mit der Zunge, er spielte wieder einmal irgendeinen Revolverhelden aus einem Italowestern nach. Ich holte Lulu ein, und wir stiegen die Treppen hoch zum sogenannten Lounge-Bereich, eine durchgehende Sitzbank führte an der Längs- und Stirnwand entlang, ein paar Puppenstubentische und -stühle waren parallel dazu angeordnet. Die Aschenbecher hatte man in Holzkubusse integriert, und die von Düsengehäusen eingefaßten Punktstrahler sorgten für ein Zwielicht, das auf die herbe Melancholie der Gäste genau abgestimmt zu sein schien. Es lief ein minimalistischer Suizid-Jazz, die Sorte von Musik, bei der man unweigerlich an Koks und kaputte Musiker denken muß. Mir ging der Effektsmog auf die Nerven, Lulu rauchte schweigend und ließ den Blick schweifen, eine müde Nachtschwärmerin bei ihrem letzten kurzen öffentlichen Auftritt. Wir bestellten beide Bier. Nach ihrem ersten Schluck sagte sie, ohne sich mir zuzuwenden, es sei schon komisch, daß der Mann, den sie fast totgefahren habe, sie erst mit Ingwerwurzeln massiere und dann ausführe, als wolle er sich bei ihr dafür bedanken. Und dann lachte sie wieder, die Frauen und Männer an den Nebentischen und auf der Sitzbank unterbrachen ihre Gespräche und schauten sie an, sie lachte und schüttelte ihre Müdigkeit ab. Und dann sagte sie, sie müsse jetzt unbedingt dieses eine Haar an meinem

Ohrknorpel ausreißen, es jucke sie in den Fingern, und im nächsten Moment spürte ich einen Schmerz und genierte mich ein bißchen vor den Gaffern. Wenn es so weiterging, würde ich noch mehr blaue Flecken und blutende Poren davontragen. Ich weiß, es geht zu schnell, sagte ich, und du sollst dir die Zeit nehmen, aber man soll lieben und geliebt werden, bevor es zu spät ist. Ich spürte eine große Lust, mich um Kopf und Kragen zu reden, ein Erguß aus dem Herzen ohne Filter und Schalldämpfer, der aus mir strömte, aber Lulu legte ihre Hand auf meinen Mund, küßte ihren Handrücken, ein keuscher langer Kuß. Wir lösten uns voneinander, die Uhr an der Stützsäule gegenüber zeigte auf Viertel nach drei, es war Zeit zu gehen. Ein Mittzwanziger sprach sie an, er steckte in einem Retro-Anzug, lila Karos auf beigem Grund, und immer wieder fuhr er sich durch die Haare und ordnete die Ponysträhnen auf der Stirn. Es stellte sich heraus, daß sie sich aus einem Urlaub auf Mallorca kannten, zehn Jahre her und doch unvergessen, damals ging es noch, damals war Mallorca nicht deutsches Inland. Ich stand dabei und wurde nicht vorgestellt. Plötzlich sagte der Junge: Ich dachte eigentlich, du bist tot. Eine Frau habe es erzählt, genauer, die Schwester von Max, sie wisse schon, ihr Max, ihre große Liebe. Lulu drehte ihm den Rücken zu und steuerte den Ausgang an, ich knüllte einen Zehn-Euro-Schein, warf ihn in Gios Richtung, er liebte ja filmreife Szenen. Lulu wartete auf der anderen Straßenseite, und ich hatte ein Déjà-vu-Erlebnis, ich ging hastig über die Straße, rutschte aus und konnte mich noch fangen, vielmehr packte sie mich am Arm, und ich fand Halt. Wir werden es anders machen, sagte sie, ich begleite dich nach Hause, ich hasse Kavaliere.

Eigentlich gehe ich ungern zu Fuß, ihr zuliebe hätte ich jedoch die ganze Wegstrecke bis zur Schanze Purzelbäume geschlagen. Ich sagte, ich sei in der siebten Klasse bei dem Versuch, einen halbwegs ordentlichen Handstandüberschlag hinzubekommen, so unglücklich gestürzt, daß ich zwei Wochen lang an meinem schiefen Hals eine Halskrause tragen mußte. Lulu lachte nicht, und ich lief im Dunkeln rot an. Ich bin nicht tot, sagte sie, ich lebe noch, und ... Max, ja, meine große Liebe damals, die Beziehung war ein einziger toter Kommunikationskanal, ich bin von ihm einfach nicht losgekommen, ich glaube, du kennst das. Ich kannte es nicht, ich schrieb nur Geschichten über Männer und Frauen.

Je näher wir meinem Viertel kamen, desto schwieriger wurde es für mich, sie mit bloßen Worten zu trösten, das meiste an der Vergangenheit ist unerheblich, und ein Max, der vielleicht Maximilian hieß und für sein ganzes Leben gestraft war, zählte nicht, jedenfalls nicht mehr wie vor dem Unfall am Morgen. Die mit schwarzem Brokat umhüllten Geliebten von einst, fürsorglich vergessen und zurückgelassen, regten sich, und selten blieben sie in der künstlichen Dunkelheit unter dem schweren Stoff, sie tauchten früher oder später auf, man hatte sich in falscher Sicherheit gewähnt. Eine falsche Bewegung, eine falsche Berührung, ein falsches Wort – plötzlich sah ich mich als Konkurrent, zur Niederlage verdammt, wie konnte ich auch gegen eine große Liebe bestehen? Ich stieß die Luft aus und schaute auf, ein Feuer erhellte den Himmel über der Schanze, und Lulu blickte in die Ferne, ihr Blick verlor sich im Fluchtpunkt der Häuserreihen. Bei dir brennt's, sagte sie und lächelte mich an, ihr schönes Gesicht nah an meinem Gesicht, ich darf nicht fehlen, sagte ich, es geht nicht anders, und sie sagte: Ich weiß, ich komme mit. Wir würden verlieren, keine Barrikade und kein Versteck schützte uns, und am Ende der kleinen Schlacht würden wir uns schämen wegen der Angst, die wir fühlten von der ersten Minute unserer Ausschreitung an. Wir haben uns richtig entschieden: was hätten wir sonst tun sollen?

Fremdkörper

Es war eindeutig nicht mein Tag. Der Regenschauer trieb die ausgeflippten Bohemiens auf die Straße, sie sprangen in die Pfützen und leckten sich Tropfen und Rinnsale von den Lippen. Schlechtwetter ist gut fürs Geschäft, aber nicht in dieser Gegend, ich war gerade mal eine Kurzstreckentour gefahren und hatte eine halbe Schachtel Zigaretten verdient. Die Sonne brannte die Nässe aus Häuserfronten, trocknete Asphalt und Bürgersteig, und ein Kellner in knöchellangem Hüftschurz stürzte heraus, steckte die Pleuelstange ins Gehäuse und kurbelte so lange, bis sich die Markise voll straffte. In dieser frühen Nachmittagsstunde stromerten die üblichen Blender durch die Straßen: Neureiche, die schon bei zwei Scheibengewichten an ihrer Langhantel ins Schwitzen geraten; kleine Männer in hautengen Glanzoptik-Zweireihern, die hoffen, daß man sie wegen des Fake-Brillantringes am kleinen Finger dem Mob zuschlägt; überdrehte Junkkids, einen Kampfhund an straffer Kettenleine und ein halbes Kilo Schwermetall im Gesicht. Wie kamen sie überhaupt durch die Flughafenkontrolle? Der Detektor müßte doch Alarm schlagen, und eigentlich war es nur recht und billig, wenn man sie aufforderte, die Schmuckreifen aus allen Körperteilen zu entfernen. Ich stellte mir die Szene in allen Einzelheiten vor, als plötzlich der hintere Wagenschlag aufgerissen wurde. Der Schreck ließ mich zur Pfefferspraydose unter dem Sitz greifen, ich blickte über die Schulter und bekam gerade noch mit, wie eine Frau in dünnem Wettermantel einstieg. Die Schöße falteten auf, das Licht brach sich auf ihren nackten Beinen zu kleinen Reflexglimmern, und ein herrlicher Glanz lag auf dem Schweißfilm in ihrer Kniekehle. Beinahe hätte sie in der Eile ihre schwarzen Slingpumps verloren. Sie rutschte ans andere Ende des Hintersitzes, und für einen Moment schnitt der Rocksaum in ihre Schenkel, daß sie die Beine fast damenhaft anwinkeln mußte, sie sagte: Fahren Sie los, sie mußte gerannt sein, ihr Atem ging stoßweise, und ein Lufthauch streifte meine Wange. Ich startete den Wagen, sie hatte mir keine Adresse genannt, es sollte mir recht sein. Sie klang nach der Sorte Frau, die sich tagsüber einen Bausparer und nachts im Bett einen Gauner wünscht. Erst an der nächsten großen Kreuzung wagte ich einen Blick in den Rückspiegel: das Haar, zur Raubtiermähne ausgewachsen, fiel in blonden Lockenwirbeln auf die Schultern und umspielte einen Hals, in den die falschen Männer hineinbissen, da war ich mir sicher. Sie nahm die Sonnenbrille ab, fixierte sie am Bein, daß die Bügel wie die äußersten Finger einer Hand das Knie umgriffen, zog eine Zigarette aus der Schachtel in ihrer Manteltasche und riß ein Streichholz an – alles in einer einzigen fließenden Bewegung. Erst als der Rauch mir in die Nase zog, roch ich auch den Duft ihrer Haut, eine Spur Calendula, der Faden Duft, den der Abdruck eines Frauenkörpers am nächsten Morgen ausströmt. Ich fuhr einen Bogen um Lieferlaster, die in zweiter Reihe parkten, und mußte mich konzentrieren, um die mit Kisten überladenen Sackkarren nicht zu streifen. Kurz vor einer Ampel sagte sie: Hier rechts, dann gleich die nächste links, ich gebe Bescheid, wenn Sie halten sollen. Das Display des Taxameters zeigte netto vielleicht eine ganze Zigarettenschachtel, bei dem Fuhrlohn konnte ich mich gleich zum Einpeitscher vor einem Striplokal umschulen lassen. Ungefähr in Höhe eines Luxusnippesladens forderte sie mich auf, das Tempo zu drosseln, ich fuhr an den Bordstein heran, ging in den Leerlauf und ließ den Wagen ausrollen. Ich wollte schon vorauseilend zum Quittungsblock greifen, aber sie machte keine Anstalten auszusteigen. Sie starrte auf das Restaurant gegenüber, sie strich sich mit dem schlanken Finger über die Lippen, von einem Mundwinkel zum anderen und wieder zurück, ich konnte nicht anders, als die Details ihrer Schönheit zu betrachten, denn die Maske brach, und die kalte Chromspange, die sie aufsetzte, um sich zu einer unkenntlich anonymen Frau zu wandeln, daß die Männer auch nicht weiter als bis auf Armeslänge in ihre Nähe kamen – diese Larve zerfiel im Nu und legte ihre Gesichtszüge frei. Ich folgte ihrem Blick; der Japaner war in der ganzen Stadt bekannt für sein Sonnenrad-Sushi mit halbierten Riesengarnelen, und einem Gerücht zufolge verschenkte er an Stammgäste silberne Eßstäbchen, in die Kriegerweisheiten aus großen vergangenen Zeiten graviert waren. Hinter der verspiegelten Ladenfront saß ein Mann allein am Tisch, trank wahrscheinlich seinen Reisschnaps und schaute gelegentlich auf, immer dann, wenn Passanten vorbeigingen. Vielleicht war er so reich, daß er keine Schmerzen hatte, vielleicht kleidete er sich auch nur teuer, um diesen Eindruck zu hinterlassen.

Machen Sie sich keine Sorgen, sagte sie, ich werde großzügig aufrunden.

Sie bestimmen, wo's langgeht, sagte ich und steckte mir eine Zigarette an. Von mir aus konnten wir stundenlang herumsitzen und Detektiv spielen. Ich klappte die Sonnenblende herunter und fing im letzten Moment mein persönliches Votivbild auf: auf einer Herz-As-Karte hält Jesus seinen Hirtenstab in Händen und blickt zum Himmel hoch. Wie ich die Frau einschätzte, brauchte sie weder Talisman noch Seelentröster, sie kam aus eigener Kraft zurecht im Leben. Ich kurbelte das Seitenfenster herunter, um den Rauch abziehen zu lassen. Eine Frau im dunklen Kostüm passierte die Glasfront, machte dem Mann ein Zeichen und steuerte die automatische Drehtür an. Im nächsten Moment war sie schon im Restaurant verschwunden.

Bringen Sie uns hier weg, sagte sie und reichte mir ihre halb aufgerauchte Zigarette, eine seltsame Geste, sie hätte sie doch selber in der Aschenklappe ausdrücken können. Wir fuhren weiter, sie dirigierte mich hierhin und dorthin, und als sich unsere Blicke im Rückspiegel trafen, befahl sie mir, den Parkplatz des Einkaufszentrums an der Autoausfahrt anzusteuern. Ich dachte, diese Frau kennt sich aus, Shoppen schafft eine Geilheit, wie sie der Sex meist verspricht und nicht einhält. Sie zeigte auf die Rückseite des Komplexes, in Richtung eines Betonpfeilers, der an eine steil abfallende Grabeswand grenzte, ein toter Winkel. Steigen Sie aus, sagte sie, und ich weiß bis heute nicht, wieso ich ihrer Aufforderung folgte, ich ließ mich von ihr einfach leiten und lenken, und dachte nicht einmal daran, den Motor abzustellen, sie bedeutete mir, um den Wagen herumzugehen und zwei Schritte zurückzutreten. Aus der Ferne hörte man das Rauschen des Verkehrs, ein paar verscheuchte Stadtkrähen flogen gellend ausrufend ein anderes Revier an. Sie bückte sich und löste die Plastik-Riemchen aus den Ösen, die Wirbeldornen traten hervor und stachen in ihren Nacken ein Muster aus kleinen Mulden. Sie hatte mit einigen Bewegungen der Schultern den Mantel abgestreift, ihr Rock legte sich am Saum in kleine Falten, und ich sah, weil sie wollte, daß ich es sehe, den Schatten ihrer Blöße, der sich auf dem halbtransparenten roten Slip abzeichnete. Dann aber, als wollte sie keinen Hunger schüren, machte sie eine Dreivierteldrehung, suchte und fand Halt mit den Füßen und glitt mit dem Rücken über die Kopfkante des Fahrersitzes, sie bog und wand sich, ihre Hände suchten und fanden die verbotene Stelle, die Hügelkämme, die Nabelkuhle, den Hals und den knappen Spalt, den ihre Lippen offenbarten. Ihr Körper zuckte wie unter der Berührung eines jungen Mannes, dem sie sich im Geiste anbot, sie floß auf den Hintersitz zurück und legte, am Stoff zerrend, ihre Schamhaut ab. Ein BH-Träger hing lose herab und drückte sich ins Fleisch, als sie in die Hocke ging und mir den Rücken eines schönen Reptils darbot. Auf ihrer Lende prangte eine groß aufgemachte Tätowierung wie eine Brandprägung, es blieb mir keine Zeit, sie genauer zu mustern, denn sie warf ihren BH gegen das Seitenfenster, und dann blickte ich auf ihre bloßen Brüste, die sie aber im nächsten Moment mit dem Arm bedeckte. Sie sah mich an, ruhig und gefaßt, es blieb ihr die Zeit für die Zigarette danach – sie war glücklich in ihrer engen Schaukabine. Die Aschesäule fiel ab, ich konnte mich nicht losreißen vom Anblick der Licht- und Schattenspiele auf ihrem Körper. Sie streifte den Mantel über, ohne ihre geknüllten Kleidungsstücke zu beachten, blieb reglos sitzen, starrte geradeaus ins Leere. Es war mein Zeichen, ich stieg wieder ein und stellte auch diesmal keine Frage nach dem Fahrtziel. Ich fädelte mich in den Feierabendverkehr ein, die Menschen in den Autos spielten in einem Stummfilm, manche führten Selbstgespräche, andere stritten sich um das bißchen Glück, das ihnen verblieben war und das sie mit Händen und Klauen verteidigten. Mein Gefühl sagte mir, daß sie es dulden würde, wenn ich einen kleinen Umweg fuhr. Ich wollte einige Minuten herausschlagen, bis ich sie unweigerlich dort absetzen mußte, wo sie eingestiegen war. Das gehauchte Blau des Himmels schlug um ins sommerabendliche Dämmergold, durchwachsen von Schlieren in Mohnrot.

Das war Ihr Mann, sagte ich in die schöne Stille.

Ja, sagte sie, und dann, nach einigen Herzschlägen, das war mein fremder Mann.

Libidoökonomie

Lapislazuli ihre Augen, sie tanzt zwischen den Marmorsäulen, halb verdeckt, halb sichtbar. Die Kreisglieder ihrer Nippeskette auf den Hüften hüpfen im Rhythmus ihrer Sprünge, ihre Brüste nehmen die halben Drehungen auf und beben. Unlackiert ihre Fingernägel. Gelockt ihr Haar. Eine eurasische Venusfalle.

Neun Uhr vierundzwanzig. Auf die Minute genau klingelt das Telefon, und ich nehme nach dem ersten Klingeln ab. Ich brauche mich nicht vorzustellen. Ich weiß, daß die Person am anderen Ende der Leitung ihren Namen nicht nennen wird. Sie wartet, sie atmet ein und aus, und dann sagt sie ihren Satz: Schlaf weiter. Ich wollte nur sichergehen, daß du wirklich da bist. Sie legt auf, ich lege auf. Mittlerweile kann ich nach dem Anruf wieder weiterschlafen. Ich stelle den Wecker eine Stunde weiter, streiche mir über den behaarten Bauch und nicke ein, fahre aber aus dem Schlaf wie ein angerempelter Rüpel auf. Ihre Stimme hat sich derart eingeschmeichelt, daß ich ihr ein Bild zuordnen kann: Blütenfäden des Safrankrokus, frisch aus den Narben gezupft und über einer kleinen Flamme getrocknet, treiben im Wasser eines emaillierten Zubers. Langsam tauche ich eine Hand hinein, und langsam ziehe ich sie wieder hinaus, die Safranfäden haben sich in die Handlinien eingefügt und bilden ein magisches Skelett. Es ist dieser Anblick der Innenfläche meiner rechten Hand, der mich unerwartet ankommt, und dann erinnere ich mich an die anonyme Telefonterroristin, an ihre Stimme, an ihren morgendlichen Anruf um neun Uhr vierundzwanzig und an unser abendliches Gespräch um einundzwanzig Uhr vierundzwanzig. Sie hat binnen zwei Wochen geschafft, daß ich mich mittlerweile eines geordneten Tagesablaufs rühmen kann. In der Spanne zwischen diesen beiden Zeiten bin ich ein banaler Brüter, wie man sie zu Dutzenden auf den Terrassen der Cafés anfindet. Wenigstens habe ich einen Job, ich verkaufe angeschlagene Ramschware in einer kleinen Buchhandlung, die Geschäfte gedeihen prächtig.

Ich bin ein Rezessionsschurke: die Kulturhoheiten haben ausgedient, ich weine ihnen keine Träne nach. Achten Sie das nächste Mal drauf, wenn Sie einen Buchladen betreten. Die Angestellten – meist studentische Aushilfskräfte oder vergrätzte Hauptberufliche – sind erträglich. An deren Empfehlungen dürfen Sie sich allerdings nicht halten, sonst kommen Sie irgendwann auf die Idee, eine Nagelfeile in Ihre Halsschlagader zu bohren. Die Händlerbrigaden haben sich der Depression verschrieben, sie halten einen einfachen Wandteller – das Mitbringsel aus ihrem Kretaurlaub – für höheres Kulturgut. Die Angestellten sind harmlos. Im Hintergrund lauert eine hochanständige, perfekt auf das Mausoleumsmilieu adaptierte Person, die, sollte sie an der Kasse stehen, entsetzt aufschnauft, wenn Sie zur Abwechslung zum Psychothriller greifen. Das geht nicht, das gehört verboten. Sie nimmt Ihnen das Geld ab, händigt Ihnen das Rückgeld aus, verstaut das Buch in einer süßen Plastiktüte und fragt ordnungsgemäß, ob sie Ihnen eine Rechnung ausstellen soll, für den Fall, daß Sie Bücher von der Steuer absetzen können. Die Person ist eine Frau: unnahbar, wie eine bessere Vorzimmerdame gekleidet, französisch anmutend, zum Anbeißen kühl und schön. Natürlich bin ich vernarrt in diese Sorte Frau, natürlich spricht aus meiner Häme der Blödsinn eines überreizten Romantikers, dessen Avancen immerzu Schmerzensrufe des Entsetzens provozieren. Kurz: Ich versuche unbelehrbar mein Glück bei fünfundvierzigjährigen Buchhändlerinnen. Sie haben es nicht einmal nötig, mit mir professionell zu schäkern. Wenn es nach ihnen ginge, würde mir der Zutritt nur über den Boteneingang gewährt werden. Einmal schlug ich einer solchen Frau vor, ich könnte ihr die Wonnen verschaffen, über die ihre heißgeliebten drittklassigen Schwärmer schreiben. Sie blickte nicht einmal auf, als sie mir sagte, sie könne nichts dafür, daß mir eine Beischläferin fehle. Manchmal stelle ich mir folgende Szene vor: Sie läßt sich zu mir nach Hause geleiten, und kaum habe ich ihren knöchellangen Mantel am Garderobenhaken aufgehängt und mich umgedreht, beginnt sie mit der Entkleidungsschau. Ihre einzige Bedingung: ich darf mich nicht hinsetzen und es mir gemütlich machen. Einige Stunden später wache ich aus dem Traum in meinem Traum auf, schaue auf mich herunter und bemerke, daß sie ihren Lippenstift über meinen ganzen Körper verstrichen hat. Ich mag aus dem Haupttraum nicht erwachen.

Meine Teilhaberin ist kulant. Sie weiß, daß ich als ausgesprochener Morgenmuffel zum Schichtbeginn meine zwei Tassen Kaffee und eine einstündige Anlaufzeit brauche. Sie läßt mich im Hinterzimmer in Ruhe meine Frühstückszeitung lesen. Nach fünf Mentholzigaretten tauche ich wieder auf und wünsche ihr einen schönen guten Morgen. Ich habe es endlich eingesehen, es ist zwecklos, ihr nachzustellen. Sie ahnen es natürlich: sie erscheint immer in makellosen Sekretärinnenkostümen, sie hat eine Schwäche für besonders diffizile schöngeistige Literatur, sie sieht einfach umwerfend aus. Wenn sie an der Kasse steht, machen wir doppelten Umsatz. Deshalb kümmere ich mich meist um Handlangerarbeiten oder pflege meine Kontakte zum untersten Personal großer Buchhandelsketten. Diese Menschen sind Gold wert. Man behandelt sie schlecht oder sagt ihnen auf den Kopf zu, daß man sie jederzeit gegen einen Jungmalocher eintauschen könne. Deshalb lassen sie hier und dort ein Buch verschwinden, und wenn sie vier Kisten voll haben, rufen sie bei mir an. Ich bin sofort zur Stelle. Ganz besonders liebe ich jedoch Lagerräumungen, das Herbstprogramm kommt rein, das Frühjahrsprogramm muß raus. Doch statt im Altpapiercontainer landen die Bücher bei mir. Ich lasse aus Vorsicht einige Wochen verstreichen, ich sitze im Hinterzimmer und löse die alten Preisschilder von den Buchdeckeln, denke mir Spottpreise aus, die ich oben rechts auf die erste Seite aufschreibe. Dann fülle ich die Regale, und bevor ich die Bücher für die Laufkundschaft freigebe, rufe ich unsere Stammkunden an. Den Rest erledigt Evelyn, meine prächtige Teilhaberin. Um acht Uhr abends bin ich zur Stelle, wir schließen und rechnen gemeinsam ab, dann kehrt sie zurück zu ihrem blutjungen Liebhaber, den ich selbstverständlich aus ganzem Herzen hasse. Evelyn vertraut mir, sie weiß, ich bin zu ungeschickt, um hinter ihrem Rücken Geschäfte zu machen. Außerdem würde ich keine Frau betrügen, ich bin nicht lebensmüde.

Früher hätte man solche Menschen wie mich der kriminellen Schicht zugeschlagen. Meine Geschäftspraxis: ich greife ab. Wenn Sie so wollen, bin ich der erste Geier, der über dem Aas die Flügel spreizt. Ich kann nicht sagen, daß ich einen guten Ruf genieße, doch es ist lange her, daß ich meine Daseinsberechtigung über das Berufsprestige bezog. Die Frauen stehen auf Statussymbole, da können sich die Underdogs in ihren Vorstadt-Rippunterhemden noch so rühren und recken. In dieser Hinsicht stehe ich auf dem Schlauch. Seit einigen Jahren passiert folgendes: das angesparte oder angelegte Kapital der kleinen Leute wird von den Banken und vom Staat eingezogen. Das nennt sich schlicht und einfach Vermögensvernichtung. Mein Wille zur Vermögensbildung ist jedoch ungebrochen. Also streife ich in den Randbezirken des Kapitalflusses und mache das vermeintlich Überflüssige zu Geld. Evelyn sagt, wenn's denn meinem Selbstwertgefühl zuträglich sei, solle ich bei meiner Raubritter-Version bleiben. Sie ist der Meinung, sie verkaufe Bücher. Eigentlich hat Evelyn eine Menge an mir auszusetzen. Zwischen die Lamellen der Autolüftung habe ich ein 9-cm-High-heel in Nachtblau geklemmt, es dient mir als Handyhalter. Als sie es zum ersten Mal sah, traute sie ihren Augen nicht. Ja genau, sie sagte: Ich traue meinen Augen nicht! Ich glaubte, sie wäre über mein Genie enthusiasmiert, also sagte ich ihr, ich müsse bald Kinderpumps besorgen, da die Handys immer kleiner würden. Daraufhin hielt sie mir eine halbstündige Standpauke, und da ich automatisch dichtmache, wenn man mit mir schimpft, kann ich mich nicht an den genauen Wortlaut erinnern. Es wird wohl darauf hinausgelaufen sein, daß sie mir Infantilität und Machismo im gleichen Atemzug vorwarf. Ich weiß nicht, wie das gehen soll. Entweder ist man ein Kindskopf, oder man hat den Drang, ein Aufhebens um seine Männlichkeit zu machen. Da sind wir beim nächsten Klagepunkt: in ihren Augen bin ich ein typischer Proletarier, in dessen Brust zwei unvereinbare Klassen streiten. Du möchtest eigentlich zur Bourgeoisie aufsteigen, sagt sie, doch der Proleteninstinkt zieht dich hinab. Damit spielt sie insgeheim auf mein Aussehen an. Ich kämme die kurzen Haare streng nach hinten, ich liebe bunte Hemden mit Tiermotiven, ich trage unten ausgestellte weiße Hosen, auch gern im Winter. Und ich hasse Jazz und Puddingpop. Was soll daran falsch sein? Ich besitze den Takt, ihre Männerwahl nicht offen zu kritisieren. Sie ist, von ihren kurzlebigen Amouren mal abgesehen, Single und gehört zur Hauptzielgruppe der Fitneßcenter-Betreiber. Die Sportanlagen sind Komfort- und Kontakthöfe. Evelyn weiß es, sie gibt es natürlich nicht zu. Nach Geschäftsschluß eilt sie als allererstes zum Sportcenter und lernt dort einen ganz bestimmten Schlag Mann kennen: ein IQ weniger, und der Typ ist ein Gummibaum. Ich müßte mich mächtig verändern, damit sie an mir Gefallen fände. Ich kann es beim besten Willen nicht. Und ehrlich gesagt, ich will es auch nicht wirklich.

Da ich recht lang geraten bin, krümme ich mich beim Gehen, so als müßte ich gegen eine Windböe ankämpfen. Eine Körperlänge von fast zwei Metern grenzt an Schwerbehinderung. Heute stürme ich im geduckten Galopp durch den Laden, Evelyn am Kassentresen wirft mir einen Blick zu und rollt mit den Augen. Die Ärmste bedient Herrn Heinrichs, ein erlesenes Exemplar. Der Mann hält sich ganze zwei Stunden im Laden auf, nimmt Taschenbücher aus den Regalen, hinterläßt schmutzige Fingerabdrücke und Nagelkerben auf den Seiten. Die Nagelkerbe ist sein Lesezeichen, bei seinem nächsten Besuch muß er das Buch nur aufschlagen und weiterlesen. Aber Herr Heinrichs verliert oft den Faden und neigt gelegentlich zu cholerischen Ausbrüchen, die sich wie schwerer Landfriedensbruch ausnehmen. Ich kann von mir sagen, daß ich noch nie in meinem Leben wegen nächtlicher Ruhestörung belangt worden bin. Vielleicht spricht es nicht für mich, aber wenigstens lasse ich die Bürger in Ruhe. Ich mag die Menschen nicht, Herr Heinrichs mag sie noch weniger. Ich halte es deswegen für nicht ratsam, ihn rauszuwerfen oder ein Hausverbot auszusprechen. Also spiele ich ausnahmsweise die gute Fee und erlöse Evelyn von der Plage. Ich stelle mich vor Herrn Heinrichs auf, mache mich zwei Köpfe kleiner und frage ihn, ob ich ihm behilflich sein könne oder ob er selbst zurechtkomme. Eine vernünftige Antwort habe ich natürlich nicht erwartet. Herr Heinrichs beschreibt mir sein Rezept zur Zubereitung eines Haarwuchsmittels. Man stampfe billige Multivitamintabletten, eine gedünstete Knoblauchzehe und zehn Spritzer Essig in einem Marmormörser zu einem Brei zusammen und massiere ihn in den peinlich rasierten

Schädel. Wenigstens spricht der Mann heute in zusammenhängenden Sätzen, ansonsten teilt er sich in Jamben und Tramben mit. Ich war einmal Zeuge, wie er eine Mietstudentin, die eine Kundenbefragung des Kaufcenter-Managements vornahm und schlaue Antworten auf schlaue Fragen in ihren Bogen einzutragen gewohnt war, in kurzer Zeit zum Wahnsinn trieb. Das darf mir nicht passieren. Ich nicke ihm freundlich zu und verschwinde schleunigst im Hinterzimmer. Nach der zweiten Mentholzigarette greife ich zum Telefon und rufe meinen guten, Nasenspray-süchtigen Freund Karl an. Er ist mit einer Theaterpädagogin verheiratet, die sich fast nur von Cola und Pralinenmousse ernährt. Über sie will ich nicht viele Worte verlieren, sie ist eine dicke Zicke, die mit Mao begann und mit der Frauenquote schloß. Sie haßt mich, sie legt es mir als Marotte aus, daß ich die Pizza immer vom Rand aus esse. Karl sagt, ich solle ihn mal gerne haben und nicht mehr bei ihm zu Hause anrufen, nachher gebe es einen Ehekrach. Die Zicke läuft im Hintergrund heiß, ich höre sie fluchen. Ich sage, Karl solle warten, bis sie wieder in die Badewanne steigt, und dann einen maximal röhrenden Haartrockner ins Wasser werfen. Wir verabreden uns für den nächsten Tag beim Bäcker am Dreiecksplatz.

Dort finde ich mich auch heute ein, genaugenommen verbringe ich beim Bäcker jeden Tag meine Mittagspause. Ich esse meine beiden Krabbenbrötchen und starre auf den Hundeauslaufrasen, auf die Herrchen und Frauchen, auf die kesse Kellnerin im weißen Bediensstetenkittel, die ich seit einem halben Jahr zu einem Weißweinrendezvous überreden will. Sie kann nicht, sie hat Kopf-, Magen-, Schulter-, Nacken-, Rücken-, Knie-, Waden- und Gelenkschmerzen, sie muß für eine Prüfung ackern, sie hat einen Mädchenabend, sie muß früh ins Bett, ihre Eltern sind zu Besuch ... Um eine Ausrede ist sie nie verlegen. Sie weiß um meine Absichten, ich würde mich um sie wickeln wie eine Schlingpflanze, und sie gibt mir durch die Blume zu verstehen, daß sie dafür nicht zur Verfügung steht. Auch gut, Hauptsache, ich kann mich weiterhin an ihrem Anblick erfreuen. Ich schaue auf das Display meiner Digitaluhr: noch 8 Stunden 7 Minuten und 48 Sekunden bis zum Anruf der anonymen Telefonerotomanin; Zeit, die ich irgendwie totschlagen muß. Ich entscheide mich, Evelyns ausgedienten Fernseher aus dem Ladenkeller hoch-, in meinen Transporter hineinzutragen und zum Recyclinghof zu fahren.

An der Temposchwelle der Sperrmüllannahmestelle stehen zwei gutgelaunte Türken und halten ein Pappschild hoch: Nehm kaputt TV, Vidio + alles Elektro. Als ich anhalte und ihnen den Fernseher aushändige, wird ihr Grinsen breiter. Sie klopfen mir auf die Schulter und erinnern mich an die deutsch-türkische Waffenbrüderschaft im Zweiten Weltkrieg. Außerdem müßte ich ein türkisches Mädchen heiraten, die deutschen Frolleins seien verdorben. Davor müßte ich mich aber einer Generalüberholung unterziehen: ein Fassonschnitt (der Bruder des einen ist zufällig Friseur), ein Dutzend Maßanzüge (der Cousin des anderen ist Schneider), weiße Socken (»Gibt's genug bei C&A im halben Dutzend für vier Euro, Kollege!«), eine fast schmerzlose Beschneidung (»Bleibt unten alles elektro,

Kollege!«) und der Übertritt zum Islam, versteht sich von selbst. Für die letztgenannten Maßnahmen komme nur Imam Osman in Frage, meint der eine, der sich jetzt als Ali vorstellt, »Ali wie Ali Baba und die vierzig Gangster«. Der andere, dessen Name sich anhört wie Ramses, widerspricht mit den Worten, eine derart wichtige und blutige Angelegenheit wie »Pimmelschnippdieschnapp« könne man nicht in die Hand eines Mannes geben, von dem man wisse, daß er am rechten Auge vollends blind sei. Ali Baba sagt, das sei ein mieses Gerücht, gestreut von miesen Leuten. Sie geraten in Streit, und ich halte es für das beste, mich unauffällig abzusetzen.

Die Arbeit bringt es mit sich, daß ich mich herumtreibe und in Bewegung halte. Ich fahre eine Station an, mache ein Schwätzchen, per Handschlag wird ein Geschäft besiegelt, ein anderes platzt, weil die Spürhunde ihre Nasen in den Wind recken und mein Mann in Deckung gehen muß. Meine inoffiziellen Mitarbeiter sind im Grunde nichts anderes als Packer und Schlepper, insofern haben sie eine gute Tarnung. Und doch rechnen sie jeden Augenblick damit, daß sich die kalte Hand der Hausdetektivin (sie trauen Frauen alles zu!) auf ihre Schulter legt. Im Laufe der Zeit haben sie ausnahmslos Berufsdeformationen davongetragen. Ich kann damit leben, sie, so fürchte ich, um so weniger. Karl zappelt zwischen den Giftgreifern eines Spinnenweibchens. Curd fährt manisch mit der Fusselrolle über sein Oberteil und taxiert hiernach jedesmal sein Gegenüber, um herauszufinden, ob es ihm vielleicht einen großen Dachschaden unterstelle. Hilde, meine einzige weibliche

Kontaktperson, hat den Tick, sich in Streßsituationen in der Achselhöhle zu kratzen. Ich könnte weiter fortfahren, und es ergäbe eine lange Liste mit, na ja, etwas sonderlichen Menschen. Vielleicht sollte ich Achim erwähnen, einen stillen, feinsinnigen Mann über Vierzig, den man für einen Regisseur gefühlvoller Kammerspiele hielte, würde er nicht jede Schelte und Kritik sehr zu Herzen nehmen. Er geht dann schnurstracks nach Hause und feuert auf dem Hinterhof großkalibrige Leuchtbukett-Raketen in den Himmel. Danach geht es ihm deutlich besser. Manchmal stehe ich neben ihm und bewundere lautstark das Feuerwerk, es kommt auch vor, daß ich begeistert in die Hände klatsche. Achim ist in Ordnung, ich bin in Ordnung, alles wird gut. Nur seine Schwester sieht das etwas anders.

Heidi. Wie kann man seinen Vornamen ablegen und sich einen derart bescheuerten Künstlernamen zulegen? Ihre Lebensaufgabe besteht darin, so vielen Klischees wie möglich zu entsprechen. Deshalb führt sie auch einen Biokost-Laden für anspruchsvolle Rechtsanwaltsgehilfinnen. Allein aus diesem Grund bin ich sehr oft in dem Öko-Supermarkt, den Heidi, kaum daß sie mich erblickt, fluchtartig verläßt. Mein Anblick kann ihr nicht zusetzen, sie selbst sieht aus wie die weibliche Ausgabe von Knecht Ruprecht. Die Kassiererin hat die strenge Anweisung, auf meine zweideutigen Angebote nicht einzugehen und sich überhaupt von einem dahergelaufenen Restposten-Fuzzi bloß nicht verarschen zu lassen. Mir fällt jedesmal etwas anderes ein, mit dem ich ihr auf die Nerven gehen kann. Gestern fragte ich höflich nach Molke im Tetrapak. Hatten sie nicht.

Heute bitte ich um Maronenpüree im Glas. Haben sie nicht. Sie sagt, sie könne mit Molke im Glas dienen, auf das Glas müsse sie Pfand anrechnen, und wenn ich nach dem Verzehr der Molke das Glas sauber auswüsche und unversehrt zurückbrächte, würde sie mir das Pfandgeld selbstverständlich zurückerstatten. Ich sage, ich fragte mich, wie das gehen könne, nämlich der Verzehr von Molke – meines Wissens sei sie, die Molke, Käsewasser, und entsprechend flüssig, also müsse es richtigerweise nicht Verzehr, sondern Trunk heißen. Sie wolle mit mir nicht über die blöde Molke streiten, sagt sie und ist nun, wenn es denn eines letzten Beweises überhaupt bedurfte, vollkommen davon überzeugt, daß ich meine Konkurrenten in Brückenpfeiler einbetoniere. Ihr Kopf gleicht dem Schwungrad auf einer antiken Handspindel: er bewegt sich, ja er schwingt geradezu, von rechts nach links und wieder zurück. Zwei Kundinnen drängen an die Kasse, und ich muß Platz machen. Sie haben die Unterhaltung verfolgt und aus meinen zuckenden Mundwinkeln geschlossen, daß ich auf ihrer aller Kosten lustig werde. Beim Rausgehen werfe ich einen Blick auf die Zwergbananen: eine Staude kostet sechs Euro. Exotik ist käuflich.

Die Stadt, in der ich lebe, ist eine kriminelle Bastion, die erste Schleuse für Mädchen aus dem Ostblock, die hier ein, zwei Nächte von ihren neuen Herren für ihren neuen Geschäftsbereich eingeritten werden. Die billigen Artikel bleiben hängen, der Hauptstrom folgt der Spur des Geldes. Es gibt wenige Festnahmen, die Bosse behalten ihre Posten, das Verteilernetz funktioniert sehr gut. Vera ist hängengeblieben und hat sich schlecht eingelebt. Für eine Spätnachmittagssitzung muß ich nicht mehr als 25 Euro hinlegen, also in etwa soviel wie sonst für vier Bananenstauden im Biokost-Laden. Das Geld, das ich Heidi vorenthalte, bekommt Vera, die mich, und wie ich vermute, wohl alle Freier, in einem schwarzen Bikini empfängt. Sie suggeriert unkomplizierten Strandsex, eine Sommeraffäre mitten im Herbst oder Winter, und wenn ich ihre Kokosnuß-Hautcreme tief einatme, sind die vierundsiebzig Stufen und der graue Wandanstrich des Nuttenbunkers vergessen. Ich besuche sie, wann immer es mich überkommt, oder wenn ich bei den bürgerlichen Frauen wieder einmal eine Serie von Nieten kassieren mußte. Bevor ich aus der Spur treibe, vögele ich lieber mit Vera. Sie verzeiht mir meine ruppigen Umgangsformen, sie selbst hält sich nicht an die gängigen Manieren. Vera spricht oft von ihrem Lusttraum: ein blonder Nazischerge in voller Montur fesselt sie mit Lederriemen an einen monströsen Kolben, der schräg aus einer Folterinstallation herausragt. In dieser Haltung ist sie gezwungen, den Anus geöffnet zu halten, um die größten Schmerzen noch zu ertragen. Sie bemerkt einen Luftzug an ihren Pobacken, und im nächsten Moment dringt der Nazi brutal in sie ein. Es ist ihr unschuldigstes Loch, sagt sie, ihre Zuhälter hätten sie mit Analsex verschont, weil unter vielen Balkanesen die Meinung vorherrsche, ein echter Kerl dürfe den Schwulen nicht nacheifern.

Heute ist sie gut aufgelegt und schenkt mir ihre Unschuld, die Jubelnummer. Ich dürfe es bloß nicht weitersagen, sonst wäre sie in kurzer Zeit als die Po-Vera verschrien. Ich muß währenddessen nur so tun, als sei ich der Nazi ihrer Träume. Danach liegen wir nebeneinander, ich darf mich fünf Minuten ausruhen, sie fährt mir durch die Brusthaare. Es klopft an der Tür, der Zuhälter wird ungeduldig und kündigt den nächsten Freier an. Vera bittet mich um den doppelten Lohn, das nächste Mal könne ich dann natürlich umsonst bumsen. Ich lege den Geldschein auf ihre Nachtkommode, zum Abschied greift sie mir schnell zwischen die Beine, und ich stehle mich an einem Jugo-Rambo vorbei auf den Flur. Auch ich habe es eilig. Nur noch eine halbe Stunde.

Auf ihre erste Frage bin ich vorbereitet. Zwanzig Mentholzigaretten liegen aufgereiht auf dem Bett, der Aschenbecher, das Feuerzeug, zwei vollgeschriebene Spickzettel als Stichwortgeber, im Falle, daß das Gespräch erlahmen sollte, und eine Tasse frischgebrühter Kaffee sind in Reichweite.

Wie war dein Tag? sagt sie.

Keine besonderen Vorkommnisse. In meinem Horoskop las ich, ich soll mich über die Mittagszeit defensiv verhalten, da hab' ich mir gedacht, am besten, ich zieh' den Kopf ein und bin passiv. Was ist mit dir?

Ich fühl' mich wie Plasma.

Plasma?

Zähe Flüssigkeit, vom Ausfluß abgehalten von 'ner Zellwand.

Du studierst nicht etwa Biologie?

Frag nicht, sagt sie, aber wo du fragst ... ja, so was in der Art. Themawechsel.

Gut.

Fällt dir nichts ein?

Ich gehe schnell das erste Blatt durch.

Sagt dir der Name Katsushika Hokusai etwas?
Nö.
Kein Wunder. Im Laufe seines Lebens hat der Mann mehr als fünfzigmal seinen Künstlernamen gewechselt. Außerdem ist er neunzigmal umgezogen.
Kommt vor. Was ist mit diesem ... Sushi?
Katsushika. Ich habe einen neuen Schwung Bücher ausgezeichnet, und da fiel mir der Bildband von dem Mann auf. Ist ein großer Künstler, beziehungsweise war – er hat nämlich im achtzehnten Jahrhundert gelebt und ...
Du bist wie mein Kunstlehrer, sagt sie.
Also, worauf ich hinauswill, ist, daß ich mir seine Tuschzeichnungen angeschaut habe, und da stieß ich doch tatsächlich auf eine Art Aquarell. Es trägt den Titel: Auf ihrer Reismühle eingeschlafene Frau.
Nett.
Nicht wahr? Die Zeichnung ist auch großartig. Wie soll ich sagen ... es hat mir den Tag gerettet.
Du hast bestimmt die Zeichnung aus dem Bildband herausgerissen, eingerahmt und sie über das Bett gehängt.
Nein. Ich habe das Buch zugeklappt, dann wieder aufgeklappt, eine Zahl reingeschrieben, wieder zugeklappt und schlußendlich das Ding ins Regal gestellt.
Wirklich wahr? sagt sie, das nenn' ich aber mutig.
Wieso denn?
Wenn dir etwas gefällt, willst du es dann nicht für dich behalten? Das machen doch viele, sie lieben das Liebhaberstück so sehr, daß sie glauben, sie könnten nicht ohne das Ding auskommen. Sie kaufen's und schleppen es nach Hause.

Ich möchte nicht meine Wohnung mit Gerümpel vollstellen.

Mist, das klingt wie ein Musterschüler. Ich nehme einen tiefen Lungenzug und will schon einen anderen Ausfallschritt probieren, als ich den Rauch in den falschen Hals kriege. Mein Husten muß sich für sie anhören wie Gebell.
Du hast dich verschluckt.
Ja ...
Wir können ja Schluß machen.
Neinnein, bloß nicht. Ich meine, es geht ... schon wieder. Wo waren wir stehengeblieben?
Themawechsel.
Erzähl du mir doch von dir.
Sonst bist du nicht um Worte verlegen, sagt sie.
Eben. Du kriegst davon noch Kopfschmerzen und rufst mich nicht mehr an.
Das kann dir jederzeit passieren. Komm mir nicht so.
Wenn du auflegen willst, dann leg auf. Wenn du mich nicht mehr anrufen willst, dann ruf mich nicht mehr an.
... Jetzt bist du sauer.
Ich habe zwei Zettel vollgeschrieben, damit uns beiden der Gesprächsstoff nicht ausgeht. Aber ich will nicht. Ich komme mir blöd vor, ich hab' das nicht nötig. Du maulst nur herum. Und ich mache hier den Liebeskasper.

Sie legt auf, was für eine Pleite. Ansonsten hilft sie mir schon mal aus der Verlegenheit, sollte ich in meinem Erzählfluß stocken. Fragen zu ihrer Person verstoßen gegen die Abmachung, doch ich möchte sie mir vorstellen können, Liebesinserenten bestehen auch auf die Einsendung von Ganzkörperfotos. Sie hat einmal gesagt, sie verliebe sich nicht maßstabsgetreu, und als ich nach dem Sinn ihrer Erkenntnis fragte, wurde sie fuchsteufelswild. Ich hasse verdeckte Formulierungen, und ich muß mich den lieben langen Tag damit plagen, daß die meisten Menschen wie schlechte Lyriker daherplappern. Im Grunde weiß ich von ihr relativ wenig: sie hat ihrem Freund den Laufpaß gegeben, nachdem er zum Küssen angesetzt, ihren Mund aber verfehlt hat. Das ist keine brauchbare Information, und ich glaube auch nicht, daß man wegen einer solchen Lappalie den Liebhaber zum Teufel jagt. Sie spielt die Neun und die Vierundzwanzig regelmäßig im Lotto, hat bislang aber stets danebengetippt. Ihre Nase sei nach einem Auffahrunfall in der Waschstraße (!) verschrägt, und deshalb wünsche sie sich da und dort Nachbesserungen, vor allem aber einen chirurgischen Eingriff an ihren »negroiden« Nasenflügeln. Sie verstieg sich sogar zu der kühnen Behauptung, eine Frau werde mit den Jahren zum Abfall, zu einer Komplexblase, und deshalb könne sie es verstehen, daß Männer an Frauen über Dreißig das Interesse verlören. Unnützes Wissen.

Nach einem Rundgang durch die Wohnung lege ich die Beine hoch. Ehrlich gesagt kann ich mit meiner freien Zeit nichts anfangen. Ich müßte in dem Saustall aufräumen oder mir vielleicht Gedanken über meine Zukunft machen. Aus bloßer Langeweile schalte ich den Fernseher ein und erwische ein Magazin über kleine und große Pannen. Gerade eben eskaliert der Streit zwischen zwei Galgenvögeln. Der Fußgängerzonen-Feuerschlukker wirft dem anderen Mann vor, er habe ihn bei der Arbeit zum Lachen gebracht und sei damit dafür verantwortlich, daß er sich Zunge und Kehle verbrannt habe. Der Beschuldigte rühmt sich wegen seines vorbildhaften Bürgerverhaltens, schließlich habe er sofort den Notarzt angerufen und an Ort und Stelle Erste Hilfe geleistet. Die beiden gehen aufeinander los, der Reporter gibt an die Zentrale ab, und ich erhebe mich von meinem Chef-Ledersessel und schalte den Fernseher aus. Die Fernbedienung habe ich verlegt, ebenso die Batterien, die ich dafür gekauft hatte, die Gegenstände verschwinden spurlos aus meinem Leben. Ich bin von Natur aus unwillig, mich auf die Suche zu begeben. Was zur Hand ist, kann ich gut gebrauchen. Was fehlt, schreibe ich ab.

Du hast was von Liebeskasper gesagt, was meinst du damit?
    Ich schaue auf meine Armbanduhr und stelle grunzend fest, daß ich knapp eine Stunde geschlafen haben muß. Die Langeweile bringt mich nicht um, sie narkotisiert mich. Das Kissen ist zwischen meine Beine gerutscht, ich bin ein Fall für den Sexualtherapeuten.
    Warte, laß mir einige Sekunden Zeit.
    Bist du nicht allein?
    Doch doch. Ich habe nur ein kleines Schläfchen gehalten.
    Ich habe dich geweckt.
    Du hast gut daran getan. Ich hätte sonst durchgeschlafen und mich morgen totgeärgert.
    Bist du soweit?
    Liebeskasper.

Hast du dich in mich verliebt? Das kann ich im Moment gar nicht gebrauchen. Wir unterhalten uns doch nur ein bißchen am Telefon, und du kennst mich gar nicht. Liebe ist völlig ausgeschlossen, wir haben uns darauf geeinigt. Du kannst mir nichts vorwerfen, ich habe gleich am Anfang reinen Wein eingeschenkt. Ständig verlieben sich Männer in mich, so was Blödes! ...

Sie ist nicht mehr zu bremsen, sie redet über die Unfreiheit, begehrt zu sein und die Blicke auf sich zu lenken – sie könne nicht einmal zum Bäcker gehen und ihre Brötchen holen, die Männer würden sie beglotzen, als hätten sie in ihrem Leben noch nie eine Frau gesehen. Sie habe die Jungs satt, die all ihren Mut zusammennehmen und ihr Liebeserklärungen machen, sie wolle nicht in derart peinliche Situationen geraten.

Ich bin nicht in dich verliebt, lüge ich. Ich wollte dir vorhin nur sagen, daß ich keine Lust habe, den Alleinunterhalter zu spielen. Kapiert?

Ja, kapiert, sagt sie, ich mußte das nur zwischen uns beiden klarstellen.

Geht's dir jetzt besser?

Themawechsel. Du bist schon ein komischer Typ, sagt sie, da ruft dich eine unbekannte Frau seit zwei Wochen morgens und nachts an, sie stellt dir nichts in Aussicht, du hast nichts von ihr, und du läßt dich darauf ein und wehrst dich nicht dagegen. Ich an deiner Stelle hätte längst die Polizei eingeschaltet.

Ich bin der letzte, der die Bullen um Hilfe ruft. Na gut, wenn mir einer mit Körperverletzung kommt, ist er dran.

Du kennst mich gar nicht.

Ich halte mich nur an die Spielregeln. Du hast mich vorhin ja daran erinnert.

Dumm bist du auch nicht, sagt sie.

Danke.

Du hast wirklich keine laufende Beziehung?

Wie soll ich sagen ... nein. Also nein.

Ich hab mich von meinem Freund getrennt, weil er beschissen geküßt hat.

Du hast es mir erzählt, ja.

Willst du wissen, was ich noch so an ihm gehaßt habe?

Na?

Er hat versucht, mit Reproduktionen antiker Büsten und Statuen Geld zu verdienen. Teller und Kessel hatte er auch im Sortiment. Und dann schenkt er mir zum Geburtstag eine Kanne mit Tierfriesen. Ich meine, das wäre doch so, als würdest du deiner Freundin, die du nicht hast, ein Buch schenken. Ist doch bekloppt, oder nicht?

Es zeugt jedenfalls nicht von großem Einfühlungsvermögen.

Ich bin furchtbar, ich weiß. Ich gehöre leider auch zu den Männern, die im Gespräch mit einer Frau alle Vernunft fahren lassen, weil die Erfahrung lehrt, daß Frauen bei Widerrede versteifen. Am besten, man gibt ihnen in allen Punkten recht und ermuntert sie zu allen möglichen Dummheiten. Andernfalls hat man das Nachsehen und muß für den Sex bezahlen. Da mir unentgeltlicher Sex leider auch versagt bleibt, denke ich oft über den logischen Fehler in meiner Beweiskette nach. Ich habe ihn bislang nicht ausfindig machen können. Verschämt fällt mein Blick auf die Tropfwachskerze, die im Hals einer Weinflasche mit Etikettresten steckt. Das Relikt eines romantischen Abends: mein Versuch, eine Praktikantin sensibel anzufassen, scheiterte kläglich.

Zum einjährigen Bestehen unserer Beziehung bekam ich einen Eros-Kopf, in Weihnachtsgeschenkpapier eingewickelt, obwohl es Mitte August war. Der Kopf liegt auf der linken Backe, ich lasse ihn einstauben, und einmal, als ich einen Horrorfilm gesehen hatte, hab ich ihn mit einem Tuch bedeckt, weil ich Angst hatte. Ich hab auch oft versucht, den Kopf auf dem Flohmarkt loszuschlagen, aber keiner wollte das blöde Ding. Es ist wie ein Fluch.
Ja.
Ich texte dich mit meinen Problemen voll, und du willst bestimmt schlafen.
Ist schon in Ordnung. Wenn er dich so fertigmacht ... wieso entsorgst du den Kopf nicht im nächstbesten Müllcontainer?
Liebesgaben wird man nicht los. Ich hab den Eros-Kopf mal im Garten begraben, aber dann raubte mir die Vorstellung den Schlaf, daß ein Kopf unter der Erde liegt. Ich kam mir fast vor wie ein Mörder.
Du hast ihn wieder ausgegraben.
Klar, sagt sie, ich hab ihn saubergemacht und mit Möbelpolitur auf Glanz gebracht. Der Kopf ist dadurch etwas nachgedunkelt, jetzt sieht er wirklich sehr antik aus. Ich würd's dir ja gerne schenken, aber nach all der Zeit möcht' ich mich davon nicht mehr trennen.

Ach, ich habe sowieso keine Verwendung für einen Eros-Kopf.

Du hältst mich deshalb für ein albernes Huhn, gib's zu!

Nein. Wir sprechen eher von der Eselei deines Ex-Freundes.

Also, als Esel würde ich ihn nicht unbedingt bezeichnen. Außerdem kennst du ihn gar nicht, da kannst du dir auch keine Meinung bilden ...

Wieso, zum Henker, lege ich nicht einfach auf? Meine Rolle in dieser Farce ist exakt figuriert, ich bin der alte Vertrauenslehrer, der Beichtvater, der Resonanzkörper, der wiederauferstandene picklige Quatschfreund aus ihren Teenie-Zeiten. Ein Wort zuviel, und sie schlägt in ihrem Zoologie-Lehrbuch unter Hirschbrunft nach. Habe ich etwa ein verqueres Frauenbild? Oder dulden Frauen nur maskierte Männer? Es ist ja nicht so, daß mir im bürgerlichen Leben ein rein geschäftliches Verhältnis vorschwebte wie das zwischen Vera und mir. Auf lange Sicht wird sich die Nüchternheit, auf die die Geschlechter große Stücke geben, als die Freiheit zur Selbstverkrüppelung herausstellen. Und wieder lande ich also bei einer düsteren Zukunftsprognose. Dabei bin ich nur sauer, weil ich mich beherrschen muß.

Ich möchte dir etwas beichten.

Was denn? sagt sie und fürchtet das Allerschlimmste.

Ich glaube, du solltest dir das Telefonbuch vornehmen und einen anderen Kandidaten auswählen. Du ödest mich an mit deinen Geschichten. Du hast gar nichts verstanden, du kennst dich einfach nicht aus in der männlichen Psyche. Einen Teddybär zum Kuscheln und Schmusen findest du in jedem gut sortierten Kaufhaus. Der Telefonseelsorger nimmt sich gerne deiner Probleme an. Den verdammten Eros-Kopf verschenkst du am besten. Ich bin nicht der geeignete Kandidat. Ich stehe nicht auf lange Telefongespräche mit einer Frau, die Regeln aufstellt, damit sie ihre Libido unter Kontrolle hat. Ich wünsche dir viel Glück in deinem weiteren verpfuschten Leben.

Diesmal bin ich es, der auflegt: ein berauschendes Gefühl, das leider nur einige Minuten vorhält. Ich gehe unruhig auf und ab, ich wünschte, ich hätte mich beherrschen können. Für solche Anlässe habe ich einen erstklassigen Whisky gebunkert, ich schenke mir großzügig ein und proste mir, dem ehrlichen, unkorrumpierten Idioten, vor dem großen Spiegel im Wohnzimmer zu. Es hat prima geklappt, ich bin eine Frau losgeworden. Der Prolet und die Arbeiterbrause. Der Sieg ist des heterosexuellen Mannes, er hat sich tapfer geschlagen, er ist keinen Fußzoll gewichen, Ehre und Ruhm dem Proleten. Ich blättere im Regionalteil der Zeitung und stoße auf die Meldung, daß für morgen eine Erinnerungsdemonstration für den Zuhälter Ali Höhler angemeldet sei. Er hat 1930 die SA-Kanaille Horst Wessel erschossen, lese ich, ich lasse den braven Mann hochleben und nehme mir vor, ein Stück Weges mitzumarschieren. Der Politaktivist im Sondereinsatz. Der Freak kehrt zu seinen guten alten Idealen zurück. Trotz seines Wohlstandsgürtels um die Hüften ballt er die Faust und erklärt den Bürgerlichen ewige Feindschaft. Man müßte für ihn Denkmalschutz anmelden. Ich drehe mich tänzelnd um meine Achse, trinke das Glas leer und lache aus vollem Herzen, daß es mir die Kehle zuschnürt, daß mir die Kehle brennt, das Unglück macht mich besoffen.

Das Telefon läutet beharrlich, ich öffne die Augen und kann mir erst keinen Reim machen auf den großen dunklen Fleck auf dem Teppichboden, doch dann sehe ich die umgekippte Whiskyflasche. Ich muß in meinem Furor vergessen haben, den Verschluß aufzuschrauben. Für einen Außenstehenden könnte es aussehen, als liege eine warme Leiche in ihrer Blutlache. Ich will mich aufrichten, verharre in der Bewegung, weil mir ein jäher Schmerz in den Rücken fährt. Das jahrelange Bücherkistenschleppen hat mir nicht gutgetan. Ich strecke mich, ohne aufzustehen, nach dem Telefon, ich berühre es mit den Fingerspitzen, dann wälze ich mich in der Whiskypfütze und kann endlich den Hörer greifen. Meine linke Wange klebt am Boden, natürlich denke ich an den verdammten Eros-Kopf und muß unweigerlich grinsen.

Hallo, wer ist da?

Ich bin's, sagt sie, ich fände es schade, wenn es so endet. Was erwartest du von mir?

Machen wir's doch nicht kompliziert. Ich will dich sehen. Ich will, daß du mich kennenlernst. Du brauchst nicht zu fürchten, daß ich dich bedränge. Du schaust mich an, und wenn ich dir gefalle, nimmst du mich auf wie einen verlorenen Liebhaber.

Du bist gut. Und was ist, wenn ich von dir nichts wissen will?

Dann hab' ich Pech gehabt. Damit werd' ich fertig.

Es ist still in der Leitung, sie denkt nach, sie überlegt, ob sie sehenden Auges in die Falle tappt. Wie viele Männer haben ihr wohl versprochen, sie in Ruhe zu lassen, und ihr Wort gebrochen? Eine ganze Menge, schätze ich. Sie ist sich im klaren darüber, daß ich sie ein klein wenig erpresse. Entweder oder, mach schon, Mädchen.

Kennst du das Marble Arch?
 Kenn ich.
 Wir treffen uns in einer halben Stunde. Woran erkenne ich dich?
 Ich bin peinlich gekleidet. Ich kann aber auch ein Schild mit meinem Namen hochhalten, wenn es die Sache erleichtert ...
 Lieber nicht. Bis dann.

Wie würden Sie reagieren? Ich bin ins Badezimmer gestürzt und habe mit Erschrecken festgestellt, daß der Teppichboden einen sauberen Abdruck auf meiner Wange hinterlassen hat. Ich massierte mir die Haut, bis sie rot anlief und sich das Muster ausnahm wie ein Gespinst aus schlecht verheilten Messerstichwunden. Schnell schlüpfte ich in ein grünes Hemd mit Fackelmotiven, die weiße Hose behielt ich an.
 Jetzt stehe ich vor der Tanzbar, ein Pärchen steuert an mir vorbei zum Eingang, er hält ihr die Tür auf, und sie, ein frisch verliebtes Eichhörnchen, hüpft kichernd hinein. Er zieht seine Hose am Hintern straff, macht sich gerade. Bevor die Tür zufällt, gebe ich mir einen Ruck und schlüpfe durch den Spalt in den Laden. Zu dieser fortgeschrittenen Stunde ist die Bar gerammelt

voll, Singles auf der Jagd nach dem passenden Quick-Love, die Frauen sind seltsamerweise in der Überzahl. Das Pärchen, das vor mir eintrat, macht auf dem Absatz kehrt – es sind zu viele ungebundene Körper im Raum, als daß sie sich wohl fühlen könnten. Das bißchen Licht erlaubt es gerade noch, daß ich die Hand vor den Augen sehe. Langsam quetsche ich mich durch die Menschenmasse, meine Körpergröße schüchtert die Leute ein, und sie weichen vor mir zurück. Dabei habe ich nicht unbedingt schlechte Laune. Endlich komme ich an der Querseite des Tresens an und kann den Barmann gleich auf mich aufmerksam machen. Ehe ich mich's versehe, zaubert er einen nackten Schotten vor mich hin, und plötzlich kann ich mich an sein Gesicht erinnern. Er war es, der mir sagte, daß er sich die wenigen Gäste merken würde, die einen Whisky ohne Eis bestellen. Trotzdem möchte er kassieren, er schreit mir eine Summe ins Ohr, die ungefähr einer kompletten Bücherkiste mit Mängelexemplaren entspricht. Man bezahlt schließlich auch für das Ambiente. In Deckenhöhe hat der Besitzer an den Marmorsäulen Füllhörner aus Bast angebracht, die mit Zwiebelknollen gefüllt sind. Sogar die kleine Tanzpiste wird schwach angestrahlt. Mittlerweile habe ich mich an die Dunkelheit gewöhnt und fange an, meine Umgebung zu mustern. Das heißt, ich starre einer Frau nach der anderen kurz ins Gesicht und gebe ihr die Möglichkeit, mich mit dem Blick zu streifen. Ich löse mich vom Tresen und drehe meine Runde. Die meisten Frauen wenden sich von mir ab, nur in den Augen einer recht angejahrten Thailänderin – oder ist es eine Taiwanesin? – meine ich, ein gewisses Interesse zu entdecken. Dich hebe ich mir für später auf, denke ich, sei du mir auch willkommen. Schließlich versperrt mir eine Gruppe von Studenten den Weg, ich stecke fest, doch nach einem mühsamen Manöver kann ich mich befreien. Ich will mich schon zur anderen Längswand durchschlagen, doch da werde ich angerempelt und stolpere auf die Tanzpiste. Ich kann mich gerade noch fangen, der Whisky ist aber verschüttet. Und dann sehe ich sie, sie tanzt, halb verdeckt, halb sichtbar, zwischen den Marmorsäulen, eine Art eurasischen Stammestanz, ihr Haar peitscht ihren nackten Rücken, die Träger ihres weißen Tops sind an ihrem Nacken verknotet. Ihr Kettengürtel wird kaum von ihren schmalen Hüften gehalten. Sie spürt meinen Blick, dreht sich langsam tanzend um und schaut mich an, und ich wünsche, sie würde mich eine Ewigkeit ansehen. Ich kann mich nicht von der Stelle rühren. Sie wartet ab, bis das Stück ausklingt, und kommt auf mich zu und sagt:

Hallo, ich heiße Nora.

Hallo, sage ich, ich hoffe, ich habe dich nicht lange warten lassen.

Götzenliebe

Sie sagt: Weißt du, daß Adam seine erste Frau Lilith verstieß, weil sie während des Aktes immer oben sein wollte?

Natürlich spielt sie auf die letzte Nacht an, sie hat sich zwei Rippen geprellt, oder der Hexenschuß ist ihr in die Seite gefahren, so daß es ihr unmöglich war, nur zu liegen und sich von mir bedienen zu lassen. Ich stopfte ein dickes Kissen unter ihren Nacken und war überaus freundlich. Wie sich später, bei der Praline danach, herausstellen sollte, beging ich einen Fehler. Sex ist Zähmung, sagte sie, wenn du das nicht verstehst, bist du mein Haustier, dabei habe ich doch schon ein Zwergkaninchen. Es ist der reinste Kindergarten hier.

Ich säubere seinen Stall, ich bin ein Meister der technischen Versöhnung. Es hat sein Morgenhäufchen gemacht, an seinen Löffeln kleben Haferflocken, der Futternapf ist umgeworfen. Ich lege frische Kohlblätter auf das Heu, das Kaninchen schnuppert an ihnen, rührt sie aber nicht an.

Sie sagt: Du bist diesmal mit dem Einkauf dran. Übrigens: Du hast gestern nacht mit den Zähnen geknirscht. Das muß ja ein übler Alptraum gewesen sein.

Ich kann mich nicht erinnern, der Schlaf überkommt mich wie einen Idioten. Die Traumdeutung halte ich für eine nutzlose Disziplin, was soll ich mir also Träume merken. Als ich sie frage, ob sie eine Tasse Kaffee mit einem Schäumchenklacks haben wolle, bekomme ich keine Antwort. Ich stelle mich in die offene Balkontür und stecke mir die zehnte Zigarette des Tages an. An den kahlen Ästen der Buche hängen noch die Osterplastikeier vom letzten Jahr. Die Perserin im gleichen Stock des Seitenflügels tritt auf den Balkon und wirft die Teebeutel in den Mülleimer. Ihr Mann ist vor einigen Wochen gestorben, seitdem trägt sie Schwarz. Sie hat mich kürzlich verwarnt: es dürfe nicht noch einmal vorkommen, daß ich das Küchenlicht lösche und ihr heimlich beim Ausziehen zusehe. Ich habe ihr erklärt, sie müsse sich irren, und sie solle sofort die Beleidigung zurücknehmen. Tatsächlich habe ich sie dabei beobachtet, wie sie sich nach dem Duschen eingecremt hat. Die Badezimmergardine läßt sich wohl nicht ganz zuziehen, und der überlebensgroße Spiegel, vor dem sich die Perserin an- und auszieht, lehnt an der richtigen Stelle an der Wand. Ich überblicke den ganzen Raum. Vielleicht glaubt sie, daß ein Spanner Fügung sei: ihr Mann ist gestorben, ein anderer Mann erhebt Anspruch. Natürlich sind mir ihre Überzeugungen egal. Für ein Trauerkostüm ist ihr Rock zu kurz. Nach dem Tod ihres Mannes hat sie sich vorgenommen, den Menschen nicht mehr direkt ins Gesicht zu blicken. Jetzt lehnt sie an der Spüle und hält ihren Mund an das fließende Leitungswasser.

Ich bin mir sicher, daß ihr in diesem Augenblick kein einziger frivoler Gedanke durch den Kopf geht. Das Filterstück der Zigarette kokelt, ich muß mir die Marotte abgewöhnen, wie ein junger Geck bis zum letztmöglichen Lungenzug auszuhalten. Der Hase wirft sich gegen die Käfigstäbe, er tut mir ein bißchen leid. Ich stoße die Tür zum Arbeitszimmer auf und entdecke zu meinem Verdruß nichts, was mir nicht geheuer wäre. Sie hat es nicht leicht, sich auf die Lektüre eines Magazins zu konzentrieren. Ich stelle mich hinter den Chefsessel. Ihr Rücken berührt niemals die Lehne. Meine plötzliche Nähe ist ihr sichtlich unangenehm, sie haßt es, ihren Kopf zu verdrehen und über die Schulter zu sprechen. Wie von selbst umschließen meine Hände ihre Brüste.

Sie sagt: Du zerquetschst meine Nippel, laß das!

Ich sage: Ich habe es nicht mit Absicht getan. Entschuldige bitte ... Bist du dir sicher, daß du keinen Kaffee möchtest?

Natürlich schweigt sie, bringt ihren BH in Ordnung, legt ihre Hand auf den Falz zwischen den Seiten. Dabei kann sie den Silberring betrachten, der ein Fingerglied abdeckt. Sie nickt die Einkaufsliste auf dem Tisch an, ich schnappe nach dem Zettel und falte ihn ordentlich zusammen. Das ist eine andere schlechte Angewohnheit von mir, Quittungen, Scheine, Kassenbons und alle kleinen Zettel genau zweimal zu falten. Danach fühle ich mich jedesmal besser, für einige Minuten jedenfalls. Der Hase hat sich wieder beruhigt, sein Kopf liegt auf den Vorderpfoten, und seine Augen fallen zu. Die Ruhe ist trügerisch, schon bald wird er wieder seine Löffel aufstellen und brummen. Er brummt jedesmal, wenn ich an seinem Käfig vorbeigehe, vielleicht ist es ja ein Verständigungszeichen. Er brummt aber auch, wenn er sich fertiggeputzt hat. Ich habe ihn im Verdacht, daß er eigentlich ein grobmotorisches Tier ist, ein verfetteter Futterbettler ohne Seele. Sie glaubt, er sei beseelt, ich aber unterstelle Nagetieren keine Psyche.

Sie sagt: Laß dir ruhig Zeit, ich will, daß du zwei oder drei Stunden wegbleibst. Hier hast du etwas Geld, mach dir einen schönen Tag.

Ich hülle mich in meinen neuen langen Mantel und schlage den Kragen hoch. Kaum trete ich aus dem Haus, verliere ich die Lust. Der kalte Wind dringt durch alle Kleidungsstücke, es sieht aus, als würde bald ein Schneeschauer runterkommen. Ich drehe meine übliche Runde und treffe auf halbem Wege zum Bäcker einen Bekannten, der sagt, er habe ein sizilianisches Schaf adoptiert. In seinem Oberlippenbart sind vereinzelt weiße Borsten, seine Freundin hat sich bei ihm eingehakt, und als die Ampel auf Grün schaltet, zerrt sie ihn von mir weg. Ich habe ihr noch nie einen unlauteren Antrag gemacht oder an den Hintern gefaßt. Im allgemeinen reagieren Frauen auf mich mit Angst, sie wenden sich ab, um ihre Schamteile so schnell wie möglich in Sicherheit zu bringen. Die Baguettes sind ausverkauft, ich kaufe eine Tüte einfacher Brötchen. Die weiteren Besorgungen dauern eine Stunde, ich belohne mich mit der aktuellen Ausgabe des Playboy; eine nackte Prominente streckt sich im Liegestuhl. Ihre pummelige Vagina ist eigentlich nicht vorzeigbar. Sie bekennt sich zu Sehnsüchten, die mit wenig Geld zu erfüllen sind, die Depressionswahrscheinlichkeit beim Warten ist gering. Ich lege das Magazin auf das ruckende Laufband, die Kassiererin läßt sich ihren Männerekel nicht anmerken. Mit den beiden schweren Tüten bleibe ich fast in der Drehtür stecken. Ich gehe auf direktem Wege nach Hause, mir steht der Sinn nicht danach, meine Zeit im Kaffeehaus zu vertrödeln. Eine Gruppe von Zehntkläßlern in der entschärften Aufmachung von

Stadtnomaden steht seltsam schweigend vor dem Schuleingang. Als ich an ihnen vorbeigehe, versuchen sie sich mit derben Bemerkungen auf einen hohen Pegel einzustimmen. Das Ficken reicht nicht mehr aus, die Kindsgesichter sind zögerlich, sie hören auf eine innere Stimme und verpuppen zu unfolgsamen Traumtänzern. Sie haben wenig bis keine Gefechtserfahrung. Ich kann von mir wenigstens behaupten, daß ich nach dem zweiten Glas Weißwein als glühender Erektionscharakter Charme verspüre.

Sie haßt es, wenn ich vor der vereinbarten Zeit zurückkomme. Ihr ist ein Malheur passiert, sie hat versehentlich einen Schluck aus einem Fläschchen mit ätherischem Öl genommen, das dem Glasbehältnis mit ihrem homöopathischen Leib- und Magenmittel zum Verwechseln ähnlich sieht. Jetzt riecht sie wie ein Zitronenbaum.

Sie sagt: Du hältst dich an keine Vereinbarung. Du engst mich ein, ich habe keine Freiräume, das kann doch nicht gutgehen.

Ich sage: Was erwartest du? Wir führen eine Beziehung. Wäre ich auf mich alleine gestellt, würde ich vielleicht viel mehr Aufregung in meinem Leben haben.

Sie sagt: Ist es so, ja? Und du denkst, ohne dich säße ich in der Wohnung und bliese Trübsal?

Sie beherrscht den Konjunktiv, das muß man ihr lassen. Wir einigen uns sehr schnell darauf, daß ich ihr dabei helfe, ihren Po einzugipsen. Ich reibe ihre Pobacken mit Olivenöl ein, tauche die Modelliergewebestreifen kurz in das Becken mit lauwarmem Wasser und lege sie nacheinander und übereinander auf. Ich streiche die Luftblasen heraus, dabei berühre ich ohne große Absicht ihre versteckte Klitoris. Sie ist auf ihre Kunst konzentriert und duldet keine Ablenkung. Sie stützt sich auf das Waschbecken, gemäß ihrer Anweisung halte ich den Fön an das rasch trocknende Gewebe. Schließlich können wir den halben Hohlkörper abziehen, ich achte auf die Bewegung meiner Finger, ich darf jetzt nicht an Sex denken. Ich höre den Hasen wild werden, in seinem kleinen Kopf muß sich ein Laut, ein kurzer Schrei oder das Gebell eines fremden Tieres festgesetzt haben. Und tatsächlich hechelt auch gleich der Mischling des Alten von oben die Treppen herunter. Seine langen ungeschnittenen Krallen klacken bei jedem Auftritt der Pfoten. Sie möchte nicht untätig herumstehen, ich reiche ihr die Zigarette, die sie in barschem Ton verlangt, und halte den Aschenbecher hin wie ein Diener. Plötzlich muß ich auflachen, sie ist oben bekleidet, unten ist sie nackt. Die Zigarette klemmt zwischen Zeige- und Mittelfinger, mit dem Daumennagel fährt sie immer wieder unter den Nagel des eingeknickten Ringfingers. Ihre Freundinnen vom Frauenstammtisch in einer Bar für junge Bürgerdamen ahmen beim Rauchen einander nach. Sie fragt mich, ob ich mich über sie lustig mache, und wenn ja, sollte ich schleunigst verschwinden. Mir fällt keine Gemeinheit ein, mit der ich sie traktieren könnte. Sie steigt in die Duschkabine, ich halte den Duschkopf in einem günstigen Winkel, so daß die Tonklümpchen unter dem Druck des Wasserstrahls sich lösen. Ich helfe mit der freien Hand nach und massiere dabei ungelenk und unbeherrscht ihre Pobacken.

Man kann sagen, daß es mich die meiste Zeit nach Frauen verlangt. Ich markiere mein Revier wie ein

Hund. Sie weiß es, es bedarf auch keiner großen Menschenkenntnis. Als sie aus der Dusche steigt, die Schultern hochgezogen, das ausgewrungene Haar als wippenden Skorpionschwanz zwischen den Schulterblättern, lächelt sie bei der Vorstellung, daß sie sich mir heute nacht verweigern wird. Ich darf sie ansehen, ihr Hintern ist gerötet, ihren Hautallergien verdankt sie ihren Ruf als schamhafte Frau. Um etwas zu tun zu haben, bestelle ich eine Pizza für mich und einen Salat für sie. Es wird mindestens eine halbe Stunde dauern, in der Zwischenzeit räume ich den Geschirrspüler aus. Ich schichte Äpfel in der Obstschale zu einer kleinen Pyramide auf, doch dann fällt mir ein, daß sie die gewachste Schale von Früchten verabscheut. Es klingelt an der Tür, ich weiß, daß sie nicht reagieren wird. Der Pizzabote keucht vor Anstrengung. Ich gebe ihm einen Geldschein und fordere ihn auf, die Centmünzen zu behalten. Er will kein Trinkgeld.

Ich sage: Dein Salat ist da.

Sie sagt: Ich habe keinen Hunger. Wieso hast du mich nicht gefragt, bevor du bestellt hast? Vielleicht habe ich ja Lust auf Pizza!

Ich sage: Du rührst Pizza nicht an. Ich wollte einfach nicht gedankenlos sein und auch für dich Pizza bestellen. Du hättest mir vorgeworfen, auf dich keine Rücksicht zu nehmen.

Sie sagt: Du hättest mich nicht anlügen dürfen!

Ich weiß, was sie meint. Ich habe sie tatsächlich angelogen, und wir haben uns deswegen gestritten, aber das ist jetzt ein paar Tage her. Es ist genug, ich habe gesühnt. Ich habe vorgeschlagen auszuziehen, sie schrie, das könnte mir so passen. Wäre ich mit einer fremden

Frau ins Bett gestiegen, würde unser beider Verhalten mir normal vorkommen. Die gemeinsame Wohnung kurzzeitig zu räumen war mir zu Beginn unserer Beziehung nahegelegt worden, in jenem Gouvernantenton, in dem sie »eine wichtige Sache« zum besten gibt. Meine Lüge war eine Kleinigkeit, eigentlich nicht der Rede wert. Doch weil ihre Anständigkeit, wie sie sagte, Schaden genommen hat, wollte ich ihr meine Anwesenheit erst einmal nicht zumuten. Wir leben von dieser Art von Mißverständnissen. Wir sind eine verdammte Laienspielgruppe.

Der Goudabelag der Pizza ist zu kleinen Klumpen erstarrt, ich nehme ein Tranchiermesser aus dem Besteckkasten und schneide ein fast gleichschenkliges Dreieck heraus. Aus den Peperoni spritzt der Konservensaft. Sie sitzt im offenen Bademantel, den sie mal vom Hotel hat mitgehen lassen. Sie sprach von einem Glücksfall: der Wagen des Zimmermädchens stand unbeaufsichtigt im Flur, sie schnappte sich Bleistifte, Seifen und Frotteebadeschuhe. Über den Raubzug freut sie sich immer wieder.

Ich starre ihre Vagina an. Entgegen den Ratschlägen ihrer Freundinnen läßt sie sich ihre Bikinizone behaaren. Im Sommer ist es etwas peinlich, der Gummizug ihrer Bikinihose zerteilt die Haarkringel, und man hält sie für eine unhygienische Lesbe. Vagina – das ist die Siezform der Möse. Bei jeder anderen Frau hätte ich Schwierigkeiten, ihre intimste Stelle klinisch korrekt zu bezeichnen. Auch wenn ich die Augen schließe oder allein bin, ihr Geschlecht kann nichts anderes sein als eine Vagina. Ihre Vagina ist eine Auskunftsperson, eine Bürgerin mit einem ausgependelten Ich. Ich liebe ihr stabiles Genital. Ein guter Freund von mir behauptet, er habe sich von einer Frau getrennt, weil ihr Geschlecht in seiner Beschaffenheit ausgelutschtem Mull glich. Er kommt aus einem Land, dessen Fahne einem bunten Teppichmuster ähnelt. Deshalb schenke ich ihm keinen großen Glauben. Ich nehme es ihm aber ab, daß er die herkömmliche Möse seiner damaligen Freundin als Trennungsgrund ansah. Andererseits wird ihm eine alkoholbedingte Impotenz nachgesagt.

Ich bin von ihrer Vagina beeindruckt, geradezu hingerissen. Ihre Vagina duldet keine plumpe Kumpanei, im Zustand der Erregung rinnt der Saft einfach herunter, anstatt die Schamlippen zu benetzen. Im Moment sind diese Frau und ihre Vagina eine Einheit, und es wird mir fast schlecht wegen der Zurücksetzung, die ich erfahre. Ich müßte liebedienern wie ein Palastpage. Unter dem Ansturm meiner Balztechniken müßten sie und ihre Vagina das rein geschäftliche Verhältnis zu mir aufkündigen und zurückkehren zu der Hingabe, wie sie bis vor drei Tagen üblich war zwischen uns. Ich bin herzzerrissen, beim Anblick der von selbst aufgehenden Vagina verspüre ich das Hochgefühl wie damals, als ich mit neunzehn die silberne Zuckerzange, dieses grazile schöne Ding, fast vor den Augen der Juwelierladen-Verkäuferin eingesteckt habe. Die Angestellte konnte meinen gehetzten Blick erst nicht deuten, nach einigen Minuten lief sie rot an, weil sie glaubte, ich begehrte sie.

Sie sagt: Was denkst du gerade? Willst du mit mir ins Bett?

Ich sage: Du riechst sehr verlockend. Ich habe an nichts Bestimmtes gedacht.

Sie sagt: Heute muß ich dir leider absagen.

Wenn sie mit mir nicht schlafen möchte, bemerkt sie, sie müsse mir absagen. Das ist die Ausdrucksweise ihrer Mutter, an die sie nicht erinnert werden will. Ich bringe den Teller Goudapizza in die Küche, ich setze mich hin und esse alles auf. Das Schachbrettmuster des Linoleumbodens verschwimmt vor meinen Augen zu einem schmelzenden Spielfeld. Mein Traum: ein Glas Wasser trinken und nach dem letzten Schluck gläubig aufschreien.

Feindes Zahn

Die Vergewaltigung liegt zehn Tage zurück. Sie haben meine Schöne in der Hofeinfahrt abgefangen, ihr ein Messer an die Kehle gesetzt. Sie flüsterten ihr die kommende Schändung ins Ohr, sie sagten leise, es gebe nichts, was sie dagegen unternehmen könnte. Sie spielten Schicksal, sie haben sich ihr einfach in den Weg gestellt. Meine Schöne ist kein Luder, und wegen der Reithosensilhouette ihrer Hüften zieht sie keine kurzen Röcke an. Es war den beiden Männern egal, wahrscheinlich greifen sie gerade Frauen ab, die Gefährdungen aus dem Weg gehen. Es liegt in der Natur meiner Frau, Gott anzurufen, wenn ihre Beine einknicken, sie ist in dieser Hinsicht indoktriniert. Die Angst hat sie geschüttelt, sie bat in jenen Momenten den Himmel um Hilfe. Die Männer zerrten an ihren Brüsten, zerrten an ihrem Mund, sie preßten sie an den Altpapiercontainer im Hof und zerrten an ihrem Unterleib, den sie dann abwechselnd genommen haben. Es hat vielleicht eine halbe Stunde gedauert, sie wollte mit dem Leben davonkommen und hat nicht geschrien oder sich gewehrt. Der Kerl mit dem Messer roch komischerweise nach Schaumfestiger, ich nenne ihn unbekannterweise den Frauenimitator. Er roch nicht nach Rasierwasser, ich habe sie gefragt, ob sie sich wirklich sicher ist, und sie ist sich sicher, sie kennt sich aus als Frau. Der andere

Kerl hat stark geschwitzt, wahrscheinlich wegen der ganzen Aufregung. Ich kann nur mutmaßen, ich kann mich aber nicht in die Kerle hineinversetzen: ein Nachteil bei dieser schlimmen Sache. Ich muß zusehen, daß ich mich vom toten Punkt wegbewege. Sie hat gesagt, daß die Männer es darauf anlegten, ihr weh zu tun – deshalb haben sie ihr währenddessen in ihr Fleisch gekniffen, immer wieder an derselben Stelle, bis ihr einmal ein Laut entfuhr. Es setzte gleich einen Hieb, und sie hielt still. Der Kerl mit dem Messer hat ihr nach getaner Arbeit ins Haar gerotzt, ich nehme an, daß er labil ist, vielleicht ein Streuner mit einem festen Wohnsitz, ein Glücksritter, der sucht und findet.

Die Kerle haben meine Frau beschädigt, das sind ihre Worte, sie verflucht jetzt das Viertel und die Straßen, sie glaubt, es sei Zufall gewesen, und das bringt sie fast um. Ihr Gott ist ihr entglitten, an mir hält sie sich fest. Ich bin stocksteif wie ein Wachsoldat, ich bewache ihren Körper, den ich ihr zweimal täglich trockenreibe. Sie hat auf Hygiene immer großen Wert gelegt, doch nach der Schändung muß sie den Dreck wegspritzen, sie duscht manchmal so lange, daß ich sie bitte, das Wasser jetzt aber abzustellen.

Wenn sie sich in den Kopf setzt, die guten Ratschläge in den Wind zu schießen, gibt es für meine Frau keine Grenzen: im Winter wird es schnell dunkel, die arbeitslosen Halunken treiben sich auf den Straßen herum und suchen kostenlose Ablenkung. Sie sagt, daß sie den Blick auf die Schuhe oder Hosensäume heftet, deshalb sei ihr mit einer einzigen Ausnahme auch nichts geschehen. Ich habe sie gewarnt, aber sie glaubte sich besser auszukennen. Es ist das Jahr der sterbenden Frauen, sie hinterlassen Lücken und Menschenlöcher, und ihre Freunde und Männer sind starr vor Entsetzen und verhalten sich wie Einbeinige im Rampenlicht. Die Hinterbliebenen sprechen von höherer Gewalt. Ich schlage die Zeitung auf und lese als erstes die Todesanzeigen – wie hat mich diese Stadt nur verändert! Es nimmt kein Ende mit den Todesfällen. Ich kann mich nur wundern. Bislang habe ich die Gestorbenen nur bedauert, die Gestorbenen habe ich sie genannt, und nach dieser Geschichte weiß ich, daß ich überleben kann, wenn mich meine Schöne als Henkerswerkzeug benutzt. Ich habe zwei Feinde. Ich greife sie mir aus dem Rudel heraus und zersteche sie, ich sprenge ihren Lack, ich treibe rostige Nägel in ihre Schwänze, ich lege meine Hand in die Blutlache oder berühre mit dem Finger ihre aufklaffenden Hälse und bestreiche meine Stirn. Ich trete aus dem Schatten und stecke mein Messer bis zum Schaft ins Kreuz und lähme sie. Die Schweine haben meine Schöne beschädigt.

Sie bestreut kalte Nudeln mit Zucker und ißt sie leidenschaftslos. Es ist ekelhaft. Ich habe auf sie eingeredet, aber ich konnte sie nicht davon abbringen. Ihre Mutter ist auch irgendwann wunderlich geworden, ihr Mann, ein ehemaliger Fremdenlegionär, starb nach zwei Schlaganfällen weg. Seitdem deckt sie den Tisch für drei Personen, ein Gedeck für die gute Seele ihres Mannes und ein Gedeck für den Herrn Jesus Christus. Es kommt selten vor, daß wir sie besuchen, und beim Abendessen unterhält sie sich mit den unsichtbaren Tischgenossen und läßt uns in Ruhe aufessen. Der Schock treibt die Frauen in den halben Wahnsinn. Wir haben unverhältnismäßig viele Kirchen im Viertel, und ich habe meiner Frau vorgeschlagen, zur geistigen Gesundung ein Gotteshaus aufzusuchen. Dort kann sie die Hilfe einer professionellen Kraft in Anspruch nehmen, sie kann entgiften, das in sie geschleuderte Samengift hat sie sich ja auch herausgewaschen, bis es ihr zur zwanghaften Verrichtung wurde. Nach dem Abtrocknen stopft sie die Bademäntel und Handtücher in die Waschmaschine, und weil sie über Nacht nicht trocken werden, habe ich meiner Frau zuliebe unseren Vorrat aufgestockt. Sie bedankt sich viel öfter als früher, ich furche die Stirn, weil ich für Lob und Dank unempfänglich bin. Wegen der allgemeinen Verschattung betritt sie keine Kirche, sie bleibt die meiste Zeit zu Hause, ihre wenigen Freundinnen kommen sie manchmal besuchen und schauen mich seltsam an, wenn ich keine Lust verspüre, meiner Frau von der Seite zu weichen. Sie können sie für den Rest ihres Lebens verderben, ich hasse die getuschelten Gespräche, in denen es um die groben Sitten der Männer geht. Sie sollten eigentlich froh darüber sein, daß ich sie bewirte, diese androgynen Biester. Die fromme Resi ist ehrlich um meine Frau besorgt, sie kennen sich aus Schulzeiten und haben damals geschworen, sich für ihre angetrauten Männer aufzuheben. Resi ist, wie sie offen zugibt, auf Abwege geraten. Ich habe ihr vor ein paar Tagen gesagt, auch ich würde in kein Gotteshaus eintreten, solange den Perversen gestattet ist, den Altar zu berühren. Sie konnte sich nicht mit der Nächstenliebe herausreden, ich habe ihren Mund mit der Bemerkung gestopft, daß die Hölle im Jenseits kein befriedigender Strafvollzug für die beiden Mistkerle sei. Man muß sie hier richten, man muß das Leben aus ihren Körpern herausprügeln. Das Fegefeuer ist ein Trickfilm für Kinder. Resi verschlug es die Sprache, ich hatte mich im Ton vergriffen, ich entschuldigte mich wortreich und ärgerte mich später darüber. Was glauben denn diese Menschen? Mein großer Fischzug steht noch aus. Ich werde nicht darauf bauen, daß die Kerle über die Jahre verkümmern. Es gibt für blutige Ereignisse keinen wirklichen Grund: ein Rottweiler-Rüde windet sich mit dem Kopf aus seinem Halsband und zerbeißt eine Frau zu Tode. Eine tragische dumme Geschichte, ja gut, aber es ist passiert, und man konnte es nicht voraussehen. Es gibt keine Voranmeldung. Ich kann nicht darauf warten, daß mir eines Tages Gerechtigkeit widerfährt, und höchstwahrscheinlich würde ich es auch nicht erfahren, wenn die Kerle zuschanden kämen. Ich will mit eigenen Augen erleben, wie sie sich vor Schmerzen winden, das ist mein gutes Recht.

Sie sitzt bei diesem Teller Spaghetti und schwätzt vor sich hin, wohl wissend, daß ich in der Küche bin und ausharre. Langsam macht sie mich verrückt mit ihren Geschichten, die sie wohl loswerden muß, um nicht komplett durchzudrehen. Dieser Mensch auf dem Stuhl ist deine Frau, denke ich, sie hat eine halbe Stunde Hölle durchgemacht, und jetzt wird sie damit nicht fertig, daß es das war und sie normal weiterleben darf – bis auf die blauen Flecken und ihren Reinigungstick mußte sie nicht büßen. Ich mache ihr keinen Vorwurf, ich habe in ihrer Garderobe gewühlt und keinen einzigen Flittchenfetzen gefunden. Es trifft sie keine Schuld, von diesem Gedanken komme ich nicht los. Diese Teigwürmer stören mich, man ißt sie warm und nicht kalt, genauso wie man nicht lange im Dunkeln sitzt, es sei denn, die Tageszeiten, der Morgen und der Abend, sind einem gleichgültig. Ich will ihr nicht weh tun, ich will nicht, daß ihr jemals wieder Schmerz zugefügt wird – aber am liebsten würde ich ihr einen einzigen Schlag verpassen und ihre Müdigkeit vertreiben. Wenn ich ihre Haare betrachte, muß ich an Schlingpflanzen denken, die einen Kopf umwuchern. Im Gegensatz zu früher versage ich es mir, wütend auf sie zu sein oder ein böses Wort an sie zu richten. Sie soll ihre kalten Nudeln essen.

Ich überwinde meine Angst vor Trunksüchtigen und suche Tarantul auf, einen typischen Alkoholiker. Er ist, wie man heute so sagt, auf hohem Niveau gescheitert. Früher schrieb er regelmäßig für die Zeitung, auf Lohnarbeit ist er aber nicht mehr angewiesen, nachdem ihm seine Mutter einen Reichtum vermacht hat. Seine Bekannten müssen ihn Tarantul nennen, und sie tun ihm den Gefallen. Er kennt sich aus im Viertel, er weiß, daß die jungen Ganoven sich keine Spinne überm Maul wachsen lassen, daß sie ausschwärmen, schänden und mit der Schandtat angeben. Als Alkoholiker ist Tarantul nicht sozial kompetent, sein kurzer Gang zur Kneipe gelingt ihm nur unter Aufbietung aller Kräfte, und es sieht aus, als würde er aus einer Belagerung herausbrechen. Man vertraut ihm Geheimnisse an, er geht mit ihnen leichtfertig um. Ich erzähle ihm von der Vergewaltigung meiner Frau, von den beiden Südländern, von ihren Gerüchen. Tarantul will wissen, wieso sie die Straftat nicht zur Anzeige gebracht habe. Sie hat große Hemmungen, den Alptraum zu reaktualisieren, sage ich ernst. Reaktualisieren, sagt er, das tut mir in den Ohren weh. Wir sprechen vom Jahr der sterbenden Frauen, er gießt sich immer wieder ein, und weil ich meine Frau nicht lange allein lassen will, verabschiede ich mich nach einer halben Stunde. Er verspricht, auf den Busch zu klopfen, und ahmt zum Abschied die Doppeltonsirene der Polizei nach.

Nach dem Aufschließen der Wohnungstür rufe ich nach ihr, erwarte aber keine Antwort. Das ist neuerdings ihre Art. Ich erzähle ihr, daß ich draußen gewesen sei, um mir die Beine zu vertreten, ich frage sie, ob sie mit mir eine Tasse Kaffee trinken möchte. Sie sagt, vorhin habe jemand an die Tür geklopft, sie habe aber nicht aufgemacht, sie habe etwas allein sein wollen. Ich schüttele das Kopfkissen auf dem Sofa auf, drehe den Ton des Fernsehers leiser. Nun können wir uns wie zivilisierte Menschen unterhalten. Nun kann ich ihr Gesicht berühren, eine Umarmung kommt nach dieser Sache nicht in Frage. Sie nimmt meine Hand und beißt in die Fingerspitzen, das Äußerste an sexueller Hingabe, zu dem sie imstande ist. Ich frage mich, ob sie zu oft auf Männerschößen saß und ob es sie markiert hat. Vielleicht ist es auch ihr Körper, der Fruchtbarkeit verspricht. Ich habe sie als Jungfrau geheiratet, ihr vorderes Loch war unangetastet, das kann ich bezeugen. Was sie mit ihrer hinteren Öffnung angestellt hat, kann ich natürlich nicht wissen. Ihr Hintern erregt die Männer, und man kann auch ein Gelübde rein formell einhalten. Ich habe sie vorne entjungfert, und darum geht es ja schließlich, es gibt heute aber einfach keine unberührte Frau.

Das Telefon klingelt zweimal, dann nehme ich ab. Tarantul will wissen, was ich zu tun gedenke, wenn ich die Kerle erwische. Den Dreck wegräumen, sage ich, es blüht ihnen das Ende aller Kriegsknechte, sie sind zu Felde gezogen, sie haben sich mit mir angelegt. Tarantul unterstellt mir sofort Maßlosigkeit. Es ist meine Frau, die sie erwischt haben, sage ich, du weißt nicht, was ein Vergeltungsschlag ist, sei froh darüber. Du setzt den Flicken neben das Loch, sagt Tarantul, dafür gebe ich mich nicht als Informant her. Das mußt du mit deinem Gewissen ausmachen, sage ich, es erfährt ja keiner, daß du mir einen Tip gegeben hast, ich werde für meine Rache geradestehen. Du redest, als seist du von vorgestern, sagt Tarantul, wir können sie ausfindig machen, und der Rest ist Sache der Polizei.

Das geht nicht mehr, sage ich, was bin ich für ein Mann, wenn die Kerle körperlich unversehrt davonkommen? Meine Frau ist ein Wrack. Ich werde es mir überlegen, sagt Tarantul, ich will jedenfalls in keine schlimme Sache hineingezogen werden. Die schlimme Sache ist schon passiert, sage ich, sie zuckt im Schlaf, und ich zucke, wenn ich wach bin. Das ist nicht hinnehmbar.

Das ist nicht hinnehmbar, sagt Tarantul und legt auf.

Gottesanrufung I

Er hatte mich in das Kreuzberger Café bestellt und eine Geschichte versprochen, die ich in den Grenzen der Schicklichkeit verwerten könne. Sein Anruf kam ungelegen, ich wollte an meinem freien Tag einfach nur zu Hause sitzen und Videofilme ansehen. Doch er ließ sich nicht auf später vertrösten. Seine Cousine, soviel wollte er mir schon verraten, war von einem anständigen Jungen »sehr angetan«, sie konnte jedoch als gläubige Muslimin keine normale Liebesbeziehung eingehen. Das heilige Buch gebietet Enthaltsamkeit für Jungfrauen und Junggesellen. Ich sagte ihm auf den Kopf zu, daß ich noch nie etwas von männlichen Liebeskupplern gehört hätte. Es war ihm ernst, und ich mochte seine Bitte nicht abschlagen, wir verabredeten uns für den frühen Nachmittag in einem Kaffeehaus, das von arrivierten Jungtürken frequentiert wird. Sie führen ihre Freundinnen aus und verhalten sich wie frisch graduierte Bildungsbürger, die gelernt haben, daß man sprechenden Frauen nicht auf die Lippen, aber in die Augen schaut. In dieser Enklave der guten Umgangsformen finden sich aber auch deutsche Pärchen ein. Die Deutschen entspannen sich in fremden Milieus bemerkenswert schnell, und es wird mir immer ein Rätsel bleiben, wieso der Anblick von banalem kalten Hirtensalat sie in eine derart gute Laune versetzen kann.

Ich bin vor der Zeit gekommen und sitze ohne große Empfindungen auf meinem Platz. Die Kellnerinnen laufen in weißen Schürzen von einem Tisch zum anderen, sie lassen sich gern in einen Plausch verwickeln. Eine besonders schöne Frau an einem Fensterplatz zieht ihren Lidstrich nach, unsere Blicke treffen sich, und sie lacht sich von mir los und nippt an ihrem Tee, in den sie einen Zuckerwürfel hat fallen lassen. Vielleicht, denke ich, werde ich im Laufe dieses Tages gute Laune bekommen, und aus Übermut klaube ich eine Münze aus meiner Hosentasche und balanciere sie auf meinem Zeigefinger. Als ich aufschaue, steht Osman vor mir, er besitzt die Gabe, sich lautlos anzuschleichen oder ganz plötzlich zu verschwinden. Wir begrüßen uns auf althergebrachte Weise, wir besiegeln den Handschlag mit einer kurzen Umarmung. Ich will wissen, was seine Geschäfte machen und ob er seinen Frieden mit den Angestellten in seiner Videothek gemacht habe. Die Einnahmen seien lausig, türkische Filme würden nicht mehr ausgeliehen, und die Clubmitgliedschaft in einem der großen Videoverleihläden sei um einiges attraktiver. Im Gegenzug fragt er mich nach den Verkaufszahlen meiner Bücher, ich verspreche, den Verlagsbetrieb davon zu überzeugen, daß man Osman einen Stapel zukommen läßt. Er hält es für eine zündende Geschäftsidee, meine Bücher neben der Kasse zu plazieren – bestimmt würden sie besser weggehen als in einer Buchhandlung. Als ein Hund an seinem Hosenbein schnüffeln will, gibt er ihm einen Tritt in die Flanke und achtet nicht weiter auf den bösen Blick der Besitzerin.

Das sind unreine Tiere. Wo sie hausen, ist den Engeln der Eintritt verwehrt.

Ich glaube nicht, daß die Engel sich von Promenadenmischungen aufhalten lassen, sage ich.

Unser Prophet, Friede sei mit ihm, leitet uns an, die Gegenwart von Hunden zu meiden, sagt Osman. Wenn sich ein Köter an dir reibt, mußt du die rituelle Waschung für die Gottesanbetung noch einmal vornehmen. Ein Hund ist ein Flohbeutel und steckt dich mit Krankheiten an.

Du lebst im falschen Land, Osman.

Den Eindruck habe ich auch, sagt er.

Langsam füllt sich das Café mit jungen Pärchen, es ist die sogenannte Stunde des Liebesschwurs. Es heißt, der Mann solle nach der Schattenfarbe der Abenddämmerung gehen: wenn sich ein weißer Faden von einem schwarzen nur mit Mühe scheiden lasse, seien die Frauenherzen für Anrufungen besonders empfänglich. Beim Anblick der abtrünnigen Orientalen überkommt mich für einen Moment das Gefühl, es werde ein schlimmes Ende mit uns allen nehmen. Vielleicht bin ich einfach nur verstimmt über diesen störrischen Feierabendgläubigen, der mir gegenübersitzt und glaubt, Hunde gehörten aus Gründen der Hygiene gesteinigt.

Also, deine Cousine hat sich verliebt, und ich freue mich für sie. Was verlangt sie aber von mir?

Du sollst über die rechte Wahl der Worte räsonieren und einen Brief an diesen Jungen aufsetzen. Sie möchte, daß der Junge versteht, wie es um ihre Liebe steht. Der Brief darf ihn natürlich nicht ermutigen, sich gewisse Freiheiten zu nehmen. Diese Art von Liebe würde unter einem Unstern stehen.

Was soll das heißen?

Kein Sex. Keine körperliche Annäherung. Meine

Cousine legt Wert darauf, daß du dem Jungen eine wichtige Regel klarmachst: Sie ist unberührbar, bis sie auf den richtigen Mann trifft.

Er ist also nicht unbedingt ihre große Liebe.

Nein, ich denke nicht.

Wieso ist deine Cousine nicht selber erschienen und hat dich vorgeschickt?

Sie ist kein schamloses Mädchen!

Das habe ich auch nicht behauptet, sage ich schnell, aber du mußt zugeben, daß wir uns in einer komischen Situation befinden. Zwei Männer stecken die Köpfe zusammen, um einem dritten Mann – der Liebhaber, der keiner sein darf – eine Mitteilung über die platonische Liebe einer Frau zu machen. Das nennt man Gruppenbild ohne Dame.

Meine Cousine ist eben ein anständiges Mädchen.

Ist in Ordnung, sage ich. Es würde mir nicht einfallen, das in Zweifel zu ziehen. Deine Cousine hätte doch auch einer Freundin die Rolle der Liebesbotin antragen können.

Die Zeiten ändern sich, sagt Osman. Die Frauen klatschen gerne, und das Gerücht macht schnell die Runde. Sie setzt großes Vertrauen in mich – und auch in dich, mein Freund!

Ich werde das Beichtgeheimnis hüten, sage ich.

Am liebsten würde ich es hinausschreien, ich möchte mich nicht für eine Frau verwenden, die ich, wenn mich nicht alles täuscht, nur ein einziges Mal zu Gesicht bekommen habe. Osman hatte mich zum Opferfest nach Hause eingeladen, seine Eltern, beide Analphabeten, sollten einen echten Schriftsteller kennenlernen und bitteschön aus meinem Munde erfahren, daß man nicht nur als Kfz-Mechaniker-Meister oder Fließbandarbeiter gutes Geld verdiente. Die Wohnung war voll mit Verwandten beider Elternteile, die Kinder tollten herum und wurden halbherzig zur Ordnung gerufen. Zur Begrüßung gab ich Osmans Cousine die Hand, sie schlug die Augen nieder, und ich kam mir vor wie Dreck. Unter strenggläubigen Moslems ist es nicht üblich, Frauen die Grußhand entgegenzustrecken. Sie hatte mir erklärt, daß das animalische Wesen des Mannes sehr reizbar sei, daher habe sie auch nach einem sündigen Leben den Schleier angelegt und einen bedingten Triebverzicht akzeptiert. Sie konvertierte zur Orthodoxie, weil sie vom Hurendekor loskommen und die Gotteszeichen entziffern wollte. Es hörte sich jedenfalls sehr poetisch an, damals, ich prägte mir ihre Worte genau ein, und da sie auf offene Ohren stieß, erzählte sie, daß sie sogar eine Wallfahrt zu einem heiligen Mann unternommen und an dessen Grabstele einen Fetzen Stoff mehrfach geknotet habe. Weil die Seele des in Sünde verstrickten Menschen wie ein Hundemaul stinke, weil es auch ihr nicht anders gegangen sei, habe sie einen radikalen Schnitt gemacht: weg vom Fleisch, hin zu Gott.

Willst du uns jetzt den Gefallen tun? sagte Osman, ich möchte eigentlich ungern zur Eile antreiben.

Was kannst du mir über den Jungen sagen?

Er wohnt in derselben Straße wie meine Cousine. Er will hoch hinaus, er studiert Betriebswirtschaft und hält auch die Regelstudienzeit ein …

Ein Streber also, sage ich.

Nicht unbedingt. Er hat eben keine Lust, in die Fußstapfen seines Vaters zu treten. Oder findest du es besonders fortschrittlich, dich in einer verdammten Montagehalle kaputtzumachen?

Da ist was Wahres dran. Wie haben sich die beiden kennengelernt?

Gar nicht. Sie haben vielleicht vielsagende Blicke ausgetauscht. Meine Cousine ist sich sicher, daß auch er entbrannt ist. Er wird rot, wenn ihn Frauen ansprechen.

Ach, du meine Güte.

Außerdem hat er zur Zeit keine Freundin, ich habe mich schon erkundigt.

Osman, du weißt, ich halte schüchterne Studenten für Spießer. Deine Cousine in allen Ehren, aber kann sie sich, sagen wir einmal, nicht einen reiferen Mann aussuchen?

Sie schwört auf die Romantik ...

Na, wir doch auch, sage ich.

Sie hat sich aber nun mal in diesen Anfänger verknallt. Sie sagt, der Mann darf seine Jungfräulichkeit nicht bei dem erstbesten Luder verlieren. Die Konkubinen leben in Schande, ob Mann oder Frau, das ist egal.

Sie ist aber sehr schnell zur Hand mit dem Vorwurf, dieser oder jener Mensch sei lasterhaft, sage ich.

Die Geschichte nimmt eine unangenehme Wendung, was soll der ganze Unsinn. Ich wünschte, Osmans Cousine säße mir gegenüber und ich könnte ihr ins Gesicht schreien, daß sie als bigotte Jungfer eher in Dämonenspeichel badete, als den Geboten des Herrn zu folgen. Diese Sprache würde sie verstehen und im Geiste ihren Sündenkatalog durchgehen, um mich vielleicht einen Unentschiedenen zwischen Gut und Böse zu schimpfen.

Wie wär's denn damit: Deine Blicke gingen mir durch Mark und Bein. Ich weiß, du liebst mich, und ich hege für dich ähnliche Gefühle. Wir wollen uns treffen und ansehen, doch mehr kann ich auch für später nicht versprechen ...

Das geht nicht, sagt Osman. Es müssen Worte sein, die ihn sofort verhexen. Außerdem muß der Brief mehr Harmonien enthalten.

Harmonien? Wir stellen dem armen Kerl eine Falle! Sie verlangt von ihm, daß er sich in das Schicksal eines Haremeunuchen freudig fügen soll. Ich glaube, deine Cousine möchte einfach angeschmachtet werden, sie hat zu viele Groschenhefte gelesen.

Du magst sie nicht besonders, oder?

Osman, Hand aufs Herz. Wie würdest du reagieren, wenn du einen solch frommen Antrag bekämest? Eine Liebe mit Spielregeln, zwei unberührbare Körper, die einander Gedichte aufsagen, aber verschlüsselt sprechen, damit auch ja kein sündiger Gedanke aufkommt. Was würdest du machen?

Ich würde durchdrehen. Das habe ich ihr aber auch gesagt.

Und?

Sie meinte, ich würde nicht in ihrem Körper stecken, und nicht die Frauen, sondern die Männer müßten gezähmt werden. Sie sagte: Ich will mich an den Männern rächen, daß ich meine Haare verstecken muß und keinen auffälligen Nagellack auftragen kann.

Der Junge kann doch nichts dafür. So wie du ihn mir beschrieben hast, wird er keine Einwände haben, wenn sie barhäuptig herumläuft.

Es ist aber nun mal so verfügt worden. Sie befürchtet,

daß die Ehrbaren ihr die Achtung versagen, wenn sie den Schleier wieder ablegt. Ihre Ungunst kann töten.

Ich schreibe gern Liebesbriefe. Oder Bittbriefe an die deutschen Behörden. Aber beides in einem Federstrich, das ist mir unmöglich.

Osman verschränkt die Hände auf dem Tisch und scheint über meine Worte nachzudenken. Schließlich ringt er sich zu einer Entscheidung durch.

Ich werde meiner Cousine von dir ausrichten, daß du die Informationen aus erster Hand haben möchtest. Wenn sie weiter auf diesem komischen Brief besteht, kommen wir wieder zu dritt zusammen. Vielleicht treffen wir uns das nächste Mal bei mir, das ist ein neutrales Gelände, und ihr Vater kommt nicht auf falsche Gedanken.

Soll mir recht sein, sage ich.

Bestimmt hat sie sich dann entliebt, sagt Osman, oder es ist ihr klargeworden, daß sie ihn auch gleich persönlich ansprechen sollte.

Und was ist, wenn es für den Jungen kein Zurück mehr gibt?

Dann hat er eben Pech gehabt, sagt Osman, Pech macht reif, und seine nächste Freundin wird davon profitieren. Später kann er sich damit brüsten, daß eine Frau, die vor die Wahl gestellt wurde, sich für Gott oder die Liebe zu entscheiden, ihm den Laufpaß gab. Damit wird er bei den Frauen punkten und das Pech in Glück verwandeln. Eigentlich ist er in einer beneidenswerten Situation.

Gottesanrufung II

Ihr Gesicht hat sich nicht verändert, aber sie trägt jetzt ein Zuchttuch, der Schleier verhüllt ihr Haar. Ich mache mir nichts aus Atheisten, es sind meist klassische Hefeweizensäufer oder Weintrinker, die das Leben, auf das sie bauen, nicht ertragen. Ohne Drogen kommen sie nicht aus, ihr chemischer Humanismus widert mich an. Es gefällt mir, mich mit der Neugeborenen Muslimin zu treffen, sie hat mir am Telefon verraten, daß es nicht wie in alten Zeiten sein wird. Ihr Kodex erlaubt es ihr nicht, fremden Männern die Hand zu reichen. Der Appetit der Schweine auf Mastfutter vergeht nicht, jeder Keil, den Gott zwischen Mann und Frau treibt, verhindert unnötige Geschlechtervermischungen. Gegen Ende des Telefonats habe ich sie gebeten, mich mit den emotionalen Aspekten ihrer Bekehrung zu verschonen. Ich bekomme Zuschriften von Menschen, die mir mitteilen, daß sie in den Spiegel schauen können, ohne zusammenzuzucken. Mein Haß auf Geläuterte braucht keine Opfer, er ist zu einer festen Größe in meinem Leben ausgewachsen. Wir treffen uns an einem neutralen Ort, in einem Café, das von vollständig integrierten Migrantenkindern frequentiert wird. Es sind Bauern mit Bildung, und sie passen gut zu den Analphabeten in dieser deutschen Großstadt. Die Kellnerin bedient mich unfreundlich, ich habe ihre ungebändigten Brüste unter dem weißen T-Shirt angestarrt. Die monströsen Drüsenauswüchse verraten sie als die Tochter ihrer dahergelaufenen Mutter. Als sie die Tasse heftig auf den Tisch stellt, schwappt der Kaffee über, und ich bekomme ein paar Tropfen ab. Ich bedanke mich artig auf türkisch, der Zorn schießt ihr in den Kopf und läßt sie erröten. Meine Manieren sind eigentlich einwandfrei, meine Ex-Freundinnen haben an meinen Umgangsformen nichts auszusetzen gehabt. Wenn ich Heuchler erkenne, behandele ich sie wie kleine Kinder.

Ich schaue auf und konzentriere mich auf Hürmüs Gesicht. In diesem Augenblick wünsche ich mir nicht, alleine zu sein oder zu masturbieren. Ich onaniere aus lauter Verlegenheit, nur selten aus reiner Lust. Sie müßte es wissen, ich habe ihr damals, in meiner Zeit der Empörung, viele Briefe geschrieben und Details aus meinem Privatleben verraten. Die Bekehrung löscht einen Teil der Erinnerung, wahrscheinlich hat sie das belastende Material im Altpapiercontainer versenkt. Ich wüßte gern, ob sie die Abfallentsorgung vor oder nach ihrem Übertritt in Angriff nahm. Sie sieht im langen züchtigen Kleid sehr gut aus, allerdings scheint mir ihr Schamtuch auf Effekte angelegt zu sein.

Du bist also jetzt eine Gläubige, stelle ich fest und gebe ihr eine Gelegenheit, sich trotz unserer Abmachung zu produzieren.

Das siehst du doch.

Wie kommt man sich denn so vor? Ich meine, du führst doch bestimmt ein beschauliches Leben.

Willst du mich verarschen?

Nein. Ich will dich nicht verarschen.

Dann laß mich damit in Ruhe, sagt sie.

Sie nimmt einen Schluck ungeweißten Kaffee, dann nippt sie an ihrem Mineralwasser. Einige Kohlensäurebläschen verzischen an ihren Lippen, auf die sie ein rissiges Braun aufgetragen hat. Man könnte glauben, sie sei aus einem Kloster ausgebrochen und habe ihren persönlichen Sündenfall mit Kosmetikproben feierlich begangen. Ich möchte ihr die Serviette zum Abreiben der Schminke reichen, ich belasse es bei dem Gedanken, ich will sie nicht verschrecken. Noch bin ich neugierig.

Wie ist es dir in der Zwischenzeit ergangen, fragt sie mich.

Wann haben wir uns das letzte Mal gesehen?

Ich weiß nicht, sagt sie, vor zwei oder drei Jahren.

Du hast mich damals verlassen.

Ja.

Erwarte von mir nicht, daß ich dir sage, ich hätte dir keine Träne nachgeweint.

Du bist also kompliziert wie immer. Du hast unter der Trennung gelitten, willst du mir das sagen?

Ein halbes Jahr lang.

Ich habe mich in einen anderen Typen verliebt und bin ehrlicherweise ausgezogen.

Ja klar, sage ich, war eine klare Entscheidung.

Hast du eine Freundin?

Sie ist nett. Sie erträgt mich. Sie hat keine Probleme damit, wenn wir uns mal eine Woche lang nicht sehen.

Schön. Ist sie eine Deutsche?

Ist doch egal, oder? Na gut, ist nicht egal. Eine Deutsche.

Zwischendurch irgendwelche Türkinnen?

Nein.

Ich bin die einzige Türkin in deinem Leben?

Du kannst dir wirklich was drauf einbilden, sage ich, spricht es jetzt für oder gegen mich?

Keine Ahnung. Ist sie ... ist deine Freundin hübsch?

Häßliche Frauen tun mir nur leid.

Wahrscheinlich war das soeben ein Kompliment.

Ja, du bist hübsch. Und sie, Jennifer heißt sie, ist auch eine schöne Frau.

Jennifer? Ist doch eigentlich kein deutscher Name.

Das macht man heute so. Klingt nach weiter Welt. Wenn's so weitergeht, werden wir aus bloßem Trotz unseren Kindern deutsche Namen geben.

Höre ich da einen Kinderwunsch heraus, sagt sie, oder bist du schon Vater?

Blödsinn. Kinder sind reine Zeitverschwendung.

Dann läuft doch alles prima für dich.

Und du? Bist du, na ja, glücklich liiert?

Es gibt Interessenten, aber ich lasse mir etwas Zeit. Im Gegensatz zu dir will ich bald heiraten und mindestens drei Kinder kriegen.

Fehlt dir nicht ein Freund?

Manchmal, ja. Wenn ich ehrlich sein soll, sehr oft. Ich lenk' mich ab, und nach einiger Zeit kann ich wieder geradeaus blicken.

Sehr erwachsen.

Find' ich auch. Haben die hier Kuchen?

Nur orientalisches Gebäck, sage ich. Die Speisekarte ist ein einziges Bekenntnis zur anatolischen Barbarei. In fünf Jahren laufen unsere Jungs mit einem Fez auf dem Kopf herum und finden es besonders progressiv.

Ich habe Schmacht auf Mohnkuchen, sagt sie.

Ich erinnere mich. Sie hat sich immer mittags hingelegt, und nach dem Aufwachen wollte sie eine süße

Kleinigkeit essen, am besten Mohnkuchen. Sie sagte, sie würde am warmen Bauch Gottes schlafen und davon bekäme man Heißhunger auf eine Kalorienbombe. Eigentlich war sie immer ein versautes Mädchen gewesen, deshalb konnte ich ihr, sozusagen als Gegenleistung, keine Bitte ausschlagen.

Ich starre auf den zur dünnen Drecksschicht erstarrten Staub in meinen Handinnenflächen, ich hätte nicht aufräumen dürfen. Nicht diese Teppichflusen einzeln zupfen, nicht den Fernsehbildschirm feucht abwischen dürfen. Ich fühle einen kalten Luftzug am Rücken und stopfe verstohlen das lose Unterhemd in den Hosenbund. Die Kellnerin bleibt an unserem Tisch stehen, sie nimmt Hürmüs' Bestellung auf, sie notiert eine Portion Süßigkeit und zwei Tassen Kaffee auf ihrem Block: das Miststück tut so, als könnte sie es sich nicht merken, dabei will sie einfach nur jeden Blickkontakt mit zwei ungebetenen Gästen vermeiden. Ein türkischer Mann, der ihr auf die Brüste starrt, und eine unmögliche Person mit einem Fetzen Stoff um die Haare – wir sind die, vor denen sie ihre Freunde warnt und vor denen sie ihr ganzes verpfuschtes Leben lang fliehen wird. Wahrscheinlich ist sie knapp geschlechtsreif von zu Hause abgehauen und hat sich dem erstbesten Kiffer an den Hals geworfen; ihre Entjungferung fand bei Kerzenschein statt, die Fenster standen offen, und es lief Gitarrenmusik. Die Einwanderer wären gar nicht aufgebrochen, hätten sie gewußt, daß ihre Kinder in Deutschland eine billige Emanzipation angehen und sich in spießige Gören verwandeln würden.

Diese Kellnerin mag uns nicht besonders, sagt Hürmüs, ich wette, sie spuckt in meinen Kaffee.

Sie ist eine Frau ohne Eigenschaften. Wenn sie sich in dem Job hält, hat sie sich maximal verwirklicht. Mehr ist nicht drin.

Du willst nicht wissen, wieso ich mich bei dir gemeldet habe?

Stimmt. Das ist eine gute Frage.

Soll ich dir sagen, weshalb?

Du willst mit deiner Vergangenheit ins reine kommen, sie bewältigen. Ist doch normal. Würde ich vielleicht auch machen.

Nein, sagt sie, würdest du nicht. Du wärest weg, ich würde dich nie wieder sehen.

Ich habe noch nie nach einer Trennung die Stadt verlassen. Wir wären uns bestimmt zufällig begegnet.

Weißt du, ich habe damals etwas verschwiegen.

Du hast abgetrieben, und nach deinem neuen Glauben ist es fast eine Sünde, also willst du mit der Wahrheit herausrücken.

Scheiße.

Gut, keine Scherze mehr. Hürmüs, meine Schöne, was hast du mir also verheimlicht?

Es rief ein Mann an, der behauptete, er würde dich aus der Schulzeit kennen, ihr wäret beste Freunde gewesen, ihr hättet euch ewige Freundschaft oder so geschworen und dann aber im Streit entzweit …

Was ist das denn für eine blöde Ausdrucksweise.

Das ist mir auch damals aufgefallen. Er hatte eine komische Wortwahl, außerdem hat er ohne Punkt und Komma gesprochen. Ich hatte das Gefühl, er wollte seine Seele erleichtern …

Hat er das so gesagt?

Nein, das stammt jetzt von mir. Ich meine, es war

ihm unangenehm, mit mir zu sprechen. Er hielt mich für deine Frau, er hakte nicht nach, er sagte nur, das wäre untypisch für dich, mit einer Frau zusammenzuleben.

Er kennt mich also doch.

Er gab mir seine Telefonnummer, er bat mich, dich zum Rückruf zu veranlassen. Das sind seine Worte gewesen.

Entweder hast du ein Gedächtnisprotokoll erstellt, oder du bist wie diese Elefanten, die den Jäger nach Jahren wiedererkennen und ihn niedertrampeln.

Ich kann mir bestimmte Dinge gut merken. Seine Stimme war sehr männlich, außerdem spricht man ja nicht jeden Tag mit dem besten Schulfreund des Mannes, mit dem man zusammen ist.

Also gut. Du hast damals vergessen, mir von diesem Anruf zu erzählen. Macht nichts.

Ich habe es nicht vergessen. Ich habe diesen Anruf bewußt unterschlagen.

Aha. Und wieso das?

Ich weiß nicht. Ich fand ihn etwas intim. Vielleicht hatte ich meine Freude daran, ihn von dir fernzuhalten. Oder dich vor ihm zu schützen.

Du wirst psychologisch, Hürmüs.

Und du bist ein Idiot.

Es war das beste, erst einmal zu schweigen. Ich habe es ihr unmöglich gemacht, über ihren Gott zu sprechen, der sie vor dem Schmutz der Welt beschützt. Wir hätten doch über ihre Illumination reden sollen. Andererseits hat sie sich mit mir getroffen, um von diesem nichtigen Vorfall zu berichten, dabei sind mir spät heimkehrende verlorene Freunde egal.

Hürmüs, du wirst deine Gründe gehabt haben. Auf jeden Fall hast du mir damit einen Gefallen getan.

Ich finde, du reagierst nicht normal. Jeder andere hätte mich zum Teufel gewünscht.

Du kennst mich doch. Ich bin nicht gern unter Menschen, und Freunde sind mir zuwider. Schluß jetzt damit.

Er hat gesagt, du wärest kurz mit seiner Schwester zusammengewesen. Es war schon eigenartig, ich glaube, er wollte, daß ich Eifersucht spüre.

Das kann nicht sein. Ich bin genau ein Jahr nach dem Abitur entjungfert worden.

Dein Freund hat also gelogen.

Es scheint so, sage ich, ich kann mich jedenfalls an keine Frau erinnern, die sich für mich erwärmt hätte. Damals hatte ich Pubertätspickel im Gesicht, und ich war nicht charmant. Ich war für die Frauen unsichtbar.

Irgendwie habe ich gewußt, daß der Typ schummelt. Als er fragte, ob ich mit ihm ausgehen will, habe ich aufgelegt.

Was? Hürmüs, das war ein Telefononanist.

Ich glaube auch.

Dann können wir doch das Thema abschließen.

Sie ist aber nicht zufrieden oder erleichtert, dabei habe ich ihr die Absolution erteilt, und sie kann ein vermeintliches Vergehen aus dem Sündenregister löschen. Was mag sie überhaupt für Sünde halten? Vielleicht ist sie nicht kleinlich und geht über kleine Fehltritte hinweg. Oder aber sie will sich von ihrem Vorleben lösen, sie glaubt fest, und es fehlt ihr der Platz zum Manövrieren. Früher hat sie in aller Offenheit über die Verwüstungen ihres Genitals gesprochen. Sie gab sich verletzlich, doch ich hatte es nicht geschafft, ihren innersten Verteidigungswall zu durchbrechen. Sie konnte ihren Rock raffen und ihr gut riechendes Geschlecht zeigen, wenn sie glaubte, meiner Lust zuvorkommen zu müssen. Ihr Exhibitionismus ging mir manchmal auf die Nerven, es hatte keinen Sinn, ihn ihr auszutreiben. Was hat die Religion aus ihr gemacht? Gott ist für manche Menschen, so sie denn zu ihm finden, juckreizlindernd, für andere aber kommt er nicht in Frage, weil er Ungleichgewichte auslöst. Ich verbinde den späten Glauben an ihn mit einer fast vollständigen Datensperrung: was einmal geschah, kann so nicht geschehen sein. Hürmüs macht nicht den Eindruck, als spiele sie auf einer Ausweichbühne: ihre Reflexe sind intakt, ihr Fleisch und ihre Sehnen spannen bei Bedarf. Sie hat also keine meditativ bedingte Schwäche entwickelt, wie man sie bei wiedergeborenen Gläubigen entdeckt, die ihrem Gott alle Kraft opfern. Der Monotheismus verwandelt die Menschen in herrlich standardisierte Knechte mit Maximalanbindung. Dagegen ist der Zen der Spinner bloße Gymnastik. Hürmüs kann ich nicht brechen, es ist ihr einerlei, ob ich ihren Gott oder ihre Schönheit bespreche. Jetzt geht es sowieso nicht mehr.

Mich reizt es manchmal, mich vor einem Übermächtigen niederzuwerfen, sage ich, ich bin also mit dir solidarisch.

Das sind doch nur deine bekannten intellektuellen Spielchen.

Nein, wirklich nicht. Es geht mir im Kopf herum, also ist das Ganze sicher nicht mehr als ein Ablösungsversuch, wovon auch immer.

Du wirst dich nicht ändern, zum wahren Glauben wirst du auch nicht finden.

Du meinst, ich bin verstockt wie ein Heide?

Ich kann in dich nicht hineinschauen. Ich erhebe mich nicht über dich.

Das ist beruhigend. Betest du laut Vorschrift fünfmal am Tag?

Ja.

Es heißt, man soll beim Beten frei von weltlichen Gedanken sein. Klappt es bei dir?

Noch nicht. Laß uns bitte nicht über mich reden ...

Was bist du, nur dein neuer Glaube?

Das kannst du nicht verstehen, sagt sie, du bist ein Mann, du kannst eine Frau nicht verstehen, eine Gläubige schon gar nicht.

Ich gebe mir doch wirklich Mühe, um dir nicht auf die Füße zu treten.

Du sprichst wie ein Spießer.

Ich bin ein Spießer, sage ich, ich will nicht anders. Alle meine Vorurteile haben sich leider bestätigt.

Ich muß bald los.

Wohin willst du gehen? Nach Hause oder zu einem »Interessenten«?

Das geht dich nichts an.

Man könnte meinen, wir führen hier ein Beziehungsgespräch. Wie in den schlechten alten Zeiten.

Sie bleibt anstandshalber noch zehn Minuten sitzen, dann legt sie einen Fünf-Euro-Schein auf den Tisch, steht auf und sieht mich an. Ich wünsche ihr einen guten Heimweg, sie empfiehlt mich Gottes Obacht und geht weg: ihr Rücken, eine bebende Kulisse.

Jenseits

Häute

Der Antiquar ist nur noch Haut und Knochen. Er kneift sich in den Handrücken – an einer juckenden Stelle, vielleicht massiert er sie auch nur. Ein Hund streckt seine Schnauze durch die Plastikstrippen des Fliegenvorhangs an der Tür. Der Antiquar greift in einen Eimer neben dem Schemel und wirft eine Handvoll Kiesel in die Richtung des Hundes, der sein Fell sträubt und sich heulend davonmacht. Ich stelle den Messingkerzenhalter wieder an seinen Platz, dabei stoße ich eine bauchige Dose um. Ihr Deckel löst sich, kreiselt scheppernd auf dem Boden. Der Kellnerjunge balanciert auf dem Tablett zwei Gläser grünen Tee und blickt erst auf, als er vor dem alten Mann steht. Der Antiquar greift mit beiden Händen zur Untertasse, spitzt den Mund und nimmt einen Schluck. Als er nickt, wendet sich der Junge mir zu, er starrt meine langen Haare an, dann huscht sein Blick zu meinen unlackierten Fingernägeln. Die Kinder hier sind dafür bekannt, daß sie sich am Ortsausgang versammeln und Jagd auf feminin anmutende Fremde machen. Ein Stein aus einer Zwille hat einmal einen Langhaarigen das Leben gekostet. Die Auswärtigen heißen in ihrer bäurisch verschliffenen Sprache »ausgestopfte Puppenleiber«. Der Junge sammelt die leeren Kaffeetassen der ersten Bestellung ein, dann rückt er den Bleistiftstummel hinter seinem Ohr gerade und schlappt in seinen großen Badeslippern davon.

Wir warten auf die Frau des Antiquars, sie macht die Preise, sie nimmt das Geld entgegen. Ihr Mann hat die Aufgabe, den Kunden die Wartezeit zu versüßen. Eine sprechende Attrappe. Er zeigt auf die überzuckerten Teigfladen unter der Drahthaube, ich schüttele den Kopf. Ich setze die Tasse auf dem Beistelltisch ab, stehe auf, gehe in die Knie und streiche über das auf einem Teppich ausgebreitete Hochzeitslaken. Der Antiquar hat gesagt, sie hätten es von einer betagten Bäuerin auf Kommission bekommen, die es wiederum von ihrer Großmutter väterlicherseits geerbt habe. Der Handel auf fremde Rechnung wird sich für sie lohnen, ich bin mir sicher, daß ihr Aufschlag zwei Drittel des Preises ausmacht. Das Laken der ersten Nacht weist einen hellbraunen Fleck auf, das Entjungferungsblut ist ein Echtheitssiegel. Entlang der umgeschlagenen Längs- und Breitseite ranken sich Phantasiepflanzen um Adam und Eva, man sieht ein löwenmähniges Rehkitz neben einem Löwen liegen, der zwei behufte Vorderläufe vorstreckt. Eine alte Legende, gestickt in einen Stoff, der sich wie Narbengewebe anfühlt. Für das Laken verlangt der Antiquar tausend Dollar, und er hat mir die Hoffnung genommen, mit seiner Frau, der Patronin, feilschen zu können. Ich lasse mich in den Korbsessel fallen und trinke den bitteren grünen Tee, vor dem man mich gewarnt hatte. Man stopft eine Frauenfaust-große Siebkapsel mit Blättern voll und serviert die ersten vier Aufgüsse leicht verzuckert. Das bittere Gebräu schlägt mir auf den Magen, ich trinke es in einem Zug aus, weil ich weiß, daß man hier mit hochdosiertem grünen Tee die auswärtigen Männer auf die Probe stellt.

Eine Hand teilt die Fliegenschutzstrippen, und im nächsten Moment steht eine massige Frau im Raum. Ihr Kleid nimmt die Konturen der Wülste und der Tiefen ihres Fleisches auf und endet an den Fußknöcheln mit einem Fransenbesatz. Sie hat sich eine Samtpelerine über die Schultern geworfen, eine verdreckte Gardinenkordel dient als Gürtel. Der alte Mann steht umständlich auf, es ist an der Zeit, daß er der Herrin das Feld überläßt. Ich starre die Frau an, sie ist es gewöhnt und verzieht keine Miene. Ihre Unterlippe ist komplett tätowiert, so als hätte sie sie in Tinte getaucht. Auf ihrem Kinn entdecke ich einen umgekehrten Dreizack mit stumpfen Zinken – das Abwehrzeichen, das die Schlechtigkeit in alle vier Winde verstreuen soll. Auf dem Melkmuskel ihrer linken Hand prangt ein Sinnbild, das sich auch der Antiquar hat tätowieren lassen: ein Kreis, durchbohrt von einem Pfeil, dessen Spitze nach innen weist. Der alte Mann hat es mir vorhin verraten und dabei genau darauf geachtet, ob ich bei seinen Worten rot anlaufe: das Zeichen symbolisiert den in die Scheide vollends eingedrungenen Penis und die vom männlichen Saft angespritzte Eizelle. Die einwärts gerichtete Pfeilspitze gibt den Wunsch der Mutter nach einem männlichen Nachkommen wieder. Mädchen werden hier weggegeben, sie nehmen den Namen einer fremden Familie an, ein Mädchen ist ein unnützer Mund, den man füttert, bis er Kußreife erreicht. Von Töchtern hat man nichts Gutes zu erwarten.

Einen Gast sehen wir bei uns oft, sagt die Frau, es hat sich herumgesprochen, daß ein Mensch, der sich mit Zeitdokumenten umgibt, glücklicher wird. Das Wort Zeitdokument spricht sie aus, als wolle sie ein Stück alten Kaugummi ausspucken. Sie steckt sich im Stehen eine Selbstgedrehte in ihre Zigarettenspitze aus Perlmutt, reißt ein Streichholz an einem abgetrennten Zündstreifen an und hält die Flamme unter die krumme Zigarette. Nach einem tiefen Zug nimmt sie auf einer Mitgifttruhe Platz. Der Antiquar schrumpft in Anwesenheit seiner Frau zu einem Buckelgnom, er knetet und kneift sich die Hände, und weil keine Anweisung kommt, beschließt er, vor dem Laden nach dem Rechten zu sehen. Es ist noch nicht die Dämmerung der Hunde, und man muß nicht fürchten, daß die hungrigen Tiere zu dieser Tageszeit Witterung aufgenommen haben und zur Dorfmitte preschen. Doch dem Antiquar ist der Anblick der schwarzen Hundeschnauze sauer aufgestoßen, er greift sich einen Viehstachel, der eigentlich auch zum Verkauf angeboten ist. Seine Frau schaut ihm nach.

Hat er dir den Preis gesagt? sagt sie.

Tausend Dollar, sage ich, soviel kann ich nicht ausgeben. Mit dem Geld muß ich sonst drei Monate wirtschaften.

Miete und die laufenden Kosten nicht mitgerechnet, sagt sie.

Natürlich, sage ich, ich meine auch nur das Haushaltsgeld.

Was ist denn für dich drin? sagt sie.

Dreihundertfünfzig, sage ich, das ist mein Maximum.

Eindeutig zuwenig, sagt sie, schau dich ruhig um, finde ein anderes Zeitdokument. Dein Geld macht dich in meinem Laden glücklich.

Sie wirft eine mottenzerfressene Büßerkappe auf das

Hochzeitslaken, sie gehörte, wie sie mir versichert, einem Einsiedler in den Wäldern, der sie sich immer dann aufgesetzt habe, wenn er das Dorf aufsuchte. Es gelang ihm nicht, sich den Selbstabscheu durch Entsagung auszutreiben, und er brüllte in seiner Erdhöhle, er brüllte, daß sogar vor dem unirdischen Irrsinn des Mannes die wilden Hunde davonstoben, und er brüllte, bis es vorbei war und der damalige Dorfälteste nach ihr, der Patronin, rufen ließ. Und so raffte sie den Rock, kniff sich in den Nasenhöcker, weil dort, unter dem dritten Geistauge, die Flüsse des Kopfes zusammenströmen, sie riß sich fort vom Geschwätz der Schwiegertochter, der sie die fünf Finger ihrer Rechten aufs Gesicht drückte, um ihr zu bedeuten, daß sie in der Patronin Achtung gesunken sei; sie stieg den Hang hoch, dem das Dorf seinen Namen verdankt, schritt von einem Felsbrocken zum nächsten, wich Wurzelfallen aus, die unbeschäftigte junge Krüppel legen, bat währenddessen um die Gunst, um Seine Gunst, daß sie nicht erschrecke beim Anblick eines Toten – denn daran habe sie sich nicht mehr gewöhnen können: der Tote sei Zeugnis einer anderen Welt, von der sie nichts wissen wolle, solange ihr Atem in ihrer Brust nicht verschwendet würde. Und als sie ins Erdloch hinabstieg, habe sie die ihr entgegengestreckten Hände übersehen, denn damals gehörte sie zu den schönsten Mädchen, und jeder Mann mit Saft in den Lenden habe sie berühren, flüchtig streifen, zum Kuß zwingen und ihre großen wohlgestalteten Brüste in den Mund nehmen wollen.

Mein Herz ist nicht vergeben, sagt sie, und daß ich den Kerl zum Manne nahm, hat nichts zu bedeuten, denn er hat mich gegen meinen Willen entführt und wundgestoßen, so daß meinem Vater nichts anderes übrigblieb, als mich wegzugeben, Brüder habe ich keine, und Blutrache wird nicht von Memmen geübt. Zurück zum Erdloch, sagt sie, ich stieg hinab, und weil sein Kopf in der Nähe der Öffnung lag, fiel genug Licht, um die Todesfratze zu erkennen, zu der sich seine Gesichtszüge verzerrt hatten. Ich bin sofort ohnmächtig geworden und stürzte wie ein Zuckerrübensack auf den toten Einsiedler. Als ich die Augen wieder aufschlug, hatten sie mich mit vereinten Kräften herausgeholt. Ich bin mir sicher, sie haben sich die Chance nicht entgehen lassen, mich überall dort zu berühren, wo ein Weib seine Wertgegenstände hat, so sagt man das bei uns, nicht Scheide, sondern Wertgegenstand, nicht Brüste, aber Wertgegenstand.

Ich bin jenseits von Gut und Böse, sagt sie, deshalb kann ich vor einem Fremden frei sprechen, aber zurück zur Büßerkappe, man holte das ganze Hab und Gut des Toten heraus, und da war außer abgenagten Knochen, mit Totenwasser besudelten Stoffen eben diese Filzkappe, ich habe sie sofort als meinen Besitz beansprucht, Geld bekam ich ja nicht dafür, daß ich ihn für das Jenseits besprach, und hier ist sie, und du kannst sie haben, das originelle Beutestück kostet nur hundert Dollar.

Es gibt für diese Kurpfuscherin ohne Zweifel unterschiedliche Rechenwege, sie schreibt die Zahlen untereinander auf, zieht einen Strich und notiert eine Summe nach ihrem Gefühl. Die Kopfglocke strömt Unheil aus, und doch hat sie sie als Ware zur Schau gestellt. Ich glaube ihre Geschichte, die Menschen in dieser Gegend werden mit Gewalt davon abgehalten, ihre Siedlungen aufzugeben. Man unterstellt ihnen einen bösen Einfluß, sie bringen die Lebendigen zu Fall.

Ich muß darüber nachdenken, sage ich, ich mache einen Rundgang durchs Dorf und komme in einer Stunde wieder.

Du ziehst dich doch nicht aus der Affäre? sagt sie, ich habe keine Lust, umsonst auf dich zu warten. Wenn du nicht kaufwillig bist, sag es mir einfach. Ich schließe den Laden, du gehst deiner Wege, und wir beide haben Frieden mit Gott.

Weib, halt deinen Mund im Zaum, sage ich, oder willst du dich mit mir streiten?

Nein, sagt sie, es sei, wie es dem Herrn gefällt.

Als ich den Fliegenschutz teile und hinaustrete, huscht der Antiquar heran und übergibt mir den Viehstachel. Die Hunde, Herr, sagt er, man weiß ja nie, wo sie einen erwarten, eins aufs Fell, und sie kapieren deine Macht.

Ich gehe weiter, ein Kerl in gelben Gummistiefeln zieht einem frisch geschächteten Schaf den Balg ab, er verharrt und schaut mich hart an, er hat für die Glaubenslahmen kein Fleisch und keinen Gruß übrig, er wartet einfach, daß ich aus seinem Gesichtsfeld verschwinde. Im trockenen Bachbett stolpern Ziegenböcke an kleinen Ackergründen vorbei, die die Bauern mit trockenen Stecken und Stäben umfriedet haben. In der Hitze knacken die Zapfen zu Füßen der Pinien, von Wind und Witterung angeschliffene Granitbrocken liegen, zu Hunderten gestreut über das in Brauntönen gebrannte und erstarrte Land, auf Feldern, in Wäldern und in den Gärten der Bauernhäuser. Der Wohlstand ist vor einiger Zeit ausgebrochen und hat aus den Knechten Ackerherren gemacht. Ich folge einem Weg, der mit Kopfstein gepflastert ist, und finde mich vor einem Kaffeegarten wieder. Ich passiere ein Drehkreuz und werde von einem alten Mann in weißem Unterhemd zu einem Tisch unter einer alten Eiche geführt. An der dicksten Astgabel ist ein Holzschild angebracht, in das eine Weissagung des wegen seines Zukunftsunmuts bekannten Dorfheiligen eingebrannt ist: »Wir machen sauber. Die Endzeitsauerei wird uns vorführen!« Ich bestelle kaltes frisches Wasser. Alle Tische sind besetzt mit Männern, die ihre Arme, wie zur Abwehr futterneidischer Attacken, um die Teller legen, sie kauen und starren, es bietet sich ihnen kein Schauspiel, das sie davon abhielte, zu starren und die Bissen zu schlucken. Sie haben Papierservietten hinter die Rundkragen ihrer Pullover gesteckt, ein Zipfel Manieren. Der Kellnerjunge von vorhin bringt den Krug Wasser und ein Glas, er betrachtet wieder meine Haare, dann schließt er Zeigefinger und Daumen zu einem Kreis und stößt seine Nase mehrmals hinein.

Hau bloß ab, sage ich, ich breche dir die Knochen, ich breche dir jeden Finger einzeln, ich schneide dir alle Finger ab und stecke sie allesamt ins Hurenloch deiner Mutter.

Du doch nicht, sagt er, wer bist du schon? Wenn du nicht aufpaßt, spreche ich einen Fluch unseres Heiligen aus, und du kannst ihn nicht mehr heben, er zerfällt zu Staub, das kannst du mir glauben.

Eine schöne Narbe hast du da an der Stirn, sage ich, ich zeichne dir eine zweite daneben, und du kannst als Mistbengel Karriere machen – stell dich auf den Marktplatz und erzähl den Fladenfressern hier deine

Geschichte. Wer sein Glück herausfordert, kriegt eine gewischt.

Du doch nicht, sagt er, paß auf, daß man dich nicht an deinen Frauenhaaren packt und durchs Dorf schleift. Der Mann im weißen Unterhemd pfeift ihn an, und er ist für einen Moment unschlüssig, ob es ihm nach geltendem Männerrecht als Feigheit ausgelegt wird, wenn er seinem Brotgeber gehorcht. Ein paar Bauern sind auf mich aufmerksam geworden, sie heben die Köpfe, ihre Arme bleiben da, wo sie sind. Der Junge eilt zu einem anderen Tisch und räumt die Teegläser ab, ich fülle das am Trinkrand verschmutzte Glas mit Wasser, gieße es mir den Rücken herunter und setze die Karaffe an den Mund. Ich leere sie und lenke meine Schritte zum Drehkreuz, ich gehe denselben Weg zurück, der Schächter tut seine Arbeit und verschwendet keinen Blick auf mich, ich betrete den Antik-Laden, und es ist, als hätte sich die Patronin in der Zeit nicht vom Platz bewegt, ich bin nicht in der Laune, sie zu grüßen, der Antiquar sitzt stumm auf seinem Schemel. Der Herr hält sein Versprechen, sagt sie, ein zweites Mal willkommen, und wie hast du dich entschieden? Ich will es haben, sage ich und gehe hoch auf vierhundert. Vierhundert sind weniger als die Hälfte, sagt der Antiquar, daß wir uns auch ja richtig verstehen. Da machen wir keinen Gewinn, und die Besitzerin des Lakens wird unter diesen Bedingungen keinen Grund sehen, sich davon zu trennen. Wir führen unser Geschäft ja nicht als Durchgangsschleuse für anderer Leute Waren, wovon sollen wir denn leben? Das alles interessiert unseren Herrn nicht besonders, sagt sie, er hat begrenzte Mittel, und ich habe keine Vollmacht, den Preis zu senken.

Sie verstummt, es hat keinen Sinn, auf sie einzuwirken.

Was sind das für Tätowierungen? sage ich.

Ein alter Brauch, sagt sie, ich war keine sechs Jahre alt, da fing der Heilige an, mir Risse in die Haut zuzufügen und den Absud mit einer Nadelspitze einzugeben, er hat die Paste selber zubereitet. Als bekannt wurde, daß eine Frau ein Mädchen geboren hatte, suchte er sie auf und verlangte Muttermilch, die er der Asche aus dem Steinofen beigab, er rührte Tiergalle und zermahlene Walnußschalen und etwas Henna hinein, und dann nahm er sich viel Zeit, um mich zu schmücken, denn das ist Gnade. Nach der Heirat aber darf eine Frau sich bei uns nicht zeichnen lassen, ich habe viele durchstoßene Kreise an meinem Körper, ich denke, der Heilige war von meinen Reizen sehr in Anspruch genommen und durfte aber keine weitere Frau heiraten, seine Frauen hätten ihm das Leben zur Hölle gemacht.

Handelt es sich bei diesem Heiligen um den Einsiedler? sage ich.

Nein, sagt der Antiquar, der Einsiedler war auch ein heiliger Mann, doch er hat sich von uns abgewandt, und wir wissen ja, was dabei herausgekommen ist.

Sprich nicht schlecht über einen Toten, sagt sie, ich hätte allen Grund, ihm böse zu sein, aber ich halte den Mund. Von wegen heilig. Wenn er in der Stadt war, hat er uns Mädchen auf seinen Schoß setzen und schaukeln wollen, und er schaukelte uns, bis er naß wurde zwischen seinen Lenden. Da siehst du mal, ich habe also doch schlecht über ihn gesprochen. Junger Herr, wenn du die Büßerkappe sorgsam prüfst, findest du zwei winzige Sehschlitze, durch die der Einsiedler herausgespäht hat. Der Mensch bleibt eben bis zum Tode neugierig. Und er sucht den Tod, weil er vor Neugier platzt und es nicht erwarten kann, über die Grenze zu gehen.

Ja, sage ich, wird wohl so sein, ich beschränke mich darauf, die Neugier der Menschen zu dämpfen und sie ins Leben zurückzuholen.

Was ist dein Handwerk? sagt der Antiquar, und als ich ihm verrate, daß ich Arzt sei, blickt er zur Patronin, fängt an, an seinem Handrücken wie verrückt zu reiben. Auf einen Schlag weicht die Spannung, die Dicke bringt ihre Haare in Ordnung, als müßte sie vor einen wirklichen Herrn treten.

Du bist ja gut, sagt sie, du bist ja gut. Hätten wir das gewußt, wärest du, Herr, eines besseren Empfangs sicher gewesen, und wir hätten mit dir gesprochen, wie es dein Stand und dein Beruf verdienen. Vagabunden suchen uns heim, und sie denken, sie könnten uns übers Ohr hauen, wir würden nicht wissen, was unsere Zeitdokumente wert sind. Das erzürnt uns.

Der Antiquar verläßt eilig den Raum, er werde bald wieder zurück sein, der Herr solle sich wohl fühlen, ihr Haus sei mein Haus.

Du bist also Arzt, sagt sie, hast du auch Neugeborene von ihren Müttern entbunden?

Nein, sage ich, mein Gebiet ist die Allgemeinmedizin.

Ich war einmal dabei, sagt sie, ich stand neben einer Hebamme, ich habe mich nicht schlecht erschrocken, als ich das nasse brutale Gesicht des Säuglings sah. Manche Babys haben schon ein Gesicht, wenn sie zur Welt kommen, bei anderen muß es sich noch herausbilden.

Die Hebamme hat mir erklärt, daß das Kleine nicht so viel Stauraum im großen Mutterkörper hat.

Stauraum ist gut, sage ich, ihr seid mir schöne Bauern.

Die Patronin blickt auf, sie vergewissert sich, daß ich sie nicht beleidigen möchte, sie lächelt falsch und zeigt ihre Goldzähne. Die Herrin des Tands. In den offenen Schubfächern eines Wandschranks liegen Rosenkränze aus Oliven- oder Dattelkernen, angeschlagene Kristallschalen, Lupen, Monokel, Brillengestelle, Armbanduhren mit beschädigten Zifferblättern, Silberschatullen und sogar verrostete Pillendosen. Sie muß viele Nachbarn überlebt und ihre Hinterlassenschaften gekauft oder an sich gerissen haben.

Auf einem Regalfach entdecke ich eine ganze Sammlung von Mohrenfiguren: man muß dem Verfall etwas entgegensetzen, und sei es nur das Gerümpel aus den Haushalten der Toten.

Der Antiquar stürmt mit entschiedenem Schritt herein und zerrt ein Mädchen hinter sich her, das man aus einem tiefen Schlaf gerissen haben muß. Es schaut sich ratlos um, und auf ein Zeichen der Patronin setzt es sich neben sie auf die Mitgifttruhe. Seine langen Wimpern sind dick getuscht. Der Rock reicht ihm bis an die nackten Füße, dem Kräuselkrepp ihres Überkleids sind runde Flicken aufgenäht. Nur mit Mühe unterdrückt das Mädchen ein Gähnen, es beißt die Zähne zusammen, seine Kaumuskeln treten hervor. Seine Unterlippe ist tätowiert, ein Strich-Punkt-Muster zieht sich vom Kinn abwärts und verschwindet unter dem Stehkragen der Bluse.

Herr, das ist meine Enkeltochter, sagt die Patronin, Gott hat sie schön erschaffen, die Frauen meiner Sippenlinie können sich wirklich sehen lassen. Ich kann es dir nicht verdenken, daß du sie anstarrst, denn die jungen Männer des Dorfes geraten bei ihrem Anblick in große Unruhe. Ohne daß ich ihn dazu ermutigt hätte, hat ein Kerl bei einem Fest wegen ihr eine Rauferei angefangen und dabei den kürzeren gezogen. Wir lassen sie natürlich nicht aus den Augen, aber wie lange soll sie das Leben einer Inhaftierten führen? Außerdem ist sie in Hitze. Meine Worte machen sie verlegen, du bist ein Mann und ein Arzt, und verstehst schon, was ich meine. Nächstes Jahr wird sie fünfzehn, und dann muß sie unter die Haube, sonst versündigen wir uns an ihr.

Hör auf mit den Unverschämtheiten, sagt das Mädchen, du brauchst nicht für mich zu werben.

Du bist dem Herrn noch unbekannt, sagt die Dicke, er würde dir vielleicht gerne einige Geheimnisse entlokken, nur meine Anwesenheit hält ihn davon ab. Du bist unverheiratet, das sehe ich doch richtig, oder?

Ja, sage ich, ich hatte dafür noch keine Zeit.

Ein schlechtes Argument, sagt der Antiquar, wenn man will, kann man, und dann geht man mit der Zeit. Ob der Einfalt der Bemerkung schnaubt die Dicke, sie nickt mit dem Kinn in Richtung Tür, sie stehen auf, und kurz vorm Rausgehen sagt sie: Wir sind in einer halben Stunde wieder zurück. Ihr könnt euch frei unterhalten.

Das Mädchen hat nur darauf gewartet: Kaum wähnt es sich der Erziehungsgewalt entzogen, kratzt es am Spann seines Fußes, es hat gejuckt wie verrückt, sagt es, ich mußte mich zurückhalten, sonst hätte ich mir eine Backpfeife eingefangen, du kennst sie schlecht, sie wird mich nachher fertigmachen, weil ich fast gegähnt hätte, was kann ich dafür?, da stürzt der Kerl ins Zimmer und kneift mich in den Arm, ich habe mich zu Tode erschrocken, er hat es mit dem Kneifen, dir ist es bestimmt auch aufgefallen, nicht wahr?

Ja, sage ich, hat er irgendeine Hautkrankheit?

Wo hat er sich gekniffen? sagt das Mädchen.

Na hier, sage ich und zeige ihm die Stelle am Handrücken.

Ach, das hat mit uns beiden zu tun, sagt es, es ist Reibungszauber, der uns zusammenführen soll. Er hat meistens Erfolg damit, den aber meine Großmutter als ihren eigenen ausgibt. Wie alt bist du denn?

Ich bin achtunddreißig, sage ich, zwischen uns ist ein Altersunterschied von vierundzwanzig Jahren.

Du siehst jung aus, sagt es, mir macht es nichts aus.

Was denn? sage ich.

Wenn du mich zur Frau nimmst, sagt das Mädchen, bin ich deine Frau, und du kannst mich in Maßen schlagen und züchtigen, falls ich gegen deine Hausgesetze verstoße, nur, du mußt sie mir erst beibringen, dann halte ich deinen Familiennamen auch in Ehren.

Ich schlage keine Frau, sage ich, ich denke nicht im Traum daran ... Ich ertappe mich dabei, wie ich diesem blutjungen Mädchen den Hof mache, unmerklich habe ich meinen Körper gespannt und den Bauch eingezogen, mir liegt seltsamerweise plötzlich viel daran, daß es mich nicht ganz abstoßend findet. Das Mädchen dreht sich sitzend mir zu und knöpft die oberen zwei Blusenschließen auf, und ich sehe, daß sich die gestrichelte Linie am Brustbein gabelt, und sie bedeckt ihre Brüste und sagt: Meine Haut ist frisch, und als sie glaubt, der Bewerber habe genug gesehen, knöpft sie ihre Bluse wieder zu, die Frau, diese Frau.

Wie wird das jetzt weitergehen, sage ich, sie haben dich mir vorgeführt, du bist wirklich sehr hübsch, sie wollen dich also hergeben. Du hast gehört, was meine Großmutter erzählt hat, sagt sie, ich bin in einem Alter, in dem es mich nach einem kräftigen Mann verlangt, ich mag ein Gefängnis nicht gegen ein anderes eintauschen, wenn die jungen Kerle mich anstarren, dann weiß ich, was mir blüht: sie wollen mich heimtreiben wie ein Eselsfüllen und dann in einem besseren Stall einschließen.

Und ich bin da ganz anders? sage ich, du kennst mich gar nicht.

Ich muß aus diesem Dorf raus, sagt sie, es wird nicht so lange dauern, bis ich mich in dich verliebe, und ich sorge dafür, daß du dich nicht nach einer anderen Frau umsiehst. Frauen gibt es wie Sand am Meer, du mußt aber die richtige Wahl treffen, sonst kannst du gleich die Kopfhaube des Einsiedlers überstülpen.

Ich möchte schon zu einer Antwort ansetzen und mich über ihr Gottvertrauen wundern, sie fragen, wie sie sich so ohne weiteres einem wildfremden Mann überstellen lassen kann, da höre ich von draußen die heisere Stimme der Patronin. Sie klingt, als würde sie mit einem scharfen Schnabel auf einen Wurm einhakken. Der Antiquar mischt sich mit kurzen Ermahnungen ein, und als ich durch die vom Wind gebauschten Plastikstrippen hinausblicke, sehe ich, wie er versucht, einen großgewachsenen Mann am Eintreten zu hindern. Die Patronin hält den Mann am Arm fest, mit einem Ruck reißt er sich aber los und steht im nächsten Moment im Laden, dicht gefolgt vom Kellnerjungen, dem Antiquar und zuletzt der Dicken.

Dein Säuferwahnsinn bringt dich noch um, sagt das Mädchen, du hast hier nichts zu suchen, du machst mich unglücklich, verschwinde sofort.

Der Mann, das merke ich auf den ersten Blick, ist in seiner eigenen Welt und für Appelle unempfänglich, jahrelange schwere Arbeit im Steinbruch hat seinen Körper gezeichnet. Er wäre imstande, mit einem einzigen Fausthieb zu töten oder eine Menge zum Verstummen zu bringen, höbe er nur drohend die große Hand. Es scheint, als habe der Kellnerjunge dem Antiquar den Viehstachel entwunden, er schlägt sich damit immer wieder auf die Flanke, bis die Patronin ihm in den Arm fällt.

Ich habe ein älteres Recht an dir, sagt der Steinbrecher, da kann nicht so ein Geschminkter daherkommen. Das Mädchen schaut weg, keiner wagt es, ein Widerwort zu geben, es ist so still, daß ich hören kann, wie die Pinienzapfen knacken. Als ich die Augen aufschlage, sehe ich, wie der Kellnerjunge zum Steinbrecher aufschließt, er öffnet den Mund, greift sich mit drei Fingern unter die Zunge und bringt eine halbe Rasierklinge zum Vorschein, und ehe irgend jemand Gelegenheit dazu hat einzugreifen, hat er sich gebückt und in wenigen schnellen Bewegungen das Hochzeitslaken zerschnitten. Er richtet sich wieder auf und wirft die Rasierklinge fort, die Patronin bedeckt ihr Gesicht mit beiden Händen, aus den Tiefen ihres Körpers entfährt ihr ein grollender Klageruf, der Antiquar geht zu dem abgewandten Mädchen und streichelt ihm über den Kopf.

Du, Geschminkter, wirst jetzt sofort aufbrechen, sagt der Steinbrecher, du hast den Weg in unser Dorf gefunden, du wirst auch wieder rausfinden. Oder sollen wir dich begleiten?

Ist nicht nötig, sage ich, ich trete aus dem Laden und verlasse mich auf meinen inneren Kompaß, der meine Schritte zum Ortsausgang leiten wird, und wie ich mein Glück an solchen Tagen kenne, wird mich kein Stein aus einer Zwille treffen noch ein Hund anfallen.

Gottes Krieger

Das Auge in der Triangel: dies ist das Zeichen der Illuminaten. Auf der amerikanischen Banknote werdet ihr entdecken, daß die Spitze einer Pyramide, vom Sockel gekappt, im düsteren Himmel schwebt. Der Glorienschein um die Triangel erhellt nur ein kleines Rund. Im Firmament kein Stern und der Boden unfruchtbar, das Leben ist an diesem Unort dem eisernen Schweigen gewichen.

Die Fleischmaschinen haben einen Quader auf den anderen gesetzt: Tausende von Fleischmaschinen haben sich am Glauben ihrer Vorväter vergangen. In dieser Weise verfährt der Rätebündler – er verteilt Geldscheine und propagiert den Abfall vom Allmächtigen. Werdet ihr Gottesknechte endlich erwachen? Werdet ihr vom babylonischen Gerüst heruntersteigen und die Zimmermannsaxt am Stiel fassen, daß der, der euch in eurem Abstieg hindern will, beiseite tritt? In seinem Gesicht lest ihr die Angst, denn der Engel, der über seine Atemzüge wacht, hat in sein Ohr geflüstert: Ich habe keinen Atemzug gefunden, der für dich bestimmt ist.

Das Auge in der Triangel täuscht die himmlische Aufsicht vor. Sie aber finden wir bei Gott. Der falsche Prophet duldet allein seine eigene Aura. Wenn ihr die List des Feindes brechen möchtet, dann zaubert dem Feind die Angst ins Gesicht. Sorgt dafür, daß er sich seines Lebens nicht sicher ist. Im Diesseits verkehren die Fleischmaschinen wie in einem Tempel. Wollen wir sie gewähren lassen? Nein – eines jeden Feindes Kopf hänge über einen zwei Finger breiten Sehnenstrang an dem Nacken. Ihre toten Körper seien die Samen, ihr verseuchtes Blut tränke die Ackerfurchen. Der tote Zivilist, den die Westmedien als Opfer bezeichnen, ist Desinformation. Die Kamera in der Hand der lügnerischen Fleischmaschine stellt auf Makromodus, und in dieser Naheinstellung sehen wir leblose zerfetzte ausgediente Judaslämmer. Des Feindes Zahn aus seiner Verankerung im Kiefer zu lösen ist kein Verbrechen. Eure Tatkraft will ich rühmen. Rühmen will ich, daß ihr ihnen das Leben nehmt, wie es sich für Gottes Soldaten ziemt. Leben zu löschen ziemt sich für Gottes Soldaten. Das Auge in der Triangel gehört ausgestochen. ER befiehlt: Die Vereinigten Rätebündler sind ein Greuel, zieht gegen sie in den Kampf. Sie hängen am Leben, ihr, meine Knechte, erkennt den Schwachpunkt, umgurtet euch mit dem Keuschheitsgürtel der Gottesdiener und drückt im entscheidenden Moment auf den Knopf. Menschenbomben gegen Sexbomben!

Der Achtzehnte Tag nach der Spaltung. Ich bin ein Wundergeheilter, der die volle Härte des Glaubens zu spüren bekam. Ich reihe grammatikalisch falsche Sätze aneinander, und die Pensionswirtin hat daran erkannt, daß die Landeskinder in der Fremde verkommen. Sie sagt, ich solle Zeitungen lesen, mit den Einheimischen ins Gespräch kommen, den Alltag studieren. Die Kinder erklären lassen, wie sie ihre idiotensicheren Spielchen treiben, weil sie den Erwachsenen nacheifern.

Der weiche Klang deiner Heimatsprache tut dir weh. Du sprichst den Bauerndialekt der Herumtreiber, die wir nach Europa geschickt haben. Die Westler haben ein verkehrtes Bild von uns. Meinetwegen kannst du im Bad singen, es macht mir nichts aus, und dir lösen die Gesänge die Zunge.

Ich reibe mich mit dem roten Frottierhandtuch ab, ihr Gastgeschenk, das sie mir gab, weil ich ihr leid tue, weil sie in mir einen stillen Jungen sieht. Mein Hals ist schmutzig, meine Achselhöhlen stinken, obwohl ich sie nach alter Gewohnheit alle sechs Tage rasiere. Strenggenommen darf ich, hielte ich mich an die Weisung des Herzpredigers, das Rote, das Rotgefärbte, das Rotscheinende nicht benutzen und nicht anlegen. Er hat uns Rot verboten: es sei die Farbe der Heiden. Er hat uns Rosa und Violett verboten: es sind die Farben der Weibischen, der Männerficker; die Banner derer, die sich ihres Geschlechts schämen. Also habe ich mich von Feindes Farben ferngehalten. Damals. Bücher mit roten Schutzumschlägen nicht angefaßt. Keine Speisen mit roten Soßen gegessen. Brot, Datteln, Oliven. Doch jetzt stehe ich vor dem Badezimmerspiegel und reibe mich ab und halte mich an die Atemübung meines Meisters, um die Gewissensbisse wegzudrücken. Obwohl ich es nicht hätte tun dürfen, habe ich der Wirtin die Hand gegeben. Ich nehme Zuflucht beim Herrn. Ich will die Reinigungswaschung nicht vornehmen, die der Herzprediger uns Männern bei unstatthafter Berührung verordnet hat. Die Wirtin verleugnet nicht ihre Weiblichkeit, sie trägt Lippenstift auf, in ihren hellen Sommerkleidern kommt ihr reifer Körper zur Geltung, ihre Waden glänzen. Ich bin in großer Gefahr und möchte ihr am liebsten aus dem Wege gehen. Vielleicht sollte ich in eine andere billige Pension umziehen, doch ich habe für eine Woche im voraus bezahlt. Haltet euch von geschiedenen Frauen fern, sagte der Meister, denn sie sind ständig auf der Suche nach Lustknaben. Ihr Korallenkollier knapp über dem Ausschnitt verliert nach jedem Meeresbad seinen natürlichen Glanz, und sie drückt einen Klacks Feuchtigkeitscreme in ihre Handkuhle, macht eine lockere Faust und zieht das Band durch, mehrmals in beide Richtungen. Die Steine leuchten wieder, und ich kann den Blick nicht lösen von dem Kollier, von ihrem Hals. Das Korallenrot wäre früher eine Warnung für mich gewesen, ein Zeichen, das mich sofort in die Flucht geschlagen hätte. Eine kinderlose geschiedene Frau über Vierzig ist für den Herrengläubigen nicht vorgesehen. In ihrer Liebe, in dem, was sie für Liebe ausgibt, verfängt er sich hoffnungslos. Manchmal trägt sie eine Russenbluse, darunter ist ihr Busen züchtig geschnürt, sie unterscheidet sich sehr wohltuend von den Mädchen der Moderne, über die sie gerne herzieht. Sie glaubt an Gott, im Hause einer Heidin würde ich, auch in meinem jetzigen Zustand, nicht wohnen wollen. Ihr Weg führt sie abends an einem Kiosk vorbei, der von Bier trinkenden Jugendlichen umlagert ist. Ein Erfrischungsstand der Früchtchen. Das Kippmoment der Moral wird überschritten, jede freie Minute, in jeder freien Handlung, zu der die Irrgläubigen angestiftet werden. Zwei Gendarmen sind formal zum wirksamen Ehrenschutz abgestellt, sie können keine Maßnahmen zur Behütung der sexualisierten Massen ergreifen. Ich habe mich mit ihnen unterhalten, sie haben in mir einen Geistesverwandten gefunden. Jeden

Frühmorgen putzen sie ihre Soldatenstiefel und setzen das schwarze Barett auf den Kopf. Kurz nach dem Sonnenuntergang postieren sie sich vor der mannshohen Hecke und beobachten. Sie schauen zu, wer seine Hand in wessen Tasche steckt. Anwohner haben um eine strenge Sittenkontrolle gebeten, und nun müssen die beiden Kerle miterleben, daß die Mädchen um die Jungs schwirren wie Motten um das Licht. Ein gläsernes Bordell, Niedriglohn-Nutten, die Ficks der höheren Töchter, ein Signalchaos. Die Gendarmen aber dürfen die Bürgersöhne nicht verärgern, sie besichtigen die Schmutzecken, sie mustern die Seuchenträger. Der Luxus entläßt seine Kinder, und die Kinder bumsen sich um den Verstand. Die Paramilitärs nehmen die Rohrverstopfung ihrer Heimatkultur in Augenschein. Unter dem Schirm eines verleugneten Gottes sind Baals Fleischmaschinen dabei, von der Hygiene abzukommen. Die Flittchen werden fast ausnahmslos von Untermenschen begehrt, deshalb haben sie sich zur Brutalität erzogen. Ich stehe neben den beiden Sittenkontrolleuren und verfolge, wie eine stark geschminkte Dominanzbrumme einen Kindsmann becirct: der Kavalier läßt es sich gefallen, daß sie mit dem Handrücken wie aus Versehen seinen Schritt streift. In der folgenden Kabbelei fallen ihr die weißen Jasminblüten vom Haar, er bückt sich, um sie aufzusammeln, und wird an seinem Hintern befummelt. Das Spiel geht in die Verlängerung. Er preßt die Gespielin an sich, er umgreift sie von hinten, sie ist in der Zwinge gefangen und drückt ihren Unterleib in seine Leistenbeuge. Ihre lächerlich zaghaften Versuche, sich freizuwinden, quittiert der Kindsmann mit geckenhaften Lachsalven. Dann verharren sie in dieser Stellung, er pustet ihr in den Nacken, und sie sagt, sie würde seine Peitsche zwischen ihren Pobacken spüren, er solle schnell machen, und sie wolle später aber auch eine Gegenleistung. Er wird ernst und rotiert mit den Hüften, dabei fixiert er mich grinsend, sie hält still. Er genießt den Samenerguß in der Menge. Niemand greift ein oder trennt Mann und Frau, die nicht zueinander gehören. Schließlich löst er sich von seiner Fleischmaschine, und wenig später trifft auch ihr offizieller Freund ein. Die Jungs begrüßen einander wie beste Blutsbrüder, eine rechte Handinnenfläche trifft klatschend die andere, die amerikanische Abschaumgeste gilt als zeitgemäß. Der Herzprediger hat uns imperialistischen Jeansstoff verboten, Körperbetonung ist Sittenverfall. Die USA sprach er als United Snakes of America aus. Die Judaslämmer in den Machtzentralen, sagte er, würden den blauen Cowboystoff in aller Welt vertreiben, um gesunde Männer impotent zu machen. Die engen Jeans drückten beim Manne die Samenstränge und bei der Frau die Eierstöcke wie ein Schraubstock zusammen. Das Volk der Herrengläubigen stürbe durch diese infame Unfruchtbarmachung aus. Die meisten Jugendlichen am Kiosk stecken in eben diesem volksfremden Stoff. Der Kindsmann verabschiedet sich mit den Worten, man werde sich später in der Diskothek sehen. Er taucht in die Dunkelheit ab, er wird wahrscheinlich seine Leisten mit Meereswasser auswaschen. Wenn man all diese Sünder sieht, glaubt man, die Welt sei nichts anderes als Gottes Simulationskammer. Würde er nicht spielen wollen, gäbe es uns nicht. Ich verscheuche die unheiligen Gedanken. Die Wirtin stößt zu uns, sie fordert mich auf, sie bis zur Pension zu begleiten, nachts kann einer Frau viel zustoßen. Die Gendarmen mißverstehen die Situation und rücken von mir ab. Die offensichtliche Verfemung fährt mir in den Körper, ich bin in ihren Augen ein Papiergewicht, eine degenerierte Kanalkanaille, meine laue Gesinnung, die sie der Einfachheit halber ab sofort voraussetzen, zieht ihnen wie Gestank in die Nase. Ich erzähle ihnen zum Abschied von einem afrikanischen Dorfheiler, der entdeckt hat, daß Stachelschweine mit Durchfall bestimmte Pflanzenwurzeln fressen und gesund werden. Also behandelt er die Dörfler mit einer geringen Dosis der zerstampften Wurzel. Die Dorfgemeinschaft verleiht ihm den Namen Darmgeistbändiger. Er kann sich als Lohn fünf Jungfrauen aussuchen. Die Gesetze des Stammes bleiben gewahrt, denn der Dorfheiler ist Gottes Medium und hat verhindert, daß die Unkundigen das Stachelschwein zum Götzen erheben und anbeten. Er hat geschwiegen, sage ich, und er hat wirklich sehr klug gehandelt. Die Gendarmen verstehen nicht, was ich erklären möchte, oder aber, sie glauben, ich würde mich ihnen gegenüber als Klugscheißer aufspielen. Dabei habe ich vor Jahren den Eid abgelegt, mich nicht mehr und nie wieder als Kapitalistenwerkzeug mißbrauchen zu lassen. Ich bin kein entartetes Kosmetikbübchen, ich kämpfe für Gottes auserwähltes Volksheer. Doch ich kämpfe nicht mehr für den Prediger, den Täuscher der Gemeinde.

Heute will ich euch mit der Großen Satansanklage zum Guten und Richtigen führen. Die Zeitungen und Magazine sind voll mit Lügen, die Judaslämmer sind Baals erste Propagandisten und verbreiten ihre Teufelslehren in jedem Artikel, in jeder Meldung, in jeder Kolumne.

Doch man muß aufmerksam die heidnischen Druckerzeugnisse lesen, und wenn man es tut, stößt man auf verräterische Spuren. Ich bin der Archivar. Ich sammle die Presseausschnitte, die Dutzende Aktenordner füllen. Kennt ihr den Qualzuchtparagraphen? Das ist ein Tierschutzgesetz, das die Herauszüchtung von artfremden Laborprodukten strengstens untersagt. Und doch scheren sich die Qualzüchter einen feuchten Dreck um die Verordnung, sie züchten in jede erdenkliche Richtung, sie züchten bei einer Katze das Fell und die Barthaare weg, und heraus kommt eine häßliche Kreatur, die sich nicht räumlich orientieren kann. Sie züchten bei einer Taube einen riesengroßen Kropf hinzu – die Taube trägt einen angezüchteten Hirnschaden davon und kann sich nur fortbewegen, indem sie Purzelbäume schlägt. Es gibt den chinesischen Nackthund, der ach so possierlich ist und in jede Handtasche paßt. Man muß sich das einmal vorstellen: ein Kläffer ohne Fell. Er ist der Hitze und der Kälte hilflos ausgesetzt, er verreckt vor seiner Zeit, weil er in der Kreation Gottes nicht vorkommen darf und kann. Worauf will ich hinaus, ihr Herrengläubigen? Worin besteht hier die Lüge der Judaslämmer? Ein normaler eingelullter Bürger liest diesen Bericht und ergreift sofort aus Mitleid Partei für die armen Tierchen. Wir aber wissen, daß der Artenschutz auch für die Menschen gilt und daß die Entfremdung von Art, Rasse und reinem Vaterglauben den Unschuldigen zum Schuldigen macht. In der Mulattenrepublik werden auch verbotene Zuchtprodukte qualgezüchtet. Wir werden in dem Glauben gelassen, es gebe keinen Grund zur Klage, die Natur habe Defekte, die Ordnung habe Löcher und der wissenschaft-

lich ausgerichtete Mensch das Recht, eine zumutbare Kreation, eine spaßige Kreation, herbeizuzüchten. Das Kreatürliche vermonstert, die Modeprodukte werden auf Rasseschauen ausgestellt, die ökonomisch ausschöpfbare Ausbeute kommt auf den Markt. Ich spreche immer wieder von dem Gottesstoff, der im Kraftkern eines jeden von euch gespeichert ist. Die Judaslämmer legen den Gottesstoff bloß, und der Markt saugt ihn auf. Das nenne ich die wahre Anfechtung: daß ihr Herrengläubigen Tag um Tag dem Sog der Einverleibung ausgesetzt seid. Doch ihr könnt euch wehren, ich habe euch zur Härte erzogen, und ihr könnt mit mir über die Aufklärung lachen. Ich habe euch den Giftlack vom Gesicht gewischt, und ihr könnt mit mir über die Lügen der Söldnerwerber lachen. Ich stelle den Grenzstein an den äußersten Punkt des Gottesstaates und halte die niederen Heidenmassen ab von der Einwanderung. Alle vierzig Jahre verdreifacht der Eindringling seine Biomasse. Das ist eine Vorstellung, die mir den Schlaf raubt. Die Heiden vermischen sich mit den Herrengläubigen, sie verpanschen das Erbgut im Namen der Menschenliebe. Wie aber können wir alle Menschen lieben, wenn es unser Herrscher nicht tut? Der Heide ist ein Mensch. Soll ich ihn deshalb nicht bekämpfen, nicht töten, wo auch immer ich ihn finde? Er mag sich verstecken in der Wüste – ich finde und töte ihn! Der Humanismus ist Judaslamm-Propaganda. Fürchtet euch nicht fehlzugehen, fürchtet euch nicht vor seinen Pappsoldaten. Ihr seid die Schwertkämpfer, zögert nicht, eure Schwerter in die Biomasse hineinzustechen!

Das Blut der Aufrührer soll sich auf den Betonboden

der Gotteshaus-Aula ergießen! Die Grenzen sind gezogen, und wer die Grenzen verwischt, ist des Todes. Der Unzüchtige, so las ich unlängst, hat vorgeschlagen, man möge Reizunterwäsche über dem Hoheitsgebiet der Gotteskrieger abwerfen. Das sagt ein moderner Sklave, der sich jeden Tag besäuft und sein Elend in das Kissen hineinheult. Er hat nämlich ein Unterleibsproblem. Er beklagt, daß die Frauen jede Lust am europäischen Mann verloren haben. Er bemängelt, daß er nicht nach Herzenslust ficken kann. Dem Unzüchtigen sind vor Gram die Haare ausgefallen, und ihm kommt nicht der Gedanke, er sei einfach zu häßlich und jeder Sex an ihn vergeudet. Die Schweine grunzen keine Wahrheit, sie grunzen nach der Grütze im Trog. Wer sich an den außerehelichen Geschlechtsverkehr als die einzige Richtschnur hält, hat natürlich ein Pimmelproblem. Also sind die westlichen Frauen unsere natürlichen Verbündeten: sie haben den grausam entstellten weißen Mann, den Mann, der an imperialer Überdehnung zerriß ... diese gottverdammte Phantomgestalt haben die weißen Frauen überwunden. Der Unzüchtige muß deshalb ungnädig gestimmt sein, es geht nicht anders. Die einzige Gefahr, die Byzanz-Babylon-Europa droht, kommt von uns, von unseren Sprengstoff-beladenen Körpern. Die Bolschewisten haben ausgedient, sie waren ja schon immer Komplizen des Systems. Wir zeigen ihnen, wie das geht, der Terror Gottes!

Es gibt Menschen, von denen wenig Gravitation ausgeht, die Lufthülle um sie herum entweicht, es bildet sich keine Atmosphäre. Jeder, der in die Nähe eines solchen Menschen kommt, spürt einen gewaltigen Unterdruck, er löst sich auf, die Zellen platzen. So einer war der Prediger.

Seine Worte, die er leicht lispelnd sprach, daß die Spucke in die Gesichter der ihm am nächsten Sitzenden nur so flog, bohrten sich in uns hinein und fügten uns Wunden zu. Vor der Erweckung ist der Körper unversehrt, im Zuge der Erweckung werdet ihr ausgezeichnet mit den Wundmalen: Laßt es geschehen, befahl er. Ich bin von seiner Gefolgschaft gesandt worden, um herauszufinden, weshalb er uns verlassen hat. Es gibt einige wenige, die in der Klemme stecken und ohne Zurechtweisung nicht auskommen. Ich bin einer von diesen Herrengläubigen. Ich habe an der Quelle gesessen, sie ist versiegt. Was hat den Meister bewogen, an einem Tag seinen Schülern über die Wangen zu streichen; und sie an einem anderen Tag zu verlassen? Der Teufel nährt nicht, er mästet, der Fresser nimmt zu und verlacht die Mageren. Es hat sich alles schlecht entwickelt, ich will den Meister durchschauen.

Die Witwe sieht mich an, als würde sie von mir den ersten Zug erwarten, als könnte sie sich sonst nicht von ihrer Rolle lösen. Man hat mir beigebracht, Frauen nicht in die Augen zu blicken, wenn ich mit ihnen rede. Ich habe mit der Zeit Wege und Mittel gefunden, die es Frauen unmöglich machten, mich anzusprechen. In der Frauenstimme offenbart sich der salbungsvolle Ton des Teufels. Manchmal muß ich es mir nachts laut vorsagen: Die Hausherrin ist keine Heidin. Sie fragt mich, wieso ich bei Sommertemperaturen langärmelige schwarze Hemden trage. Es ist die Trauer darüber, daß ich im falschen Leben stecke, sage ich, und was nützt es mir, erst am Ende in ein weißes Totentuch ohne Naht eingeschlagen zu werden? So jung und schon so verdorben, sagt sie. Ich springe vor Wut auf, der Vorwurf trifft mich hart. Verdorben deshalb, sagt sie, weil du dich vorsiehst. Wovor schützt du dich eigentlich? Ich suche Zuflucht vor dem Herrn, sage ich. Die Frau und der Mann müssen sich bedecken; sonst gewinnt die Lüsternheit die Oberhand. Die Lust ist Gottes Eingebung, sagt sie, wenn wir nicht daran zweifeln wollen, daß Gott recht tat, die Welt so einzurichten, müssen wir auch einen Sinn darin sehen, daß Mann und Frau füreinander bestimmt sind. Ich spreche nicht von der Perversion der gleichgeschlechtlichen Liebe. Krempele die Hemdsärmel hoch, sagt sie, die Haut kann sonst nicht atmen.

Unser Meister hat uns vor diesen Laienpredigern gewarnt – sie würden immerzu die Liebe bemühen und den gerechten Zorn verdammen. Wem soll ich nun glauben? Ich, des Herzpredigers Erster Schüler, bin abtrünnig geworden, suche nach ihm und suche nach einem Sinn in den Worten einer schönen geschiedenen selbständigen Frau. Es ist heiß, ich knöpfe die Ärmel auf und schlage sie bis zum Ellenbogen mehrmals um. Die münzgroße Pockenimpfnarbe erregt ihre Aufmerksamkeit, sie verkneift sich aber eine Bemerkung. Dann steht sie auf, um sich für das Fest frisch zu machen. Ich habe versprochen, sie zu begleiten. Schnell wechsele ich das Hemd, stutze mir den hennagefärbten Vollbart. Die Haarstoppeln sind noch nicht Fingerkuppen-lang, die vorgeschriebene Kopfrasur kann einige Tage warten. Im Auto behalte ich die Sonnenbrille auf, das Licht bereitet mir Schmerzen. Vor meiner Reise verbrachte ich gemäß dem Ordensgelübde dreiunddreißig Tage in einem dunklen Keller, bei Brot und Wasser, in die stille

Lobpreisung Gottes versunken. Bald halluzinierte ich giftige Heuschrecken, die sich versteckt hielten, um mich im Schlaf anzufallen. Es ist vorbei, erst einmal. Die Witwe parkt vor dem Teehaus an der Schnellstraße, und als wir aussteigen, tun einige alte Männer ihr Mißfallen zungenschnalzend kund: eine Frau am Steuer ist in dieser Gegend ein Kuriosum. Mich mustern sie eingehend, können aber kein Anzeichen für einen verschwulten Charakter entdecken. Ich gehe auf Abstand, damit die Witwe nicht auf den Gedanken kommt, sich bei mir einzuhaken. Sie trägt Schuhe mit flachem Absatz und bewegt sich flink auf dem Kieselpfad. Die Hochzeit findet auf einem halb bebauten Grundstück statt, zwei Betonmischer und Fertigbauteile stehen zu beiden Seiten der mannshoch bemauerten Frontseite, in die ein Durchschlupf eingelassen ist. Kaum trete ich ein, werde ich von einem Strahler geblendet. Das Zuschaueroval umschließt einen freien Platz, der von Kleinkindern mit Rosenwasser besprengt wird. Die zehnstöckige Hochzeitstorte ist auf einer aufgebockten Holzplatte ausgestellt. Die Mütter der Braut und des Bräutigams gehen herum und heißen die Gäste willkommen. Ein verkommener Mann, der aussieht wie ein Puffpianist, spielt auf der Elektroorgel alte Schlager. Der Dorfvorsteher bedeutet seinem Lakai, er möge uns Plastikstühle bringen. Der Witwe begegnet man mit Ehrfurcht, sogar die Männer verbeugen sich vor ihr und bitten sie, in ihre Gebete Aufnahme zu finden. Die heiratsfähigen Jungen halten sich im Hintergrund, die Schicklichkeit verlangt es, daß sie den Mädchen nicht zu nahe kommen. Bald trifft das Hochzeitspaar ein und tanzt vor aller Augen unbeholfen einen Walzer. Es wird merklich still im ungedeckten Saal, in den Bauern regt sich instinktiv der Widerwille gegen eine westliche Unsitte, eine Abart, die Geschlechter in aller Öffentlichkeit zusammenzuführen.

Weshalb sollen Nichteuropäer nach den Siegesmelodien des Imperiums tanzen? Wieso werden sie zur Imitation von ausländischen Festtagsritualen gezwungen? Die Europäer sind außerhalb ihrer Festung nicht mehr als dumme Barbaren – sie haben ihre besten Tage hinter sich, reisen als Touristen um die Welt und ficken unsere minderjährigen Kinder. Die Aufklärung hat den Schwanz des weißen Mannes emanzipiert. Wundert sich der Westheide, daß wir ihn abknallen wollen?

Die Witwe stößt mich an und reißt mich aus meinen Gedanken. Sie zeigt auf den Tisch, an dem die Standesbeamtin gegenüber dem Brautpaar Platz genommen hat. Der Pianist reicht ihr ein Mikrofon. Sie fragt die Braut, ob sie ohne Druck von seiten Dritter und nach eigenem Wunsch den Mann an ihrer Seite heiraten wolle. Sie bejaht. Auch der Bräutigam willigt in die Ehe ein. Möge eure Familieneinheit ewig währen, sagt die Beamtin. Jetzt darf der Mann den Brautschleier seiner Frau lüften. Die Witwe ist gerührt, sie verrückt den Stuhl, um eine bessere Sicht zu haben, und plötzlich klebt ihr nackter Arm an meinem Unterarm. Ich muß meinen Arm wegziehen, doch es gelingt mir nicht, ich kann es einfach nicht.

Aus lauter Verlegenheit frage ich sie, wieso man sie eine Witwe nenne, wo sie doch nur geschieden sei. Ich habe davor einen Mann ins Grab gebracht, sagt sie, das war ein schlimmer Kerl, und das Dorf dankt es mir noch heute. Ich habe die Bauern vor einer Plage gerettet. War er denn so widerlich? sage ich. Er hatte einen kleinen Schwanz, sagt sie, und hat kleine Mädchen geschändet. Ich erfuhr es erst nach der Heirat. Ich beriet mich mit den Bauern, und wir entschieden, den Perversen auf den spitzen Pfahl zu setzen. So lösen wir hier unsere Probleme. Die Unreinen und Verrohten treiben wir aus der Deckung, darauf kannst du dich verlassen.

Der Altvaterglaube ist auf dem Lande zählebig, und für einen Augenblick sehne ich mich danach, im wahren Volk unterzutauchen, die einfachen Handgriffe des Lebens zu heiligen. Die Gottesfurcht hat die Bauern veredelt, und doch sind sie wundersamerweise ungeschliffen geblieben. Als ich mich zur Witwe umdrehen will, legt sie eine glühende Hand auf meinen Arm, und meine erste Regung ist, ihre Lippen in meinen Mund einzusaugen, mich vom Unmaß leiten zu lassen, ihren Körper zu drücken, in die Verbotszone des Weibes einzudringen. Ich neige nicht zur Selbstentzündung, ich habe mich die meiste Zeit meines Lebens beherrscht. Die Witwe flüstert mir ein einziges Wort ins Ohr, sie sagt: später, und ich schäme mich, daß sie mich derart schnell durchschauen kann.

Der Braut und dem Bräutigam werden weiße Samtschärpen um den Hals gelegt, es bildet sich sogleich eine Schlange, die Frauen stecken der Braut Goldtaler an oder beschenken sie mit Goldreifen. Die Witwe steht auf, reiht sich in die Schlange, und als sie endlich vor dem Hochzeitspaar steht, übergibt sie einen dicken Briefumschlag und spricht den vor Glück Verschwitzten ein langes Leben zu. Sie sollen dicht beieinander stehen, daß der Neider Schwert nicht zerschneide noch das Gottgefügte zerstöre. Sie sollen eine Einheit bilden, daß sie des Teufels Anschläge überleben. Sie sollen sich rächen an den Neidern, und unbarmherzig sein in ihrer Vergeltung. Der Bräutigam küßt ihre Hand und führt sie zur Stirn zum Zeichen seiner Unterwerfung, seines Respekts vor dem Ratschluß einer weisen Frau.

Diese Szene stößt mich ab, man kann zwischen wahr und falsch nicht unterscheiden. Ich mißtraue großen Worten, der Herzprediger war ein Meister seines Fachs und reihte einen Wurmsatz an den anderen, nur um seinen Schülern einzubleuen, daß ein Herrengläubiger nicht ohne Feinde auskomme. Wie auf ein Zeichen räumt man Tisch und Stühle weg, die Mütter zerren an den Kindern, der Dorfvorsteher bittet, das Tanzrund in der Mitte frei zu machen. Die Witwe läßt sich seufzend auf den Stuhl fallen und achtet darauf, daß sie mich nicht berührt. Ein Dutzend junger Männer formiert sich zu einem Halbkreis, ein jeder hebt die Arme wie Adlerschwingen und verkettet sie an den Schultern seines rechten und linken Nebenmannes. Die Männer an den Spitzen des Halbmondes verständigen sich stumm, und plötzlich strafft sich die Kette, die Männer stehen kerzengerade und lassen ihre Sohlen im Takt der einfachen Volksweise auf den Betonboden knallen. Es geht ein Ruck durch die Kriegerformation, wie ein Mann bewegt sie sich gegen den Uhrzeigersinn, keiner, der herausfiele aus dem Verband, keiner, der den Takt verfehlte.

Das urzeitliche Geheul des Formationsführers geht mir durch Mark und Bein, die Witwe verschränkt ihre Hand mit der meinen, sie hat keine Angst vor dem öffentlichen Urteil, und mich geht das alles nichts an, ich zittere am ganzen Körper, ich bin einer Frau noch nie so nahe gekommen. Für einige Sekunden reißt die Kette und schließt sich wieder, ein Landsknecht schreitet in die Mitte des Halbkreises und hievt währenddessen eine Kriegstrommel auf die rechte Schulter. Er legt den Schlegel am Trommelfell an und läßt die Bespannung mit kurzen Stößen vibrieren, es hört sich an wie fernes Donnergrollen. Die Männer wiegen hin und her, und beim ersten kräftigen Paukenschlag entfährt dem Führer ein kehliger langgezogener Schrei, in den die Kriegstänzer mit tonschwankenden Ausrufen einfallen. Ich will aufstehen, doch die Witwe hält mich fest, die Männerkette schließt sohlenklatschend einen perfekten Kreis und tanzt immer schneller, immer wilder, ich atme aus dem offenen Mund, ich kann an nichts anderes denken als an die Frau an meiner Seite, die mich begehrt und die ich begehre, ich sehe die Krieger, und ich bin glücklich: glücklich darüber, daß diese wehrtüchtigen Männer sich jedem Barbarenheer in den Weg stellen werden, daß sie zurückschlagen, bis der Feind Blut und Galle kotzt. Ein Gott. Ein Gottesheer.

Der Imperialist wünscht, daß ihr glücklich seid – euer Glück liegt ihm tatsächlich am Herzen. Ihr dürft allerdings die Macht des Apparates, seine Illusionsmaschine, nicht unterschätzen. Das Establishment und die Opposition stecken im Westen unter einer Decke, ihrer beider Kraft speist sich aus der Gottesverfluchung, aus der Tilgung religiöser Empfindungen. Euer Glücksverlangen ist dem Imperialisten Auftrag und Befehl, denn er will immer, auch in diesen Zeiten sinkender Gewinnmargen, Geld verdienen. Der freie Kapitalverkehr muß funktionieren. Der Mann, sagt der Imperialist, hat sich seiner Schwanzsteuerung nicht zu schämen, die Natur hat es eben so eingerichtet, daß er jede Frau ficken will. Also richtet er das öffentliche Leben nach dem Vorbild eines Bordells ein: Die Frauen müssen dauerberieselt werden, damit sie ihre Öffnungen feucht halten und es dem Manne nicht schwerfällt hineinzufahren. Hunderte von Werbeagenturen sind damit beschäftigt, die Frauen solcherart zu bearbeiten, daß sie dem Manne zu Willen sind, aber das Gefühl haben, sie seien die wahren Herrinnen. Diese Werbekampagne heißt: Freiheit. Die Werbeagenturen, diese Knechte des Kapitals, preisen den freien Willen und meinen doch nur den erzwungenen Fick des Freiers mit der Nutte. Was will ich das Flittchen schuldig sprechen, was will ich ein ungeratenes Mädchen eine Buhldirne schimpfen, die dem Bösen ein Einfallstor öffnet? In diesem System wächst es heran, in dieses System ragt es hinein. Dieses Judaslamm-System aber ist ein Gemeinwesen parasitierender Lebensformen, die gefühlsberauscht und instabil sind. Das System, in dem wir leben und das wir bekämpfen, reißt die Grenzen ein und bittet jeden, der es sich leisten kann, in das Freiluftbordell namens West-Amerikanischer Judasstaat. Wir können nach Herzenslust feiern und ficken und frei sein. Nur eins dürfen wir nicht: vor Gott knien. Wenn sie uns dabei erwischen, daß wir nicht nach ihrer Pfeife tanzen, ermahnen sie uns: Laßt die Hüllen fallen, nehmt teil an unseren Orgien! Vergeßt das Alte Testament! Vergeßt das lange Anstehen für einen mickrigen Platz im Paradies. Die Hölle, das ist doch nur das Ammenmärchen eurer primitiven Ahnen, die die Naturgewalten einer übergeordneten Macht zuschrieben! Habt lieber Spaß! ... Wir, ihr Herrengläubigen, haben keinen Spaß. Wir leiden am falschen Leben, und wir hören nicht eher auf zu leiden, bis es endlich ein Ende hat mit der Heidenpropaganda. Der Prophet hat gesagt, der Schlaf sei der Bruder des Todes. Wir sind unausgeschlafen, und wir sind nicht wach, denn wir haben wenig Einsicht; wir sind Handeltreibende in diesem Leben, und wir haben wenig bis gar keine Ware zu versteuern in der jenseitigen Ewigkeit. Dem Imperialisten gefällt es, die Zinswirtschaft und den Zinswucher als der Freiheit Herz und Nieren einzuführen in jede Gesellschaft, sei es der Orient, sei es der Okzident, sei es der Norden, sei es der Süden. Die Mammon-Frömmler, die Geldwechsler, die Kreditgeber, die WestAmerikanischen Außenminister: sie sind der Imperialistengoliath. Auf dem offenen Feld können wir sie nicht besiegen, der Guerillakampf reibt uns auf. Also bieten wir uns dem Allmächtigen als Blutzeugen an. An den Werken mißt ER uns: die zersprengten Bollwerke der Judaslämmer erregen Sein Wohlgefallen. ER spricht: Sind euch nicht meine Zeichen vorgelesen worden, und habt ihr sie nicht zur Lüge erklärt? ... An diesen Zeichen werden wir uns orientieren, und nicht an der Freiheit der Werbeagenturen, nicht an der Banknoten-Religion WestAmerikas! Schmiedet die Pflugscharen zu Schwertern, ihr Herrengläubigen, wetzt die Scharten der Sichel, sucht in eurem Hausrat nach spitzem Gerät. Bald schicke ich euch los gegen die Besatzer. Verflucht sei ihr falscher Friede!

Ich habe mich mit ihr vereinigt, sie half mir, meine Erregung zu dämpfen, sie zeigte mir, wie der Mann die Lust der Frau steigern kann. Das erste Mal vergaß ich mich. Das zweite Mal konnte ich mich zurückhalten, weil sie Anweisungen gab, an die ich mich hielt. Das dritte Mal geschah das Wunderbare, sie lag oben und beschwerte meinen Körper mit dem ihren, ich öffnete die Augen und sah sie an, lächelte und lachte sie an, bis ich entdeckte, daß sie sehr schön war und es mir gefiel, daß sie auf mir ritt. Ich wollte von dieser Frau beherrscht werden, ich wollte ihr das bißchen Macht, das ich habe, ohne Widerstände abgeben. Sie schrie kurz auf, es schüttelte sie, und dann drückte sie harte Küsse auf meine Augen, die Netzhaut gaukelte mir einen Graupelschauer vor, in den Lichtblitze hineinfuhren. Ich nahm die große Waschung vor, reinigte mich von Kopf bis Fuß, und als ich aus der Duschkabine herauskam, frottierte sie mich mit ihrem eigenen Badetuch. Sie sagte, der Bart würde mich älter machen als ich sei, und ich nahm ihre Bemerkung zum Anlaß, mein Gesicht von der Prophetenbehaarung frei zu rasieren. Die Locken fielen nach und nach auf das Abflußsieb des Waschbeckens, es war vollbracht, und ich fühlte nichts. Es war die richtige Entscheidung, ich gehörte nicht mehr dazu.

Ich lerne ihre Eigenarten kennen, sie ist etwas wunderlich. Kaum sieht sie im Haus eine Fliege, stürzt sie sich ins Bad und wäscht sich das Gesicht. Sie hat große Angst vor dem »Bazillenschmutz« an den Beinen der Fliegen, und überhaupt plagt sie der Gedanke, es könnten Tausendfüßler, Skorpione oder kleine Feldmäuse eindringen. Sie streut Giftpulver vor die Türschwellen, und es kommt nicht selten vor, daß ich verendetes Ungeziefer an einem Körperende greife und in hohem Bogen in den Wildgarten auf der Rückseite der Pension werfe. Von Romanen hält sie nichts, sie spricht von

Durchhaltebüchern für Idioten. Ich habe einen Einwand gewagt und dagegengehalten, es gebe doch auch wertvolle Bücher – sie wollte aber nichts davon wissen und forderte mich auf, endlich erwachsen zu werden. Manchmal denke ich, sie ist eine Widerspenstige und hält die Männer allesamt für elend und lebensuntauglich. Es gibt mir ein Rätsel auf, warum sie ausgerechnet mich in ihr Herz geschlossen hat. Jeden Abend sitzen wir vor dem Fernseher und schauen uns Klatschsendungen an. Ich habe mich am Anfang geweigert, doch sie nahm es schlecht auf, ich wollte keine atmosphärische Störung riskieren. Eigentlich handelt es sich um das immergleiche Szenario: ein Fußballer oder ein junger Millionenerbe wird am Hinterausgang einer angesagten Diskothek von Paparazzi gestellt, der Playboy dementiert ungefragt ein mehr als freundschaftliches Verhältnis zu seiner weiblichen Begleitung. Meist kommt es vor laufender Kamera zu einem Handgemenge zwischen seinen Bodyguards und den Presseleuten. Der Skandal ist perfekt. Das sogenannte Telemädchen an der Seite eines reichen Gönners versäumt es natürlich nicht, wenigstens für einige Schnappschüsse zu posieren. Heute bückt sich das Telemädchen, um ihre Handtasche aufzuheben, ihr Minirock rutscht nach oben, und für einen Moment sieht man ihren weißen Slip, der in den nächsten Tagen für reichlich Gesprächsstoff sorgen wird. Ich wende mich angewidert ab, die Witwe starrt wie gebannt auf die mehrmals in Zeitlupe gezeigte Szene.

Sie sagt: Ich weiß, was dir durch den Kopf geht. Was sollen die Menschen im Südosten des Landes denken, wenn sie tagtäglich verfolgen, was sich in den Großstädten abspielt? Sie düngen ihr Feld, wenn sie denn eines haben, mit der eigenen Scheiße. Und vielleicht können sie sich in einem windschiefen Plumpsklo-Häuschen erleichtern. Die jungen Männer können die Ablösesumme für ein Mädchen nicht aufbringen, also bleiben sie unverheiratet. Sie haben keine Ausbildung, brechen die Schule ab, um ihren Vätern zur Hand zu gehen oder sich als Tagelöhner zu verdingen. Sie gehen ins Teehaus, der Fernseher läuft den ganzen Tag, und sie, die jungen Männer, sehen, daß das untere, der Abschaum, zuoberst gefördert wird. Diese Pseudoprominenten treten die Landessitten mit Füßen, und sie werden auch noch dafür belohnt, sie gelten als zivilisiert. Die Mehrheit des Volkes bleibt da, wo sie ist, und bildet ein gärendes Segment. Wir stehen kurz vor einer sozialen Explosion ...

Ich könnte sie natürlich fragen, was denn ihre Erkenntnis wert sei, wenn sie keine Klatschsendung ausläßt und sich gierig auf die Schundmagazine stürzt. Aber sie hat recht. Der Herzprediger setzte auf die arbeitende Seele und lehnte die teure Zivilkostümierung ab. Diese Feinduniform würde zur Nachahmung stimulieren, die arbeitenden Seelen jedoch hätten nicht Geld noch Wohlstand und könnten die falschen Bedürfnisse nicht befriedigen. Eine perfide Melancholie sei die Folge, sie nehme den Habenichtsen die Kraft, im Gottesglauben Widerstandsressourcen zu finden und sich gegen den WestAmerikanischen Kulturimperialismus zu erheben. Doch ich bin der ideologischen Aufmunterung irgendwann müde geworden, habe nicht mehr richtig hingehört, wenn er, der von uns Gepriesene, seine Großen Satansanklagen sprach, gegen Ende seiner Predigt geradezu schrie und in sich zusammenfiel. Es war, als würde das Armageddontier das Menschengezücht zuschanden bellen. Im Magen der Bestie wird man verdaut und schließlich ausgeschieden. Mir ergeht es wie allen Abtrünnigen: Ich bin müde, die Ruhe eines bloßen Zivilisten bekommt mir nicht.

Der Südwestwind wühlt das Meer auf, hochgehende Wogen spülen Algen an den Strand. Ich will mich nützlich machen und harke den Sandstreifen vor der Pension. Der Witwe ist es recht, vielleicht spielt sie auch mit dem Gedanken, ihren jungen Liebhaber länger als vorgesehen zu behalten. Ich konzentriere mich auf meine Arbeit und hefte den Blick auf den Boden vor meinen Füßen: unter den Sonnenschirmen liegen und sitzen Frauen in knappen Badeanzügen oder sogar Bikinis, ich will nicht in Versuchung kommen.

Plötzlich werde ich an der Schulter gefaßt, ich drehe mich um und sehe ein entsetztes Gesicht. Ein Mädchen fleht mich an, um Gottes willen mitzukommen, sie brauche einen Nothelfer, und zwar sofort. Ich verstehe nicht recht, stapfe aber hinter ihr her. Sie zeigt auf den Betonköcher, die moderne Version eines kleinen Müllbehälters. Als ich vorsichtig hineinschaue, entdecke ich eine tote Makrele, auf der sich ein Schwarm Wespen niedergelassen hat.

Mach es weg, sagt sie.

Ich kann das nicht, sage ich, die Wespen würden glauben, ich mache ihnen ihren Fraß streitig.

Ist mir egal, sagt sie, du mußt sie verscheuchen, sonst stechen sie mich.

Wieso sonnst du dich nicht woanders? sage ich, es gibt doch noch freie Sonnenschirme.

Das geht dich nichts an, sagt sie, du bist hier der Bedienstete, und du bist für unsere Sicherheit verantwortlich.

Ich bin genauso ein Badegast wie du, sage ich, ich harke den Sand freiwillig, also kümmerst du dich selber um deine Angelegenheit.

Dann drehe ich mich um und gehe weg, sie ruft mir hinterher, ich sei ein verdammter Feigling und kein Mann. Es kann mir egal sein, was eine Stadtgöre von mir hält, soll sie doch ihre domestizierten Hippiemänner einspannen. Noch beim Händewaschen im Bad höre ich sie lamentieren.

Die Witwe sitzt auf dem Sofa und ärgert den Wellensittich in der Holzvoliere – sie steckt eine Stricknadel zwischen die Käfigstäbe und versucht mit der Spitze den Bauch des Vogels zu kraulen. Er mißtraut dem Fremdkörper, hackt mit schnellen Schnabelhieben darauf herum, die Witwe versucht sich in vielen falschen Vogellauten und erschreckt das Tier zu Tode. Ihr Amüsement ist nicht nach meinem Geschmack, der Mensch darf die niedere Schöpfung nicht quälen. Ich will das Zimmer schon verlassen, da fragt sie mich, ob ich mich wegen meiner Arbeit hier aufhalte. So ungefähr, sage ich ihr, aber sie haßt ausweichende Antworten. Also füge ich hinzu, daß ich den Kontakt zu einem ehemaligen Mitbruder suche, einst ein Freund und heute wohl eher ein Bekannter, jedenfalls ein Mann, von dem ich eine ehrliche Antwort auf eine brennende Frage erhoffe.

Bist du ein Sektenmitglied? sagt sie.

Eher das Mitglied einer größeren Glaubensgemeinschaft, sage ich, ich hatte einen Meister, auf den ich große Stücke hielt. Doch aus heiterem Himmel ist er abgetaucht, und die Spur führt in diese Gegend.

Was glaubst du, wer du bist? sagt sie. Nehmen wir einmal an, du findest ihn tatsächlich. Was passiert dann? Willst du ihm erzählen, daß er dich im Stich gelassen hat, daß er dich bitteschön weiter behüten und bemuttern soll? Hat er dir das Weltende prophezeit, und es ist zu deiner großen Enttäuschung nicht eingetreten? Sei froh, daß der Himmel nicht aufgerissen ist. Es bleibt uns somit beiden noch ein bißchen Zeit, bis die Toten aus den Gräbern quellen. Ich kann Gespenster nicht ausstehen.

Du machst dich über mich lustig, sage ich.

Ja, sagt sie, du hast recht. Lösch das Küchenlicht, schließ ab und komm ins Bett. Du mußt dich schon mit meinem Körper begnügen. Gott wird uns früher oder später richten.

Es geht das Gerücht, vom Verrat bekomme man leere Augen. Ich habe nie viel vom Köhlerglauben gehalten, daß man einem Kollaborateur die Niedertracht, die Verzweiflung und die Scham über die Schandtat vom Gesicht ablesen könne. Die Spiondrohne im Sold des Feindes ist meist ein Feingeist, er hat Ideale, er hat Ansichten, und es bedarf keiner großen Überwindung, mit ihm auszukommen. Auf ihn kann man sich verlassen, von ihm kann man lernen. Der Verräter ist mehr als nur ein umgänglicher Mensch. Die Frauen kommen nicht umhin, von ihm zu schwärmen, sie fühlen sich von ihm angezogen wie Eisenspäne vom Magneten. Der Kollaborateur mag diese Eigenschaften besitzen, er bleibt ein genetisch verdorbener Untermensch, in ihm schlägt das Herz der heidnischen Biomasse, er ist der hochnäsige Schoßhund des Imperialisten. Wenn wir die Geschichte der Völker studieren, stoßen wir bei Mißstand, Mißwirtschaft und Mißhelligkeit immer wieder auf den Verräter, der eine vaterländische Tarngesinnung an den Tag legt. Aber in Wirklichkeit gibt er dem Feind Geheimnisse preis und nimmt in Kauf, daß das Volk, dem er entstammt, überrumpelt und geknechtet wird. Er überlistet sogar Lügendetektoren, er hält vielleicht der Folter stand: lieber läßt er sich die Eingeweide aus dem aufgeschlitzten Bauch reißen, als daß ihm ein Sterbenswörtchen über die Lippen käme. Das Imperium, ihr Herrengläubigen, ist nicht dumm, und viele Glaubensbrüder sind gefallen, weil sie dachten, sie könnten das Imperium für dumm verkaufen. Ich weiß um seine Macht, und ich warne euch vor dem größten Satan, den die Welt je gesehen hat. Der Feind hört mit, weil euer Bruder mithört. Der Feind hört mit, weil eure Frau sich verplappert. Ich würde vom Podest hinabsteigen und den Heiligenstab einem Maulesel übergeben, wenn ich mich darin täuschte, daß unter uns mindestens eine Spiondrohne ihren verfluchten Dienst tut. Ich bin mir sicher, ich irre mich nicht. Und wieso bin ich die Ruhe in Person? Er, der Verräter, weiß, daß ich nur auf eine Blöße von ihm warte, er steht mehr oder minder vor seiner Enttarnung. Er muß höllisch achtgeben, er darf sich keine Fehler erlauben – wahrscheinlich schläft er nachts sehr schlecht. Nicht daß er seine Schandtaten bereute, er fühlt nur, es wird von Tag zu Tag schwieriger, den verhaßten Meister zu täuschen. Ich rechne mit einem Attentat, es ist schließlich der beste Weg, einer Entlarvung zuvorzukommen.

Aber ich bin sehr vorsichtig, das sollte er wissen. Ich habe auch einen Hauptverdächtigen. Ich sehe ihn in meiner Nähe wie einen Teufelsmarder schnüren, ich sehe ihn wie alle Herrengläubigen seinen Gottesdienst verrichten. Doch sein Herz, möge er sich nach außen noch so emsig auf den Boden werfen, sein Herz ist die Suhlgrube der Schweine und Säue. Die Satansschläue des Imperialisten machen wir mit unserem Glauben wett. Alle Krieger, die reinen Herzens sind, verachten dies Leben in Gefangenschaft. Doch er hängt am Leben wie alle Judaslämmer! Und ich kann ermessen, welche Ängste er durchsteht, welche Höllenqualen er erleidet. Denn eins weiß er: wenn ich ihn stelle, ist er des Todes, und er wird wahrlich keinen einfachen Tod sterben. Ich habe euch alle mit dem geweihten Wasser gewaschen. Ich habe jedem von euch die silberne Halskette eines Sklaven eigenhändig angelegt, auf daß um unser aller falsches Leben kein Hehl gemacht werde. Ich habe euch die Seifenoper-Liebe herausgeprügelt: jetzt ist die Rache eure Religion. An die umpanzerten Herzen der Soldaten Gottes greift der Imperialist vergeblich. Und ich habe euch gelehrt, daß der Verräter, sobald ich ihn demaskiere, unter euren Faustschlägen in den Höllengrund einbrechen wird. Erlösung gibt es nicht zum Spottpreis, Gott ist auf eure kleinen Gaben nicht angewiesen. Eure Zweifel gehen ihn nichts an, ER schickte euch den Heiligen als Gottesmaschine wider die Fleischmaschinen. Die Halsschelle mag den Verräter daran erinnern, daß vor dem Allmächtigen ein ehernes Ungleichgewicht herrscht: den Heilfürchtigen wird von der rechten Seite gegeben, den Verstockten von der linken Seite. Der Verräter wird im Jenseits sein blaues Wunder erleben – an der Halsschelle, die ich ihm angelegt habe, wird er gezerrt und auf dem Boden geschleift werden. Wir haben die Gesetze nicht gemacht, doch wir beugen die Häupter und erfüllen die Gesetze. Ihr wart gierige Kreaturen, und ich habe euch das Blutwasser verkochen lassen und zu Gottes Kriegsgerät verwandelt. Der Judaslamm-Lakai kann sein restliches Leben in Schrecken verbringen, bald ist er überführt, bald darf seine Schweineseele vom Schweinekörper getrennt werden. Bald ist der Verräter meine Beute!

Das ist eigentlich eine üble Gegend, sagt sie, vor zwei Jahren wurde nicht weit von hier eine züchtige Magd von einem Lumpenbauern vergewaltigt und getötet. Den Mann konnten wir schnell ermitteln, er wurde gelyncht, das ist nicht der Punkt. Seither zieht der Tatort Spanner an, die es aufgeilt, dort im Geiste die Schändung nachzuspielen und ihren verfluchten Samen auf dem Boden zu verspritzen ...

Ich bin der einzige Gast und lausche der Witwe, die glaubt, einem Irren wie mir, einem Abgänger ohne festen Wohnsitz, das wirkliche Leben in allen Einzelheiten erzählen zu müssen. Der Altersunterschied macht mir nichts aus, sie aber bereut die Beziehung ein bißchen. Sie könnte meine Mutter sein, deshalb hätte sie mich nicht verführen dürfen. Ich streife mein Hemd ab, und sie trägt »das deutsche Wunder«, eine antiallergische Creme, auf meine Arme und Schultern auf. Ich bin von Mallorcaakne entstellt, ich kratze mich wie verrückt, und wenn sie mich dabei erwischt, schlägt sie mir auf die Hand. Sie hat mich nach meinen Eltern ausgefragt, ich sagte, ich hätte den Kontakt zu ihnen vor einem Jahr abgebrochen. Das hat sie entsetzt. Ich mußte ihr schwören, ihnen einen langen Brief zu schreiben und sie um Verzeihung zu bitten. Vielleicht fängt das neue Leben damit an, daß man sich wieder in die alte Ordnung einfügt und den Frieden wiederherstellt. Ich bin nicht gut darin, Menschen länger zu beachten als bei einem zehnminütigen Plausch.

Ich warte. Ich warte auf das Zeichen des Bruders. Deshalb bin ich hier. Der geplatzte Traum, das gebrochene Wort eines Heiligen, die kopflose Gemeinde. Die Soldaten Gottes brauchen Führung dringender als Nahrung. Der Herzprediger hat uns gesagt: Ich führe euch und ich nähre euch. Wie haben wir ihn geliebt, unseren Heiligen der letzten Tage vor den Detonationen, den Sprengfallen, dem Großen Krach, der die arbeitenden Seelen Gott näherbringen würde. Die Witwe will alles wissen, und ich lasse alle Vorsicht fahren und lege meine Lebensbeichte ab. Ich muß ihr hoch und heilig schwören, daß nicht das Blut eines Unschuldigen an meinen Händen klebt. Es ist einerlei, ob ich Menschen auf dem Gewissen habe oder nicht, es soll nur jene getroffen haben, die es nicht besser verdienten. Die verlauste Ratte, sagt sie, muß die Zinken der Mistforke in ihrem verkommenen Ungezieferleib spüren und dann doch verrecken. Ich bin kein Mörder. Ich war ein präparierter Sprengkörper. Ich glaube immer noch, daß die Judaslämmer den Erlöser nicht loswerden, Gottes Sturz haben sie umsonst gefeiert.

Nach jeder Vereinigung steht die Witwe auf, hockt sich in die Badewanne, ich schöpfe mit einer Messingschale Meereswasser aus einem Plastikeimer und gieße es sachte in ihre Männerhände. Sie wäscht sich das Geschlecht aus alter Gewohnheit, sie müßte sich wegen einer Schwangerschaft keine Sorgen machen, weil ihr die Gebärmutter entnommen wurde. Sie nennt mich ihren Badediener und kneift mich in die geschwollenen Lippen. Ich sauge an ihrem kleinen Mädchen, sie verschränkt vor Lust die Beine, daß ich denke, sie will mich köpfen. Ich mag sie gerne, ich habe mich vielleicht ein bißchen in sie verliebt. Einen Sinn kann ich in meinem Leben nicht erkennen: ich harke den Sand vor der Pension, ich kaufe ein und fülle den Kühlschrank mit Käse und Oliven, mit Obst und Gemüse. Ich bin noch zu jung, um wirklich dem Wahnsinn zu verfallen. Am hiesigen Badeort gibt es allerdings einige Verrückte, allesamt Kinder vermögender Familien. Abends gehen die Witwe und ich manchmal aus, sie zieht ihr offizielles Ausgehkleid an, ich wechsele das Hemd und schlüpfe in eine helle Leinenhose, die sie mir geschenkt hat. Dann machen wir einen halbstündigen Spaziergang zur Taverna, setzen uns hin, bestellen Tee und beobachten das bunte Treiben. Wir haben uns darauf verständigt, daß wir uns in der Öffentlichkeit nicht berühren oder küssen dürfen. Es kommt vor, daß sie sich über das Gebot hinwegsetzt und mir einen harten Kuß auf die Lippen drückt. Ich reibe mir dann den Lippenstift schnell ab und tue so, als sei nichts gewesen. Meine Schamhaftigkeit belustigt sie. Wir sitzen und schauen ohne Hintergedanken. Wenn »der große Junge« wieder einmal daherkommt, wird er von den Jugendlichen aus Spaß beklatscht. Er ist der ausgewiesene Dorftrottel der Gegend, und der Applaus freut ihn über die Maßen: er reißt die Arme hoch und schreit, er sei der wahre Sieger der Begegnung. Die Alteingesessenen messen seinem

Ausruf eine besondere Bedeutung bei, sie rätseln darüber, was er gemeint haben könne. Er gilt als ein irrer Prophet, der seiner Zeit weit voraus sei und baldige Katastrophen ankündige. Ich denke, er ist einfach nicht richtig im Kopf und hält die leichtgläubigen Menschen zum Narren. Der Herzprediger hat uns dazu angehalten, die Verrückten wie die Pest zu meiden. Man müsse auf jeden Fall barmherzig zu ihnen sein, denn Barmherzigkeit vertreibe die Dämonen aus ihren Körpern. Was Gott mit den gefälligen und ungefälligen Körpern am Tage des Jüngsten Gerichts anstellt, kann mich heute, in meinen Tagen der Unruhe, nicht ängstigen. Ich mache mir Mut, ich spreche mit der Witwe über den gezähmten Monotheismus der Zivilisten, die sich nicht nur die Welt, sondern auch den Glauben untertan gemacht haben. Sie ist eine knallharte Mystikerin, und wenn ihr gerade danach ist, äußert sie den Wunsch, nach ihrem Tode möge sie entdecken, daß der Himmel und die Hölle entvölkert seien wie Geisterstädte. Ihr Ex-Mann zahlt großzügig Unterhalt, davon kann sie gut leben und sich über die Sorgen der Nachbarn den Kopf zerbrechen. In ihrem Leben gibt es nur feste Zeitpunkte und fixe Abstellplätze. Sie sagt, sie weiche von ihrem Programm ab, wenn sie sich verliebe. Dann komme sie durcheinander: ein nicht unerwünschter Zustand.

Ich habe eigentlich nicht mehr damit gerechnet, aber plötzlich steht ein vollbärtiger Kurier vor der Tür und läßt mich wissen, er sei gekommen, um mich abzuholen. Die Witwe blickt ihn an wie eine tote Ratte. Ich bin in ein paar Stunden zurück, flüstere ich ihr zu, und dann kannst du mich wärmen. Sie sagt, ich solle aufpassen und die Sache in Ordnung bringen. Ich steige ins Auto, der Kurier weigert sich, auch nur ein Wort mit mir zu sprechen. Er hat bestimmt seine Instruktionen. Schließlich hält er vor einem dreistöckigen Haus im Zentrum der Kleinstadt, er steigt aus und bleibt am offenen Wagenschlag stehen. Er schaut auf, ich tue es ihm gleich und sehe den Herrengläubigen, den Blutsbruder, den zweiten Schüler des Herzpredigers. Er lehnt an der Balkonbrüstung und streckt den Mittel- und Zeigefinger – die Zeiten, daß ich diese Gebärde als Siegeszeichen deutete, sind vorbei. Ich will schon an der Wohnungstür klingeln, doch ich bemerke, daß sie nur angelehnt ist. Die Wohnung birgt fast kein Mobiliar, eine Matratze, eine dünne Tagesdecke und ein kleines Kissen müssen als Bettstatt herhalten. Keine persönlichen Gegenstände. Keine verräterischen Spuren. Jederzeit bereit zur Aktion und zur Flucht. Ich trete auf den Balkon und lasse mich auf dem freien Stuhl nieder. Ich spreche den Gottesgruß aus, er bleibt stumm. Bestimmt hat er sich Gedanken über seinen Eröffnungszug gemacht, ich überlasse ihm das Feld.

Du möchtest also herausfinden, wo er steckt! sagt er.

Nein.

Was möchtest du dann?

Was ist das für eine Art, sich nach einem verfahrenen Beischlaf davonzumachen? Sein Heiligensiegel war ein Fick. Er hat eine Jüngerin geschwängert, sie war erst vor kurzem übergetreten. Was soll sie deiner Meinung nach machen?

Warten, bis es soweit ist, und dann gebären, sagt er. Die Zeit damit verbringen, das Kind großzuziehen. Das ist ihre Lebensaufgabe.

Du hast gut reden, sage ich. Du warst noch nie schwanger.

Laß die Scherze. Ich sehe, du findest dich in deinem neuen Leben gut zurecht. Ohne den Bart siehst du aus wie ein Zivilist. In einer Menschenmenge würdest du nicht weiter auffallen. Wahrscheinlich passierst du den Zoll und die Paßkontrolle ohne Probleme. Dabei warst du sein erster Schüler.

Jetzt hast du meinen Platz eingenommen, Bruder.

Ich bin nicht dein Bruder, sagt er, nicht mehr.

Wir haben denselben Glauben, sage ich.

Sein Blick verliert sich in der Ferne. Ein schöner Mann. Bevor er in den Gnadenkreis eintrat, hatte er damit zu kämpfen, sich die Frauen vom Leibe zu halten. An seiner Sklavenkette bricht sich das Licht. Sein schulterlanges Haar ist streng nach hinten gekämmt, die Gesichtshaut strafft sich über den Knochen. Kein Gramm Fett: gestählt, wachsam, angriffsbereit. Der Herrengläubige reinigt seinen Körper wie den Tempel des Herrn. Der Prediger sagte Meisterschüsse und meinte Bekehrungen. Der Mann, dem ich gegenübersitze, ist wahrlich ein ganz besonderer Meisterschuß, ein Schutzrekrut des Heiligen. Er weiß, daß es nicht mehr so ist wie früher, als wir alle in der unverpanschten Orthodoxie unser Heil sahen, gestiftet von einem Sprengstoffexperten und überaus vernünftigen Führer. Wir kamen mit Lehm und Hühnerscheiße an den Füßen, und statt uns zu salben, zeigte er seine ebenso verdreckten Füße vor. Den Schmutz, in dem die arbeitende Seele zu leben gezwungen ist, muß der Herrengläubige ausstellen wie der Leprakranke sein ruiniertes Gesicht.

Wenn die Basis zerbröckelt, kann ein Heiliger wenig

ausrichten, sagt er. Da draußen ist die öffentliche Ordnung, nichts davon entspricht unseren Vorstellungen. Die Mehrheitsverhältnisse lassen es nicht zu, daß wir dem Herrn huldigen können, wie ER es verlangt. Die Judaslamm-Demokraten stürzen das Land in das nächste Elend. Die Judaslamm-Demokraten spionieren uns hinterher. Nicht einmal in unseren Wohnungen sind wir sicher. Sie haben Einblicke gewonnen, wir haben ihnen Einblicke gewährt.

Du willst doch auf etwas hinaus.

Schau dich an: dein Gesicht glänzt wie ein WestAmerikaner. Ist es denn nicht so, daß du der Verräter bist?

Was?

Du hast uns verraten. Der Meister hat dich durchschaut. Der Prediger ist weggezogen. Den Prediger halten die Unzüchtigen für einen umherschweifenden Idioten. Aber er ist der Würgeengel.

Bruder, hast du es nicht verstanden? In unseren Reihen gab es keinen Verräter. Der Herzprediger hat es sehr schlau angestellt. Wir fingen an, in unserem Eifer zu erlahmen, und da dachte er, er könnte uns mit dieser Geschichte anfeuern.

Sie haben mich dazu gebracht, daß ich bei Tausendundeiner Nacht kotze, sagt er. Diese Geschichten aus einer alten exotischen Welt geilen sie auf, und ich, der ich ihre Gegenwart erdulden muß, hasse alle Stammesfolklore außerhalb ihrer Zeit und ihrer Geschichte. Ich bin wiedererweckt, das ja, doch dafür mußte ein West-Amerikaner meine Mutter ficken, damit sie einen west-östlichen Bastard in die Welt setze. Jedesmal wenn der Meister von der Mulattenrepublik sprach, bin ich zusammengezuckt.

Ich weiß um dein Vorleben, sage ich. Was mich anbetrifft ... es stimmt einfach nicht, daß ich ein Verräter bin.

Du bist mir egal, sagt er. Du bist hierhergekommen und feilschst um dein Leben. Doch ich habe keine Befugnisse.

Karl, ich ...

Halt's Maul. Nenn mich nicht bei meinem Heidennamen.

Gut. Ich will nur eins richtigstellen: Ich glaube an Gott, und ich glaube immer noch an den Gottesstaat. Daran hat sich nichts geändert. Doch ich bin kein Herrengläubiger mehr. Ich verrate nichts und niemanden. Du kannst mich verhöhnen, daß ich nicht die Stärke besitze, bis zum Ende durchzuhalten. Die Gemeinde befindet sich in Auflösung. Sie haben mich geschickt, sie warten auf Nachrichten. Sie warten auf die Rückkehr des Predigers. Was also soll ich ihnen sagen?

Gar nichts. Du bist draußen. Kümmere dich um die Witwe. Achte darauf, daß dir nichts passiert. Von mir aus ist das Gespräch beendet. Hau ab zu der Gesellschaft unreiner Fleischmaschinen.

Gott mit dir, sage ich und erhebe mich, ich bin es leid. Ich gehe schnellen Schrittes durch die Wohnung des Gotteskriegers, ich räuspere den Schleim aus meiner Kehle hoch und spucke ihn auf die Matratze. Der Kurier sitzt im Auto, er startet den Wagen und fährt los, kaum daß ich aus der Haustür heraustrete. Ich überquere die Straße, ohne auf den Verkehr zu achten, ich setze einfach einen Schritt vor den anderen. Den Himmel und die Erde trennt eine dünne Scheidewand, spricht der Prophet. Stimmt in die Lobpreisung Gottes ein, auf daß eure Stimme nicht im Chor der Huldiger fehle.

Der Kranich auf dem Kiesel in der Pfütze

In der Holzkiste liegt der Mann, den man ein zweites und letztes Mal zu Grabe trägt. Das Ende des Martermonats, die Erlösung des Fleisches, ist nah, die Menschen kümmert es nicht, und sie schlagen sich mit der flachen Hand wieder und wieder auf den Herzfleck ihrer Brust, bis das herausgequetschte Blut das lange weiße Leibhemd tränkt. Die Sargträger an der Spitze des Leichenzuges stolpern in kleinen Ausfallschritten vorwärts, die Last des Leblosen auf ihren Schultern. Der Priester besprizt sie mit Weihrosenwasser: er hinkt, da ein böses Auge über ihn gegangen ist, und er tötet in dieser Stunde die Augenlust seiner Zeremoniendiener. Zu seinen Lebzeiten war ihm der Tote ein Angstfeind, seinen offenen Blick floh der Priester und salbte sein Gesicht nach jeder Begegnung mit Kräutersud. Heute aber ist er der einzige Ordnungshüter der Prozession, an der alle Männer und Kinder der kleinen Siedlung teilnehmen. Die Höhere Gewalt wissen sie auf ihrer Seite, sie hat den üblen Hexer gerichtet – den Hexer, der zaubern konnte, daß ihnen Sündenschleppen aus dem Kreuze wuchsen; der einundzwanzig Pfefferkörner ins Feuer warf und ihrer aller Unheil beschrie. Gestern nacht lauerte ihm der Priester samt seiner Gottesgarde auf und fragte ihn, ob er genug Feuerkraft habe, um den Tod wirklich aufzuhalten – dann stachen sie auf ihn ein, und vielleicht war ihm schon die Seele aus dem Körper gerissen, als der Priester die Straferdrosselung anordnete und die Meute über ihn kam. Man ließ ihn eine Nacht und einen halben Tag liegen, zwei Männer hielten Wache und scheuchten das neugierige Getier, nicht aber die Menschen, die herantraten, um zu spucken, die den toten Hexer nicht verfehlen wollten.

Der Gottesmann macht um einen Pappenstiel einen großen Prozeß, und so ergriff er die Gelegenheit, befahl den Frauen, sie sollten ihre Böden kehren, er ging in jedes Haus und beschaute den Kehricht unter den Reisigbesen und wies die Hausherren an, den Unrat ihrer Haushalte zu einem Haufen zu türmen, dicht neben dem Grab, in dem sie die Holzkiste bald versenken werden. Das Totengebet, soviel ist sicher, wird ausfallen, auch wenn der Priester beschlossen hat, den Verderbten in geweihter Erde zu begraben, daß er, der Hexer, sich quäle und in Ewigkeit verdorre.

Die Geißler schreien eine Marterhymne, ihrer Füße Scharren zeichnet Rinnen in den lockeren Boden des Viehpfads, den aufgewirbelten Staub zerstreut der Wind. In der Ferne ragen die schiefen Grabstelen aus dem Grund des Totenackers, der von einer Reihe von Telegrafenmasten geschnitten wird – die Stromleitungen hängen durch und sind mit Papierschleifen geschmückt. Die Kinder werfen die Klorollen hoch, und weil sie geübte Jäger sind, verfängt fast immer das Papier – doch heute lassen sie von ihrem Spiel ab, heute sind sie ein Teil des Leichenzugs. Ihre Körper sind aufgeheizt und ihre Blicke abgelenkt von den Spiegelsplittern, die den Böschungsfuß zur Rechten des Pfads bedecken. Bald wird die Holzkiste hinabgelassen werden, und die Kinder dürfen dann, unter der Anleitung des Gottesmannes, die Spaten in den Kehricht rammen und sie über dem Erdloch langsam seitlich neigen, daß der geschaufelte Dreck auf den ewig Leblosen regne. Sie haben geübt, und sie wissen die Handhabe eines Spatens fest zu greifen. An einem toten Löwen rupft jede Hyäne. Der Boden ist nicht trittsicher, das Licht des Mittags blendet die Augen, die Wunden der Geißler locken Fliegen an: es lohnt jede Mühe, wenn diese Menschen am Ende sicher sein können, daß der Hexer unter der Erde liegt, beschwert von ihrer aller Hausschmutz.

Du bist ein wichtiger Zeuge, sagt der Polizist und betrachtet ungerührt den Priester, der uns anbellt, wir sollen zum Zug aufschließen. Ein Irrtum ist ausgeschlossen, du hast gestern am Fenster gestanden und die Inquisition verfolgt. Ich an deiner Stelle hätte auch nicht eingegriffen, denn gegen eine Übermacht kommen wir nicht an, und du siehst mir nicht so aus, als seist du lebensmüde, du nicht, ganz im Gegensatz zu deinem Freund. Liege ich damit richtig?

Er ist nicht lebensmüde, sage ich.

Ich kenne fünfzig Arten, einem kleinen Spinner das Handgelenk zu brechen, sagt der Polizist. Wir reden jetzt über dich, der andere ist ein Insekt – er muß nur aufpassen, daß er nicht versehentlich unter eine Schuhsohle kommt. Wenn er sich daran hält, lebt er lange.

Wie haben sie seine Auferstehung verhindert? sage ich, wie konnten sie sicher sein, daß er nicht auch diesmal vom Totenbett aufsteht?

Sie haben ihm Salzwasser eingeflößt. Sie haben ihm

eine lange Metallnadel in die Zehen getrieben und sein Gesicht nach einem Anzeichen von Anspannung überprüft. Der Hexer ließ es geschehen, also ist er wirklich tot.

Du warst dabei?

Ich war dabei, sagt der Polizist, ich mußte schließlich sicherstellen, daß sie seine Totenruhe nicht über Gebühr stören. Wir ziehen an weißgetünchten Felsbrocken vorbei, die übers Feld verstreut sind, als hätte ein Riese eine Handvoll Murmeln achtlos fortgeschleudert. Hier, so geht die Legende der Menschen in der Siedlung, hat sich der Hexer zu Rendezvous mit niederen Teufelinnen eingefunden, und er hat seinen Mund auf die Lippen einer Teufelfrau gepreßt und den Atem empfangen, er hat diesen verkehrten Akt der Empfängnis bis kurz vor dem Morgenlicht wiederholt.

Dann bist du doch auch ein Zeuge, sage ich, und deine Glaubwürdigkeit zieht kein Gericht in Zweifel. Mir glaubt der Richter nicht.

Nimm die Sonnenbrille ab und beug den Kopf, sagt der Polizist. Achtest du die Toten, so achtet man später auch deinen Leichnam.

Ohne rechte Lust gehorche ich ihm, längst habe ich es aufgegeben, nach meinen eigenen Regeln zu leben. Die alten Fundamente, von wenigen Sedimenten der Erde bedeckt und verhüllt, sind der wahre Boden unter meinen Füßen, und ich kann nicht so tun, als bewegte ich mich nur von einem Fleck zum anderen und als reichte es aus, nicht den Kurs eines entgegenkommenden Menschen zu schneiden. Man weiß hier um den Wert des teuren Grundes und verletzt und tötet jeden Archäologen, der glaubt, eine amtliche Erlaubnis berechtige ihn, eine Ruine auszugraben. Die Zeichen machen blind, unmöglich, die Signale auf ein erträgliches Mindestmaß zu filtern. Unmöglich, über eine Verwendung außerhalb der Zeichen nachzudenken – alles Gelebte steht in den Mirakelbüchern der Vorväter, wer von diesem Leben abkommt, macht sich strafbar.

Der Hexer, sagt der Polizist, ging ans Meer, um seine Hände zu waschen, er hat eben viel Aufhebens um seine Künste gemacht. Einige von uns glauben, daß er mächtig war, mächtiger jedenfalls als der Zugführer dort vorne. Kleine Heilige tun auch Zeichen, man glaubt aber an keinen scheißenden Heiligen. Damit gewinnt der Fall an Klarheit, meinst du nicht?

Keine Ahnung, sage ich.

All diese Idioten, die den Hexer eine Hadermetze schimpfen, haben ihn aufgesucht und sich auf die Stirn küssen lassen. Sie tragen also das Kainsmal. Sie denken sich nichts Böses dabei. Und plötzlich tuscheln sie hinter seinem Rücken, er habe sie für nichts dem Teufel verkauft.

Ich kenne die Vorgeschichte nicht, sage ich, ich weiß nur, daß der Priester sein Gegenspieler war.

Schlau bist du, sagt der Polizist, schlau und dumm in einer einzigen Person, ein wahres Wunder. Dem Priester liefen die Gläubigen davon, bei dem Schwierigkeitsgrad des Spiels konnte er nicht mithalten. Der Stümper gegen den kleinen Heiligen, und wer hat deiner Meinung nach gewonnen?

Der Stümper, sage ich.

Der Polizist legt beim Gehen die Finger aneinander, als müßte er über eine Formulierungsschwäche hinwegkommen. Ein Stümper ist tot, sagt er, der andere, der dafür verantwortlich ist, daß wir hinter einer Kiste hinterhertrotten, lebt – fragt sich, wie lange noch.

Ich weiß nicht, wo er steht, dieser Lohnkutscher in Uniform: er paßt mich beim Verlassen meines Quartiers morgens ab und fährt mich jede noch so kleine Strecke bis zum Knotenpunkt der Straßen. Ob es mir gefällt oder nicht, ich muß mich ihm fügen und mich bei jeder Gelegenheit dankbar zeigen. Die Landeswährung steht kurz vor einer erneuten Entwertung, er hält trotzdem nach jeder Fahrt die Hand auf und nimmt die Scheine entgegen. Er spart auf ein Haus draußen in der Peripherie, ein Grundstück, das er umzäunen und dessen Einlaß er mit einem Grenzstein markieren möchte, den Unbefugten zur Warnung. Wo liegt seine wahre Loyalität, und was hat er mit dem Hexer ausgehandelt? – ich werde es wohl nie erfahren.

Ich bin ein guter Moslem, sagt er, nur Magen, Kopf und Knie sind Ketzer. Bist du gläubig?

Mal ja, mal nicht, sage ich.

Hoch lebe die Inquisition! sagt er und lacht so schallend, daß die Geißler vor uns sich mißmutig umdrehen. Der Polizist zeigt auf den Sarg und grinst übers ganze Gesicht, die Geißler grinsen schmutzig mit, auch dem Priester, der die Ordnung hüten muß und die Irrlachenden schelten wollte, zeichnet der Fingerzeig eine mörderische Freude ins Gesicht, die Zeremoniendiener recken die Hälse, und weil sie sich dabei nicht miteinander verständigen, kippt der Sarg, wie froh würde es sie machen, wenn er von den Schultern rutschte und zu Boden krachte, sie würden über den Leblosen gehen mit gutem Gewissen – doch im letzten Moment fangen sie die Kiste auf und grinsen trotz der Anstrengung. Sie haben mich mit ihrer guten Laune angesteckt, ich lächele sie an: hinter der nächsten Schleife des Viehpfads liegt das Knochenfeld der Siedler, es wird nicht lange dauern. Der Polizist zieht mich am Hemdsärmel, er hat sich umgedreht, und auch ich wende mich ab und löse mich vom Leichenzug, ich folge ihm grinsend, meine Freude ist unermeßlich.

Wir sind untergebracht in einem aus Brettern zusammengeschlagenen Menschenstall, wie zum Hohn ist über der niedrigen Tür eine Flaggengirlande gespannt. Die Vorhänge hat Ben zugezogen, er sperrt das talgfarbene Licht aus, das die Konturen bleicht und alle Deutlichkeit verwischt. Als ich eintrete, hebt er das Glas und will einen Trinkspruch ausbringen, doch ihm versagt die Stimme. Das Haar klebt ihm in dicken Strähnen am Kopf, ein vor Dreck Zerzauster, von der kleinen Furcht gebeutelt, er könnte in einem Wettlauf mit einem Unbekannten stehen, der ihn am Ende schlagen wird. Er hat den Aschenbecher mit einem nassen Papiertaschentuch ausgekleidet, doch der Wind, der jede zugedrückte Tür aufschnappen läßt, verstreut die Aschesäulen über das Bett.
    Du bist von der Dschungelpatrouille zurück, sagt Ben, eine Feststellung, die ihn erheitert. Laß mich raten: sie haben die Fischlippe verscharrt und auf dem Grab ihre Tamtamtänze aufgeführt.
    Wir müssen verschwinden, sage ich, oder wir sind tot.
    Wie dramatisch! Alles Neger dort draußen, nicht wahr? Ich erkenne dich nicht wieder, mein Lieber. Du

willst ums Verrecken nicht von deinem Stamm abkommen. Dabei sind deine Leute so primitiv: wenn sie Helikopter am Himmel sehen, werfen sie Brotkrumen hoch wie zur Fütterung von Vögeln.

Ben, pack deine Sachen, und los geht's!

Ich möchte unbedingt mit einer Negerin schlafen, sagt Ben und strahlt mich an, das Schwarze färbt vielleicht ab, und ich bekomme meine Sonnenbräune, die mir doch so gut steht.

Hier gibt es nur bleiche Weiße, sage ich und merke im gleichen Moment, wie sinnlos ihm meine Worte vorkommen müssen. Er ist ein abergläubischer Mensch – er zählt die Löcher im Abtropfsieb und leitet aus der Zahl eine Tagesdeutung ab; in einem Plastikpäckchen bewahrt er Bleistiftspäne mit einem dünnen roten Wellenrand auf, es soll ihm Glück bringen. Manchmal bindet er ein silbernes Staubfilter-Sieb auf seine Nase und atmet trotzdem durch den Mund – und dann bricht er vollends ein, seine Deckung fliegt auf, oder er fürchtet sich vor einer Irrenhausrevolte der Menschen in seiner Umgebung.

Auf den Porno Armut, sagt er, auf die stinkenden Bettler in diesem Kaff, und auf dich, den Großmeister des Bettelordens!

Der Polizist ist dir gestern nacht gefolgt, Ben. Er weiß alles. Er gibt uns einen Vorsprung von einer Stunde. Dann will er seinen Spürhund auf dich ansetzen, den mit dem großen Kopf und großen Maul. Du hast Mist gebaut, Mann!

Er nimmt einen großen Schluck und setzt das Glas auf den Nachttisch ab, der aus aufeinandergetürmten Ziegelsteinen besteht. Dann greift er zu dem brennenden Kerzenstummel und tröpfelt das heiße Wachs auf seinen Handrücken, sieht zu, wie es erkaltet, streckt die Hand und betrachtet gedankenversunken die Haarrisse in der dünnen Wachsplatte. Neben seinem Bodenbett liegt der fadenscheinige Armeerucksack, aus dem die schmutzige Wäsche herausquillt, und ganz obenauf das Baumwollhemd, verknüllt und schmutzrot. Darin entdecke ich seine Absicht, sich verraten zu wollen, koste es, was es wolle, koste es auch sein Leben. Die Enthüllung folgt der Untat auf dem Fuß – seitdem er in mein Leben eintrat, um mich und andere Menschen aus der Bahn zu werfen, kenne ich es nicht anders. Nach vielen vergeblichen Liebesmühen will ich ihm nur noch seine Alkoholtrance lassen, daß er es auch nicht mit allen verderbe.

Man darf nicht ohne ein Beil in den Busch, sagt Ben, hast du mir das nicht eingeschärft? Das waren doch deine Worte, oder? Ich bin nicht übergeschnappt, hörst du?

Ja, sage ich, du bist ein bißchen betrunken.

Was hat der Dorfbulle mit mir zu schaffen?

Die Antwort bleibe ich ihm schuldig, er würde doch nur darauf beharren, daß er alles zu unserem Schutze tut, daß seine Unternehmungen immer einem geheimen Plan folgen. Er greift in den Rucksack, holt ein Kreuz hervor und küßt es wie in Verzückung – das Kreuz hält man hier für einen bloßen römischen Foltergalgen, und man würde Ben seine Gnadengebete übelnehmen. Vielleicht ist er ein krimineller Gläubiger, und ein Augenblicksimpuls trieb ihn hinaus ins Freie, trieb ihn an, bis ihm aufging, was die Nacht für ihn bereithielt, und er stellte den gehetzten Hexer, der wohl keiner Menschenseele das diabolische Serum eingeflößt hat, wie man ihm unterstellt, Ben ließ sich vom Priester rekrutieren nur für diese eine Bluttat, und ich sehe ihn, den Alkoholiker, großtun und auftrumpfen, kaum daß er ins Dutzend der Blutfrevler aufgenommen wird, der Menschenjäger schließt sich seinesgleichen an, und sie beschließen, daß es Zeit sei, den Medizinmann kaltzumachen: der Priester macht ihnen Mut, er sagt, man werde die Injektionskanüle des Wunderdoktors zerbrechen. Auch wenn Ben nur wenig von dem versteht, was die Fremden untereinander ausmachen, könnte ihm der sexuelle Doppelsinn dieser Worte aufgegangen sein. Der Polizist bezweifelt, daß mein Freund eine große Szene betreten und willig seinen Part gespielt habe: man dinge einen Mörder, daß er morde. Auf der Rückfahrt zum Quartier brüllte er mich an, ich solle ihm behilflich dabei sein, das Ben-Insekt, die Ben-Spinne zu zertreten. Was geht mich das an, sagte ich ihm, was geht mich deine Rache an? Er ist mein Freund, und ich kann ihm nicht in den Rücken fallen. Du weißt nicht, was der Tag bringt, sagte der Polizist, die beiden Stümper steckten unter einer Decke, der eine versprach Heil im Himmel, der andere Heil hier und heute, und so wurden sie handelseinig. Die junge Frau des Priesters hatte ein Auge auf den Hexer geworfen, sie, die vor Gesundheit strotzte, klagte aber plötzlich über Alpdrücken, ein böser Nachtspuk plage sie und mache es ihr unmöglich, sich im Verborgenen ihrem Mann zu öffnen, und du kannst dir vorstellen, sagte der Polizist, wie schlimm es dem ersten Stümper ergangen ist: er kann Gott nicht mehr für diese eine Wundergabe, für seine junge schöne Frau, danken. Und da er ihre Sturheit nicht brechen konnte, brachte er sie zum zweiten

Stümper, der der Leibkranken den Lavendel, den er aus seinem Kräutergarten geerntet hatte, ins Gesicht wedelte, vor den Augen ihres rechtmäßigen Mannes. Auf diese Weise werden Lieben beschlossen und besiegelt, sie trafen sich dann und schliefen miteinander, die Frau des Priesters und der Hexer, bis bald der Gehörnte ihnen auf die Schliche kam, eine schlimme Operette, ein langweiliges Sittendelikt, ein herkömmlicher Betrug. Man hätte mir Bescheid geben müssen, sagte der Polizist, und ich wäre im Namen des geltenden Zivilrechts eingeschritten. Ich hätte die Dienstpflicht erfüllt, nicht mehr und nicht weniger. Den Priester habe ich allerdings unterschätzt, das muß ich zugeben, also konnte ich nur stumm zusehen, wie er seine Zombies zusammentrieb und von der Leine ließ, und dein Freund, das Kerbtier Ben, wollte nicht hintanstehen, und als man ihm das Würgeeisen zum Hinrichten reichte, ergriff er es, legte es dem zweiten Stümper um und tat unter den Anfeuerungen des Gottesmannes seine Arbeit. Ich glaube nicht, daß der Mann noch am Leben war, Ben, das dumme Tier, hat eine Leiche erdrosselt, zum Lachen ist das, aber mir ist nicht nach Lachen zumute. Schaff ihn fort, sagte der Polizist, wenn ich ihn erwische, werde ich meine Hände um seinen Hals zu einer Eisenmanschette verschränken.

Ben neigt den Kerzenstummel, die Wachstropfen fallen auf seinen nackten Fußspann und verrinnen zwischen seinen Zehen. Ich ziehe den Reißverschluß meiner Reisetasche zu, schaue mich im Raum ein letztes Mal um und unterdrücke die plötzliche Eingebung, mich auf meinem Bodenbett auszustrecken und einfach nur einzuschlafen.

In einer Dreiviertelstunde geht der Bus, sage ich, ich warte im Teegarten auf dich, und ob du kommst oder nicht, ich steige auf jeden Fall in diesen Bus ein. Gott mit dir.

Vor dem kleinen künstlichen Tümpel spielt ein Kriegsversehrter ein Liebesstück auf der Geige, sein Enkelkind bläst ins Kornett. Die jungen ledigen Männer werfen im Vorbeigehen ihre Pfennige ins Münzbecken, sie bewegen ihre Lippen, einen Wunsch haben sie frei. Die Bauchladenhausierer bieten Imitatwaren an, von Sonnenbrillen bis Bruchbinden ist alles zu haben. Immer wieder laufen kleine Kinder durch die Menge, man nennt sie Snackfliegen, und sie verkaufen Sirupkringel oder vermitteln »Paradiessex« mit irgendwelchen Kusinen oder Tanten in einer Nebenstraße. Eine unbegleitete Frau sucht man vergebens, und wenn sich doch eine Feldbäuerin hervortun sollte, die Zwiebelsäcke zum Marktstand trägt und in diesen freien Minuten Blicke um sich wirft, springen die Heißblütler auf und ziehen ihre Kreise um die Unbeaufsichtigte. Aus der Küche der Teestube weht ein Kojotengesang herbei, das Schicksal, heißt es, sei ein Zimmermann, der seine Zunft verrate, einen Backstein auf den anderen schichte, aber den Mörtel vergesse. In Sichtweite, vor den Zypressen auf der anderen Straßenseite, patrouillieren Paramilitärs in Frauenkleidern, in die Roßhaarperücken hat sich der rote Erdstaub hineingefressen, die Knöpfkittel schlottern um die enthaarten Beine – sie sehen aus wie militante Transvestiten. Der Feind, nach dem sie Ausschau halten, schießt nicht auf Frauen, und sie machen sich dieses Wissen zunutze, spähen und bringen ihre Feuerwaffen in Anschlag, lüpfen die Perücke, um Schweiß und Staub zu wischen, und schicken ihren Jüngsten, den krankhaft mageren Kindssoldaten, zum Erfrischungsstand. Ich kenne ihn gut, ich habe ihm ein paar Brocken Englisch beigebracht. Auch heute nimmt er eine kurze Auszeit, packt wie ein Kerl einhändig einen weißen Gartenstuhl und stellt ihn neben mich und schlägt mir mit der Faust zur Begrüßung auf die Schulter – er weiß, daß ich einen Hieb vertragen kann, ohne böse zu werden.

Der Nachtigallenschlag betört die Frauen, sagt er, das liegt nicht am Gesang, der Singvogel ist auf eine schöne Weise verflucht, willst du seine Geschichte von mir hören, ganz exklusiv?

Ja, sage ich, erzähl sie mir.

Der Vogel erscheint den Menschen selten, sagt er, wir bekommen ihn selten zu Gesicht, weil wir länger schlafen, als uns guttut. Wer steht schon zum Morgengebet auf? Ich gebe mein Bestes, aber ohne Schlaf bin ich nervös und habe den Finger am Abzug, also verschlafe auch ich den Auftritt der Nachtigall, die sich auf dem Rosenzweig immer einen Platz zwischen zwei eng beieinander liegenden Dornen aussucht, achte auf diese Einzelheit, das wird dir später von Nutzen sein. Ihre kleinen Krallen umgreifen den Zweig, ihr kleiner Kopf ruckt zur Knospe hoch, ihr kleines Herz schlägt und schlägt, denn sie ist zur rechten Zeit angeflogen und kann, bevor die Blüte aufgeht, ihr Rosenknospenlied anstimmen. Sie singt, daß einem das Herz aufgeht, sie singt, daß man zu Boden fallen möchte, ein Wunder, soviel Melodie in solch geringem Körper, die Dichter sind ihr egal, nur die Rose, die noch nicht vollendete

Blüte, ist ihr wichtig. Dann schläft sie ein, bis zur Erschöpfung hat sie gesungen, vielleicht dauert ihr Schlaf nur einige Sekunden, und als sie aufschreckt, blendet sie das Vollendete, die Blüte ist aufgegangen, was nützt es ihr, wenn sie ihr kleines Wunder nicht erleben durfte ...

Woher hast du die Geschichte, sage ich.

Das fragen die Fremden, sagt er, sie fragen: Hast du sie selber erdacht? Oder sie fragen: Hat es dir dein Vater erzählt?

Dann gib mir doch die richtige Antwort, sage ich.

Den Frauen gefällt es, wenn sich ein Mann für eine schöne Sache aufreibt, sagt er, geht dir das in deinen Kopf?

Ich verstehe jetzt, sage ich.

Und ich will dir auch verraten, welche Lehre ich aus der Nachtigallengeschichte ziehe, sagt er. Bin ich im falschen Moment unachtsam, bin ich tot. Nächstes Mal bringst du mir bei, wie man auf Englisch einkaufen geht.

Der Kindssoldat steht auf, rückt seine Perücke gerade und steuert zwischen den ausweichenden Männern die Teestube an. Er hat die Reisetasche zu meinen Füßen nicht bemerkt, oder er glaubt, ich machte mich auf zu einer Rundreise und käme zum Englischkurs rechtzeitig zurück. In wenigen Jahren wird er es zum Kommandeur einer kleinen Kampfeinheit bringen, noch führt er Befehle aus und kann Zivilisten nicht beugen und brechen. Und plötzlich geht mir auf, daß ich die maßlose Freude der Geißler und des Priesters falsch gedeutet habe – ihre Botschaft lautet: dein schnapsverseuchter Freund, den wir für unsere Sache ins Rinderjoch spannten, der nicht murrte, als wir die Deichsel anspannten, dein Freund folgt dem Hexer, er stirbt durch unsere Hand oder durch die Hand des Polizisten. Wieso scheuen diese Männer eine offene Aussprache? Wollte mir der kleine Soldat etwa mitteilen, daß ich achtgeben solle auch am frühen Morgen? Die Zeit steht nicht still, und sie vergeht nicht sinnlos, diese Männer kämpfen, ohne innezuhalten, ohne draufloszuleben, die Verluste auf der Gegenseite machen sie froh. Also haben sie Ben zum toten Mann erkoren, und sie werden ihn, wenn er seine Müdigkeit nicht überwindet, wie einen echten Einheimischen zur Strafe steinigen zu Tode würgen unter die Erde bringen. Sie haben ihn gewarnt, ich habe ihn gewarnt, er weiß Bescheid. Ich lasse auf dem Tisch einen Geldschein liegen, umgreife fest den Griff meiner Tasche und mache mich auf zum Busbahnhof.

Wenn man den Deckel einer Mülltonne hebt, springt eine Katze oder eine Ratte heraus, sagt Ben. Ist das so üblich bei euch? Ihr habt jedenfalls ein großes Problem mit dem Müll.

Mach zu, sage ich, bald sind wir da.

Du dachtest, der Dorfbulle wartet ab, bis du verschwindest, und dann stürmt er rein und knallt mich ab. Oder hast du mit ihm was ausgemacht? Sie sichern dir freies Geleit zu, und du überläßt ihm den Ausländer. Mir weint ja keiner eine Träne nach, und ihr steht doch auf Menschenopfer.

Ich habe auf dich gewartet, und ehrlich gesagt, ich hatte schon die Hoffnung aufgegeben.

Der Müll, sagt er, der Müll, der Müll. Wir müssen euch missionieren, ihr braucht das.

Der Bus hat uns mitten auf der Landstraße an einer unmarkierten Haltestelle ausgespuckt, und wir marschieren auf fester grauer Vulkanasche, es knirscht unter unseren dünnen Sohlen, als ginge man mit einer Nagelfeile über einen Reißverschluß. Die ganze Zeit muß ich mich Bens Vorhaltungen erwehren, er hält mich für einen Judas, ein Kameradenschwein, einen Sympathisanten der Paramilitärs. Und weil er mir nicht traut, vom Beginn unserer Reise an, hat er gleich eine Falle vermutet, als ich sagte, ich würde im Teegarten auf ihn warten. Ich sah ihn im Bus wieder, seine Wange klebte am Seitenfenster, und er täuschte einen tiefen Schlaf vor. Doch dann machte er die Augen auf und stocherte mit dem Finger in der Luft, er schrie, er werde mit mir schon fertig, fast hätte der Busfahrer eingegriffen. Er versank in eine Wachstarre und war während der ganzen Nachtfahrt über nicht ansprechbar.

Hinter den Tuffkegeln erhebt sich ein Felssporn, in dessen windgeschütztem Hang die Höhlenhäuser des Dorfes eingeschlagen sind, zwei breite Rundterrassen umgehen den Kegel auf einer hohen und einer tiefen Ebene, und wo sich beide Gürtel treffen, ragt das grüne Gotteshaus auf: ein Diadem im Steinschutt. Am Saum des Bergrückens steht das Steinhaus des Mannes, der mich und Ben aufnehmen wird, wenn alles gutgeht und unser Anblick ihm nicht allzu große Sorgen bereitet. Ich bleibe stehen, löse die Zurrleine, die ich um den Kofferhenkel und um meine Hüften geschlungen habe, setze den Koffer vorsichtig auf die Erde.

Du wartest hier auf mich. Komm nicht auf dumme Gedanken, ich besorge uns eine Unterkunft.

Ich drehe ihm den Rücken zu, ohne eine Antwort abzuwarten, und nehme den Steilweg, der mich zwischen den Felsstengeln bis fast zu einem verfallenen Wall führt. Aus den Knoten mannshoher Krüppelbäume sprießen bauschige Bünde, als hätte man ausgerissene Haarbüschel in die Baumknorren gestopft. Zu Füßen eines kahlen Krüppelbaums liegen umgekippte Blechkanister, der Rost hat sie zerfressen. Vor einem Lehmspeicher windet sich ein nasses Bettlaken auf der Leine im Wind. Vor einer weiß umrahmten Tür wartet der Gehilfe des Oberhaupts, sein Gesicht ist das eines Asiaten, sein Anzug der eines Kolonialherren, er schaut mir reglos dabei zu, wie ich schnellen Schrittes den Abstand zu ihm verringere. Die Fingerspitzen seiner Rechten umspielen einen Rosenkranz, neunundneunzig Perlen an einer Schnur, neunundneunzig Namen Gottes, den hundertsten geheimen Namen kennen nur die Entrückten und verbergen ihn vor dem leichtsinnigen Volk.

Gott mit dir, sage ich.

Gott mit dir, sagt er und legt die Hand mit dem Rosenkranz flach auf den Herzfleck seiner Brust.

Du hast mich erwartet?

Was glaubst du wohl? sagt er, zeigt sein Mobiltelefon vor, das er sofort in seine Jackentasche versenkt. Er weicht zur Seite und läßt mir den Vortritt, ich setze den rechten, reinen Fuß auf die Steinstufe vor der Hausschwelle und ziehe den linken, unreinen nach. Dann schlüpfe ich aus meinen Schuhen, binde die Schnürsenkel zu einem Knoten, daß kein Geist eines Untoten sich daran zu schaffen mache, und trete ein. Durch das vergitterte Fenster fällt ein stumpfes Licht, hellt die Schatten auf den Menschen auf und scheint sie mit Macht gegen die rotspangrünen Wände zu drücken. In Augenhöhe hängen verwaschene Handtücher an einer Hakenleiste, ein Ventilator flappt leise, und der schwache Luftzug fährt in die Seiten des Kalenders. Unter dem kolorierten Schwarzweißfoto eines Ahnen in fremder Tracht sitzt der Dorffürst. Wer seine Kraft verbirgt, ist ein Täuscher, denke ich bei seinem Anblick, doch wer sie sich unterwirft, ist ein Meister; es kann keinen Zweifel geben, daß dieser Mann die Schatten scheuchen kann, wann immer es ihm gefällt. Seine Hände ruhen in der offenen Höhle seiner gekreuzten Beine, vor ihm wie vor seinen Gefolgsmännern liegen Kristallaschenbecher, sie rauchen starke filterlose Zigaretten und blasen den Rauch durch die Nase aus, sie rauchen und sehen mich an – sie schauen und folgen der Menschensitte, die Augen aufzureißen, wenn ein Fremder von außerhalb ihres Hauses hereintritt. Ihre Grenze ist so schmal wie die Schneide eines Messers, und ein hungriger Gast, der das vorgesetzte Kraftbrot essen will und kann, wird unversehrt wieder heimkehren. Also stehe ich so lange, bis der Dorffürst mir stumm bedeutet, Platz zu nehmen auf dem Bodenkissen, Gott mit den Herren des Hauses, sage ich und setze mich hin. Gott mit dem Gast, sagt der Scharführer, und sein Gehilfe hält mir eine Schale mit Dörraprikosen und Walnußbruch hin, ich nehme eine Aprikosenhälfte, drücke in den Fruchtstulp die Nußsplitter, schiebe sie in die Backentasche und sauge sie, bis der süßsaure Saft meinen Mund füllt. Ich schlucke und fange an zu kauen.

Dein Freund, sagt der Fürst und Scharführer, hat ein Herz wie ein schwarzer Widderkopf. Er läßt sich überreden zu Sachen, die er nicht wollen sollte. Wenn er fest auftritt, hinterläßt er keinen Abdruck im Lehm. So einer ist er. Hast du Einwände?

Nein, sage ich, er beißt jeden weg, der in seiner Nähe ist.

Falsch, sagt er, er löst sich in der Hitze auf. Ich habe ihn kein einziges Mal gesehen, unser gemeinsamer Freund, der Polizist, hat mir den Vorfall geschildert, in wenigen Worten nur. Und ich habe trotzdem ein Bild von diesem Jüngling – das spricht nicht für ihn ... Hat er einen Scherbenhaufen in seiner Heimat hinterlassen?

Er kommt nirgendwo zurecht, sage ich.

Das ist die Losung der Feiglinge, sagt der Fürst, sie haben Angst, sie passen sich nicht an, weil sie wissen, daß sie bei dem wenigen, das sie sind, sofort durchsichtig werden, sollten sie ein kleines Risiko eingehen. Du hast ihn nicht hergebracht, schämst du dich seinetwegen?

Er hätte sich vor euch nicht richtig benommen.

Ja, sagt er, du hast recht. Du bist unserem gemeinsamen Freund einen großen Gefallen schuldig. Wie heißt der Jüngling?

Ben, sage ich.

Das paßt, sagt der Fürst, in unserer Sprache bedeutet das Wort »Ich«, und auch »Warze«. Ein sprechender Name.

Ich möchte dich um etwas bitten, sage ich.

Die Bitte schlage ich dir aus. Die Zeit der Bitten ist vorbei.

Der Gehilfe steht von seiner Ecke des Zimmers auf, bewegt sich flink auf mich zu, und ich will schon in Erwartung eines Angriffs aufspringen, da überreicht er mir einen großen weißen Umschlag.

Keine Bitten mehr, sagt der Fürst, wir haben lange

genug gefleht. Die Diener sterben weg wie die Fliegen, der Fürst fegt sie in den Kehrichteimer, der die Heimstatt der toten und der noch schwirrenden Fliegen ist. Keine Bitten mehr, es reicht!

Wie kann ich gehorchen, sage ich, wie kann ich euch zufriedenstellen? Wie kann ich mich außerhalb dieses Hauses behaupten, woher nehme ich die Hoffnung?

Jemand muß den Anfang machen, er zieht seinen Nächsten mit, der bald auch hoffen wird. Wenn einer aus dieser Runde gähnt, gähnen wir am Ende fast alle. Hast du Einwände?

Nein, sage ich.

Der Umschlag in deinen Händen ist für einen anderen Scharführer bestimmt, sagt der Fürst. Du überbringst ihm den Freibrief, du wartest seine Entscheidung ab. Kennst du das rote Wehrkloster?

Ja, ich kenne den Weg dorthin.

Wenn Gott dich führt, wirst du den Weg finden. Deinen Freund behalten wir so lange ein, bis du ihn mit dem zweiten Freischein ablöst. Er ist ein Gegenstand, und wir werden ihn wie einen Gegenstand behandeln. Erwarte von uns keine Bevorzugung, unter einem Lehmdach sind Menschen, Vieh und Gegenstand gleich ... Hast du ihm die Wegzehrung eingepackt?

Ja, sagt der Gehilfe und reicht mir einen schweren Brotbeutel, den ich mir sofort um den Hals hänge. Ich stehe langsam auf und achte darauf, daß ich nicht nach vorne kippe. Die Männer in der Runde haben sich während der kurzen Zwiesprache nicht gerührt, sie haben ihre Zigaretten zwischen Zeige- und Mittelfinger geklemmt und sie brennen lassen; und als ich mich bücke und die Schnürsenkel entknote, spüre ich ihre Blicke auf mir ruhen, der Gast ist gekommen, der Gast ist gegangen, wir leben in unserer Ruhe, die Sanftmut nicht kennt noch den Dämmerschlaf der Untätigen. Wir ziehen an einer Perle, ein schöner Name Gottes auf unseren Lippen, wir ziehen an der nächsten Perle und flüstern den zweiten Namen Gottes, und wenn unser Zeigefinger, der Finger, mit dem wir die Einheit bekennen, die letzte und neunundneunzigste Perle zählt, wird es einen Menschenfürchtigen geben in unserer Nähe: er wird die Hundert vollenden, aber es bleibt uns verborgen, wer denn der Entrückte ist. In unseren Büchern steht geschrieben, daß ein Gast uns die geheime Anrufung enthüllen werde, wenn er auf eine vollzählige Runde stößt, und wir kommen zusammen und ehren den Gast, der einkehrt und auszieht, dem wir hinterherblicken, dessen Haut wir mit unseren Blicken zur Rüstung stählen, er könnte der Ehrengast sein, der Verheißene: Erlöse uns vom Leben, kehre uns in den Fliegeneimer. Verrate uns Seinen Namen.

Auf der Schotterpiste kommen mir gelegentlich Lastträger entgegen, sie tragen in ihren Bastkörben Holzscheite oder Früchte, und wenn wir auf gleicher Höhe sind, nicken sie zum Gruße, und ich grüße zurück. Fahrzeuge erkenne ich am ankündigenden Rauschen, das der Wind herbeiweht, dann weiche ich auf den Seitenpfad aus, winke den hupenden Fahrern hinterher. Ich war nicht überrascht, daß ich Ben draußen nicht mehr vorfand, der Fürst hat ihn wohl sofort in Haft nehmen lassen. Nun endlich hat Ben die Wildnis, die er beschwor, nun endlich habe ich mich für seine Begriffe als der Wilde herausgestellt, als den er mich immer sah. Auf ihn wartet der kalte Entzug, er wird wider Willen entgiften müssen. Und es wundert mich auch nicht, daß meine Gastgeber den Brotbeutel mit Steinen gefüllt haben, ich soll gegen ein Gewicht in der Schwere eines kleinen Mühlsteins ankämpfen, und es wäre ein leichtes, die Steine einen nach dem anderen fortzuschleudern, ich wäre die unnütze Last los. Das Mundbrot fehlt mir, also trage ich schwer am Stein, je länger ich unterwegs bin, desto mehr wird mir dieser Kindersinn zur Parole, und schämte ich mich nicht, würde ich die Worte zu einer frei erfundenen Melodie singen. Das Lied würde mir die Angst nehmen, die Angst, daß mir ein Wegelagerer auflauert, und wenn ich mich denn nicht als gute Beute auswiese, würde er mich töten und mich liegen lassen, wie der Priester und Führer der Meuchelschar den Hexer hatte im Freien erkalten lassen. Das Dunkel dieser Einöde ängstigt mich, ich schrecke bei jedem Ruf eines Greifvogels zusammen, und stolpere ich über einen Erdbuckel, bleibt mein Herz stehen und klopft mir im Hals. Ich stehe mit diesem kalten Land in keinem Schutzverhältnis. Die Tuffkegel ragen auf wie Narrenkappen, der Himmel glüht nachtblau, die Schatten bilden Felder, und die Dunkelheit zeigt sich in vielen Abtönungen: ein Dunkel heißt der helle lebende Ton hinter den Lidern im Schlaf – dies Dunkel umhüllt mich. Ein Dunkel heißt der tiefe Ton in der geballten Faust, in den man einäugig hineinstarrt – dies Dunkel türmt sich auf hinter meinem Rücken. Das Dunkel meiner Furcht aber ist wie Rußstaub, der Geschöpfe gebiert und Fratzen schneidet – auf dieses Dunkel gehe ich zu und hoffe, daß ich Gottes Schutzbefohlener sei, der sein Licht schon finden wird, mag es auch nur ein Kerzenschein sein. Ich werde schwächer, je länger ich die Finsternis durchschreite, und damit der Beutel nicht zur Seite schwingt, halte ich ihn mit beiden Händen fest. Von Elle zu Elle werde ich schwächer, ich kann nicht atmen vor Furcht, ich kann nicht gehen vor Hunger. Ich halte die Hände vors Gesicht, weil ich nicht sehen will, was sich mir nähert, eher soll mir der Blick brechen, als daß ich die Fratzenschneider des Dunkels schaute – kein Fürsprecher, der mir den Nacken steifte. Und dann höre ich Schritte, das Licht erlischt.

Aus einem traumlosen Schlaf steige ich auf wie vom Meeresboden zur Wasseroberfläche, und als ein Schatten über mein Gesicht huscht, will ich wieder sinken, ich schlage aber die Augen auf: vor einer kalkverputzten Wand steht am Fußende meines Bodenbettes ein Mann in einem weißen Totenhemd, sein Bart reicht ihm bis zur Brust, seine Arme hängen herab, als gehörten sie ihm nicht.

Hast du geglaubt, der Teufel würde dich holen? sagt er.

Wo bin ich?

Der Teufel hatte wohl etwas Besseres zu tun. Statt seiner habe ich dich gefunden, ich dachte, du seist tot. Sie laden die Toten vor dem Haus des Herrn ab, du wärest mein vierter Toter gewesen. Du bist mein vierter Toter.

Was willst du von mir? sage ich.

Später, sagt er, später. Was hat dich erschreckt?

Nichts und niemand, sage ich, ich habe mich nur ausruhen wollen.

Die Toten lügen, sagt er, ein lügnerischer toter Mann kehrt nicht zum Leben zurück.

Ich muß zum roten Kloster, sage ich.

Hier bist du also, sagt der Bärtige, hab keine Angst, das ist nur Zeitverschwendung. Dir fehlt nichts, ich habe dich untersucht, du müßtest also aufstehen können. Es sei denn, die Furcht lähmt dich.

Der Brief.

Ja, sagt er, er steckt in deinem Brotbeutel. Wenn es soweit ist, wirst du ihn dem Richtigen überbringen können.

Ohne mich weiter zu beachten, eilt er aus der Zelle. Auch wenn in die Wände keine Fenster eingelassen sind, weiß ich, daß es draußen taghell ist. Dieser Raum wird nicht meine Grabkammer werden, schwöre ich still, ich werde, da ich die Dunkel der letzten Nacht überlebte, meinen Heißhunger dämpfen und eher am Erz des Steines nagen, als daß ich mich der falschen Macht, der falschen Seite, ergebe. Ich stehe auf, bleibe auf dem Fleck stehen und warte, bis der Schwindel vergeht. Meine Kleider haben sie nach dem Brauch ihres Hauses wahrscheinlich verbrannt, auch ich stecke in einem Totenhemd. Den Brotbeutel hänge ich wieder um den Hals und kauere mich auf den Boden, nehme das Stück harte Brotkante von der Schüssel, kaue daran herum, und als sie nicht aufweicht, greife ich zum hohen Glas, das mit zwei Fingerbreit Wasser gefüllt ist. Wie gerne würde ich das Wasser in einem Schluck trinken, doch dann hätte ich trotzdem einen trockenen Mund und einen hungrigen Magen. Ich kippe vorsichtig das Glas, stecke eine Kantenecke in die Öffnung, warte, bis sie sich vollsaugt, und nage, bis ich abbeißen kann, und ich kaue an dem Stück und schlucke schließlich den Bissen herunter. Nach einer halben Stunde habe ich fertig gegessen, ich bin nicht satt, aber ich will nicht klagen, dafür hat man mich nicht hergeschickt. Die Holztür hat kein Schloß und keinen Riegel, ein dikker Zimmermannsnagel ist in Handhöhe eingeschlagen und ersetzt die Klinke, die Tür öffnet sich knarrend, und ich trete auf den dämmerigen Gang, gehe an weiteren Zellen vorbei, ich folge dem Gang nach rechts und muß meine Augen abschirmen, da mich das Licht blendet, das durch den offenen Torbogen einfällt. Das weite graue Land, durchsetzt von Tuffkaminen, erstreckt sich bis zu einem vagen Himmelsstrich in der Ferne. Es scheint, als sei ich wieder allein und nur die Nacht vergangen. Wie als wollte man mich wieder der Lüge überführen, höre ich von der Hinterseite Menschengeräusche, und ich wende mich in die Richtung, gehe um das Kloster herum und entdecke den Abort hinter einem Krüppelbaum. Als ich davorstehe, sehe ich eine Frau auf allen vieren die Porzellanstapfen des Plumpsklos mit einem kleinen Stahlschwamm schrubben. Ich kehre mich ab, es ist ihr bestimmt recht, daß sie von fremden Männern unbehelligt ihrer Arbeit nachgeht.

Gott mit dir, sagt sie, ekelt es dich vor dem Abort oder vor mir?

Weder noch, sage ich, ich dachte, es sei unschicklich, dich bei dieser Art der Arbeit zu überraschen.

Kaum bekommt ein Mann eine Frau zu Gesicht, sagt sie, da wird ihm schon bange, daß sie ihn von großen Aufgaben abhalten könnte. Der Mann sucht doch nur nach der erstbesten Gelegenheit, um eine Dummheit zu begehen.

Wo du es erwähnst, sage ich, ich muß tatsächlich einen Brief überstellen.

Das wissen wir hier alle, du sagst mir nichts Neues.

Sie hat während der ganzen Zeit weitergeputzt, und ich habe mit dem Rücken zu ihr gesprochen. Als hätten wir uns still darauf geeinigt, wenden wir uns einander zu, sie im Sitzen, ich im Stehen, und weil es nur Gott vorbehalten ist, von der Höhe herab zu sprechen, knie ich mich hin, sehe sie an. Ein weißer langer Rock, eine weiße Bluse, ein weißes, um ihre dunkelblonden Haare geschlungenes Tuch, das die Haarwurzeln und -spitzen frei läßt. In die Iris ihrer blauen Augen sind braune Splitter eingelassen. Du bist eine Deutsche, sage ich in unserer beider gemeinsamen Sprache.

Überrascht es dich?

Du bist die Fremde in dieser gottverlassenen Gegend.

Gott verläßt keine Gegend und keinen Landstrich dieser Erde, sagt sie, das müßtest du doch nach deinem Glauben wissen.

Ich nehme es zurück, sage ich. Bist du Moslemin?

Nein, sagt sie, ich muß hier nicht den Glauben wechseln, auch das müßte dir bekannt sein.

Verzeih, sage ich, entschuldige bitte meine Worte, es liegt wohl an meiner Erschöpfung.

Du warst nicht erschöpft, sagt sie, du bist es auch jetzt nicht. Du hattest nur große Angst in der Dunkelheit.

Hat es sich also herumgesprochen?

Sich zu tarnen ist in diesem Haus des Herrn genauso zwecklos, wie wenn man versuchte, Mehl auf einen Bindfaden zu häufen.

Langsam gehen mir die Entgegnungen aus, ich möchte nicht derjenige sein, mit dem sie sich mißt, ich würde ihr ihre Überlegenheit auch ohne Umschweife zugestehen. Was sucht die Fremde, die im fremden Volk Umherschweifende, in einem Wehrkloster? Möchte sie mit dem Blick von der Anhöhe auf die Tuffkegel ein Gefühl dafür bekommen, was ihr verlorenging und was sie deshalb vermißt? Im Morgengrauen ist der Boden steif, der Tau auf dem wenigen Grün der Krüppelbäume wird im Nu schmelzen: sind diese Augenblicke des Tagesanfangs Wissen genug, daß sie sich eine Vorstellung von den Feinden und Freunden machte? Am besten, ich lasse sie in Frieden, was mir gefällt, muß ihr nicht gefallen. Ihre Weisheit verbraucht sie für ihr eigenes Leben. Mit einigem Schwung erhebe ich mich und gehe weg von dieser Nonne.

Läßt du dir von einer Frau nichts sagen? ruft sie mir hinterher.

Dein Frauenstolz bringt dich noch um, sage ich laut und halte nach einem Brunnen Ausschau, meine Kehle ist wund vor Durst. Ich kann die Augen noch so sehr beschirmen, der Schmerz, vom Licht entfesselt, nistet in meiner Stirn, an meinen Schläfen, und ich ziehe mich zurück in die Tiefe der Klostergrotte, folge dem Gang bis zu meiner Zellentür und lege mich auf den kalten Steinboden, der Brotbeutel ruht auf meiner Brust. Der Erdabdruck an ihren Fersen, ihr durchgebogener Rücken, ihre Kraft bei dieser Demutsarbeit, die sie verrichtet, als hänge ihr Leben davon ab. Eine Christin, das Dogma ihres Glaubens, die dreifaltige Einheit, eine Todsünde, die Einflüsterung des hochrangigsten Geistes, den man in eine Sau schicken müßte, wie es Jesus Prophet einst mit anderen niederen Geistern tat. Im Glaubensstreit würde sie mir entgegenhalten, das Alte Testament, an das Mohammad Prophet die Offenbarung anschließt, sei überholt und der Blutdurst in Gottes Namen eine unsinnige Wut – die schwarze Seele, die Rache befiehlt den Gläubigen, müsse in eine Sau fahren. In was bin ich nur da hineingeraten? Ich fechte in Gedanken einen Glaubensstreit mit einer Jesusjüngerin aus, und mein Freund Ben liegt wahrscheinlich auf der Pritsche in einem Gänsekerker und schreit vor Schmerzen und befiehlt mich der Hölle. Habe ich ihm nicht Schutz im fremden Land versprochen? Und habe ich ihn nicht gewarnt, er käme in Teufels Küche, wenn er die Schnapsflasche leert und sich vergißt? Wenn im Mörser keine Pfefferkörner sind, kann man noch so heftig mit dem Stößel stampfen – man zerstößt nur Luft. Ich atme Luft und ich wirke Luft, und Luft weht mich mal vor die Füße eines Polizisten, mal in die Hände eines Scharführers. Diese Christin hat recht: Von einer Frau will ich mir den Weg nicht weisen lassen.

Saskia, die Linkshändige: weder vom Mann noch vom Freund hat sie sich getrennt; als sie vor wenigen Monaten entschied, ihr Land zu verlassen, war sie eine Einzelfrau mit Katze. Sie habe eine Zeitlang mit Socken geschlafen, weil sie mitten in der Nacht ihre Füße ansprang. Die einen ordnen ihre Verhältnisse, die anderen verschenken ihr Haustier dem nächsten Verwandten und steigen in den Bus. Ich solle mich nicht davon täuschen lassen, daß sie ohne Zierde sei, früher habe sie sich nicht anschleichen können, weil ihr Schmuck klimperte an ihrem Körper. Ihre Briefe haben enge Zwischenzeilen, mehr will sie nicht sagen über ihr Vorleben.

Sie hat mir einen Krug Wasser gebracht, die nächste Essensration, eine Brotkante und eine Zwiebel, wird am Abend verteilt. Es ist so heiß wie in einem Rauchstubenhaus, draußen ist es nicht auszuhalten, hier drin, in meiner Zelle, muß ich flach atmen, um gegen die Hitze einigermaßen anzukommen.

Du bist nicht das erste Mal in diesem Kloster, sagt sie.

Nein, sage ich, letztes Jahr ließ ich mich in die Totengrube einsperren.

Du hast ein Schweigegelübde abgelegt?

Ich habe versagt. Als ich es nicht mehr aushielt, habe ich dort unten Selbstgespräche geführt. Sie trugen mich hinaus ... Wo stecken sie eigentlich?

Es ist die Woche, wo sie unter die Menschen gehen, sagt sie, heute füllt sich das Haus des Herrn.

Die Nacht der Lobpreisung, sage ich. Dann kann ich auch dem Scharführer den Brief aushändigen.

So nennst du ihn also, sagt sie, wir sind die Schar, und er ist der Führer ... Ich brächte das Wort nicht über die Lippen.

Hier mußt du dich nicht vorsehen, sage ich, er hat so wenig Macht wie wir alle, und weil wir alle machtlos sind, haben wir uns hier versammelt ... habt ihr euch versammelt. Ich bleibe nicht lange. Und du?

Ich spiele nicht auf Zeit. Ich werde sehen. Aber eins weiß ich: ich kehre nicht wieder zurück.

Haßt du dein Volk? sage ich.

Du mußt nicht gleich übertreiben, sagt sie, ich bin mit dem wenigen Geld, das ich hatte, nicht mehr ausgekommen. Mein Volk ist nicht mehr oder weniger vulgär als dein Volk. Auch hier verzögern die Frauen die Hautalterung durch irgendwelche Wundersalben, und die Männer gehen regelmäßig zu Nutten, die halb so schön sind wie ihre Ehefrauen. Die erste Zeit habe ich tatsächlich geglaubt, hier sei es besser, es ist aber nur anders.

Du hast früher beim Telefonieren Kringel gemalt, und nicht Quadrate oder Kreuze.

Was?

Während du mit mir sprichst, zeichnest du in den Staub auf dem Boden Kreise, sage ich. Ich habe irgendwo mal gelesen, daß es drei Menschentypen beim Telefonieren gibt: Kringelmenschen, Rechteckmenschen und Kreuzmenschen.

Saskia weiß nichts darauf zu erwidern, vielleicht haben viele Männer versucht, ihr Wesenszüge anzudichten, sie zu besprechen wie einen Gegenstand mit einem Hauch von Seele. Ich spreche diesen Gedanken aus, und sie blickt zur Seite, die Rötung ihrer Schläfe fällt mir auf, eine dünne Strähne hängt herab wie ein loser Faden und läuft aus in einer im Takt ihres Herzschlags zitternden Locke. Beschämt ob meiner Neugier, schlage ich die Augen nieder, und als ich ihren Blick spüre, schaue ich auf und erröte.

Gib mir bitte die Bürste, sage ich, ich will den Boden des Preisungssaals putzen.

Die Frauen bilden im Hintergrund eine Kelchblüte, die Männer sind in konzentrischen Kreisen um den Scharführer angeordnet, der auf einem Schafsfell sitzt, sein zur Brust gesunkener Kopf ein langsam schwingender Perpendikel, durch den Stab in seiner Rechten zieht sich in der ganzen Schaftlänge ein Spalt, wie als wäre er unter Druck geborsten. Alle Augen sind auf ihn gerichtet, und weil er kein Spiegel sein will, der unser aller schmutzigen Abdrücke bannt, sind seine Lider fast geschlossen. Sein Herz versiegelt, sein Körper gelähmt, nur sein Haupt wiegt hin und her, wir nehmen ihn wahr, als säße er hinter getöntem Glas, wir hundertachtundneunzig Liebhaber des Einen, hundertachtundneunzig Falter des Gotteslichtes, zwei mal neunundneunzig, die wir hoffen, daß Sein hundertstes Zeichen in den Hüter und Hirten fahren wird. Wir blicken ihn an, und als er den Stab hebt, machen wir unseren gepreßten Herzen Luft und rufen den letzten Buchstaben des Gottesnamens in einem harten Atemstoß aus. Der Buchstabe wird zur Silbe, und auf die Silbe, kaum ausgeklungen, legt sich, ein zweites Mal gestoßen, der gottgetränkte Atem, und dann aus tiefer Kehle geraunt die dritte Silbe auf die zweite, ein Wellenschlag, bis der nächste Anprall der Woge allen Atem löscht, der vorher war. Wir ersticken zwischen zwei Atemzügen und erwachen, wenn die Preßluft unseren Mündern entweicht. Bei jedem Stoß beuge ich meinen Oberkörper hinab zum Rücken meines Vordermannes und fahre zurück, meine Arme über Kreuz, die Hände umgreifen die Schultern, ein jeder muß sich festhalten an sich selbst, daß ihn der Strudel nicht hinabziehe, daß der Boden nicht durchbreche unter dem Gewicht des Preisers.

Erst werd' ich schwer, als trage ich noch den Brotbeutel, dann werd' ich leicht und immer leichter und höre den Scharführer gegen die Wogen ansingen. Du bist mein Lockvogel, singt er, und ich bin dein Lockvogel, und wir suchen den Jäger, der sich uns verbirgt, und auch wenn die Silbenwoge seinen Lobgesang immer aufs neue unter sich vergräbt, seine Stimme, leise und fest, durchbricht die Atemmasse und peitscht uns weiter an. Das Feuer löscht den Durst, das Wasser brennt den Frevler, singt er, was kümmert mich dein großer Zauber, der alles verkehrt, ich bin der Liebende, verhülle dich nicht, Herr. Jeder im Kreis, jede im Kelch stößt den Silbenatem hart aus dem Leib an dieser Stelle, und wir neigen und richten den halben Leib wie Halme, die der Wind zu einem einzigen Büschel verstreicht, wie trockene Blütenstengel, über die die Funken sprühen. Erst waren wir Wasser, jetzt sind wir Feuer, erst sind wir verbrannt, jetzt löschen wir unseren Durst. Hoch zum Lehmdach steigt die Silbe aus hundertachtundneunzig Atemstößen hoch, und der Preiser auf dem Schafsfell klopft mit dem Stock, und wir atmen Seinen Namen ein und aus, laut und hart, schnell und schneller, und schon bricht der erste Mönch aus dem Kreis, er steht im schneeweißen Totenhemd auf seinem Fleck und dreht sich um die eigene Achse: vom Heil gestreift, zum Menschenkreisel geworden, Dir biete ich mich an, zerstampfe zerfaser zerstreue mich, zerdehne zersetze zerschlage mich. Der leise Bittgesang des Preisers erfaßt alle Kreise und alle Reihen des Kelchs, ich höre die Röcke der Frauen in der Drehung surren, zerklopfe zerkörne zermahle mich, zernage zermalme zernichte mich, die Männer kreisen, daß die Säume ihrer Hemden peitschen, und ich kreise mit offenen Augen, daß ich Saskias Blick erhasche, zerreibe zerreiße zerschlage mich, zerrütte zerschmeiße zerspalte mich, ihr Blick haftet kurz an meinen Augen, bis sie fortgeweht wird vom Schwung, mit meinem Atem rufe ich Dich, Herr, mit meinen Augen suche ich dich, Saskia, streife ertaste berühre mich, und die Silbe, tausend Male gehaucht, Gott, Tausende Male ersehnt, die Gottsilbe, unseren Kehlen entrungen, sammelt sich über unseren Häuptern zum Licht, das ich nie gesehen in meinem Leben, ein Licht, daß wir niederknien, zertrenne zerrupfe zertrete mich, zerspelle zerspleiße zerstäube mich. Dann ist Stille.

Von der Breitseite des Umschlags reißt er einen dünnen Streifen ab, greift mit spitzen Fingern hinein und zieht den Brief vorsichtig heraus. Er entfaltet ihn, blickt kurz auf den Bogen Papier, dann setzt er sich auf den Steinboden und bedeutet mir, seinem Beispiel zu folgen.
  Also bist du zurückgekehrt, sagt er, und du wirst uns bald verlassen.
  Noch heute nacht.
  Ein Kommen und Gehen, der Strom reißt nicht ab.
  Ich habe hier eine kleine Armee gesehen, sage ich, viele junge Männer und Frauen, und sie haben das wahre Licht erblickt. Du hütest sie, wie du mich gehütet hast. Ehrwürdiger, laß mich deine Hand küssen.
  Nein.
  Laß mich deine Füße waschen.
  Ich will dir verraten, was in dem Brief steht, den du mir überstellt hast, sagt der Scharführer, und als er mir die Vorderseite zeigt und die Rückseite wendet, blicke ich auf unbeschriebenes Weiß, keine einzige Zeile, keine einzige Zeichnung.
  Ich bin den ganzen Weg nicht umsonst gekommen, sage ich.
  Nein, sagt er, du hast recht.
  Darf ich dir eine Frage stellen ... Diese Christin, Saskia, ist sie schon lange hier?

Ein paar Wochen, sagt er, hast du sie gefunden?
Ich habe sie gefunden sage ich.
Hat sie nach dir gesucht?, sagt er.
Sie hat nach mir gesucht, sage ich.

Gott mit dir, sagt er und erhebt sich, er reißt sich los, als ich ihm die Füße küssen will. Ich blicke mich um in meiner Zelle, hole tief Luft, packe die Steine aus dem Brotbeutel, schichte sie in einer Ecke übereinander, doch die Säule stürzt, kaum daß ich vom obersten Stein die Hand wegnehme. Ich gebe nach dem fünften Versuch auf. In der offenen Tür steht sie, und gegen die Kälte des Abends hat sie eine Wolljacke übergezogen.

Bist du einer Frau versprochen? sagt sie.

Nein, sage ich, ich muß nur meinen Freund einlösen.

Und dann?

Dann sehe ich dich wieder, sage ich, binde mir den leeren Brotbeutel um den Hals, und da ich sie umarme, spüre ich ihre Wimpern an meiner Schläfe.

Bettelbrot

Eine antike Münze ist nicht leicht außer Landes zu schaffen, nicht bei meinem Aussehen. Auf illegale Ausfuhr von Kulturgut steht eine hohe Haftstrafe. Sie schüttelt den Kopf, wendet die Münze mit dem beidseitigen Eulengepräge auf dem roten Brillenputztuch, tupft mit der Quaste des Puderpinsels auf die Hellenenkopeke – so lautet ihre Bezeichnung des Geldstücks. Die Klimaanlage bläst ihr die losen Haarsträhnen von hinten ins Gesicht. Ihre Lippen zittern, sie hat einen Viskoseschal um den Hals geschlungen. Das Stoffetikett steht ab, und ich lese: 70% Viskose, 10% Elasthan, der Rest ist ausgewaschen. Ihr Chef macht seine Runde, er schaut bei der Konkurrenz vorbei und wird wieder erscheinen, wenn er es für ratsam hält, selber hinter der Kasse zu stehen. Mittags ruhen die Geschäfte, die Touristen liegen am Strand, auch wenn wie heute der Wind das Wasser kräuselt und den Sand in die Augen weht. Mittags ist die Zeit, da ihr Chef den Bürgersteig vor der Ladentür abspritzt und den Fußabstreifer zum Trocknen aufhängt. Dann überläßt er ihr den Laden, und wenig später trete ich ein, grüße sie und stelle mich an den Kartenständer. Sie wird nicht sagen können, welche Augenfarbe ich habe, sie schaut kaum auf, ich könnte sie ausrauben.

Heute aber hat sie mich mit einem langen Blick belohnt, als ich sie bat, die Münze aus dem Glastresen hervorzuholen. Ich weiß nicht, ob sie zwischen Käufern und Täuschern unterscheiden kann. Was will ich schon mit einem alten Geldstück anfangen, ich bin kein Sammler, tote Dinge haben allein Gebrauchswert, und man schmeißt sie weg, wenn sie verschleißen. Sie ist bei diesen Worten zusammengezuckt, und ich wollte fast die Hand nach ihr ausstrecken, bin aber im selben Moment vor Scham rot geworden. Statt dessen berührte ich die Münze, sie schlug mir sofort auf die Finger und sagte, der Menschenschweiß zersetze das Metall oder die Metallegierung, eine abgegriffene Hellenenkopeke werde sie nicht los, und ich solle in ihrem Laden keinen Blödsinn machen. Um das folgende Schweigen nicht in die Länge zu ziehen, frage ich sie nach dem Preis, eine astronomische Zahl, die das Zehnfache meines Monatsgehalts beträgt.

Jetzt stehen wir uns gegenüber, und ich tue so, als könne ich die Summe ohne weiteres aufbringen, als müsse ich mir nur einen Ruck geben. Sie lockert den Schal, sieht an sich herunter und entdeckt das abstehende Etikett, und wie beiläufig dreht sie das Schalende einwärts. Mit dem Puderpinsel streicht sie wieder den eingebildeten Staub von der Münze ab.

Ich möchte Sie zum Essen einladen, sage ich, und als sie nichts entgegnet, bitte verstehen Sie mich nicht falsch, ich möchte Sie nur näher kennenlernen ...

Also sind Sie nicht an der Münze interessiert, sagt sie, haben Sie nichts Besseres zu tun?

Was denn? sage ich.

Ihre Postkarten können Sie auch woanders kaufen. Sie haben eine Stunde lang Interesse vorgeheuchelt, Sie haben mir Lebenszeit gestohlen. Ich mochte Sie schon in dem Augenblick nicht leiden, als Sie unser Geschäft zum ersten Mal betreten haben. Sie sind hier unerwünscht, kommen Sie nicht wieder, stellen Sie den Russenfrauen nach.

Die Türglocke klingelt, und der Chef steht plötzlich neben mir, fragt mich höflich, ob er mir behilflich sein könne, stellt fest, daß die Münze, so wie sie auf dem Tresen liege, den Preis wert sei, den mir seine Mitarbeiterin sicherlich mitgeteilt habe. Er blickt sie an, sein Redefluß kommt ins Stocken, und als er sich strafft, ziehe ich grußlos an ihm vorbei, und der Klang der Hohnglocke beim Einschnappen der Tür hinter mir tönt in meinen Ohren nach, vermischt sich mit dem Straßenlärm, dem Klingelläuten der Radfahrer und den Lockrufen eines Kindes, das auf einer Wolldecke Herzmuschelschalen zum Verkauf anbietet. Es hat auf die Riffeln die Fahne eines untergegangenen Imperiums mit Filzstift gezeichnet, und weil es mich drängt, mich sofort von der Schande freizukaufen, greife ich eine Handvoll Muscheln, werfe ihm einen Geldschein hin, den der Wind fortweht. Das Kind rennt fluchend hinterher.

Die Empfangsfrau blickt von ihrem Buch auf, als ich durch das kühle Hotelfoyer eile, doch vor dem Lift mache ich kehrt und versuche, sie in eine Unterhaltung zu verstricken. Sie legt das Konversationslexikon beiseite, hört mir eine Weile zu, und dann empfiehlt sie mir, heute auf das Meer zu verzichten: die Strandwache habe Feuerquallenalarm ausgerufen, und die Fremdurlauber, die es eigentlich anginge, seien trotzdem ins Wasser gegangen und hätten sich böse Verätzungen zugezogen. Mein Flirt läuft ins Leere, sie möchte mich loswerden, und ich verabschiede mich von ihr mit den Worten, ich wolle ein Bad riskieren, die Quallen würden sich schon von mir fernhalten. Auf der Strandpromenade erwische ich eine freie Parkbank, hole die Plastiktüte frischer Kirschen aus der Tasche, klemme den Spucknapf aus dem Hotelzimmer zwischen meine Füße und lasse die Kerne aus Mundhöhe hineinfallen. Tatsächlich sind die Russen eine Plage, doch abgesehen davon, daß die Männer mit ihren flachen Gesichtern und fehlenden Vorderzähnen unansehnlich sind, können sie nichts dafür. Die Pauschaltouristen werden in Fünf-Sterne-Hotels einquartiert, sie bezahlen pro Übernachtung ein Fünftel der Summe, die die Inlandsurlauber aufbringen müssen. Doch der Neid hält sich in Grenzen. Allein die im Rudel herumstreifenden Nataschas und ihr Hang zur weichen Prostitution mobilisiert die Frauen des Ferienortes: es sind Flugblätter aufgetaucht, in denen eine sogenannte Moralbrigade zu Säureattacken aufruft. Noch ist es bei bloßen Handgreiflichkeiten geblieben. Ich kann die Wut verstehen, die Fremden liegen halbnackt auf großen Strandkissen nebeneinander, ihre Stringbikini-Feigenblätter sind in die Schamspalte gerutscht, ihre großen Brüste sind entblößt. Sie stecken die jungen Männer mit ihrer Unbekümmertheit an. Doch wenn ein Mann sich traut, eine Russin anzusprechen, muß er meist auch die beste Freundin einkaufen, ganz gleich, ob er auch über die zweite verfügen möchte oder nicht. Er riskiert einen ungewissen Ausgang: diese Mädchen sind besser als ihr Ruf, meist schicken sie die Männer nach Hause, streicheln sie am Kopf und flüstern anständige Kosenamen, um die Lust zu lindern.

Ich scheuche die Bettler weg, wer sich auf ihr Spiel einläßt, ist verloren. Der eine zeigt die halb amputierten Zehen vor, der andere klopft sich auf den leeren Magen. Man kann auf diese Weise binnen weniger Stunden viel Geld loswerden. Statt der Tauben füttert man hier die Armen, die bedürftigen Irren und die organisierten Kinderbettler. Läßt man ein paar leer ausgehen, spricht sich das sehr schnell herum, und man hat für den Rest seines Aufenthalts seine Ruhe. Also esse ich ungerührt die Kirschen, sammle die Kerne im Mund, lasse sie in den Spucknapf fallen. Eigentlich kann ich nichts Schlechtes über die Frauen sagen. Ich ärgere mich über sie, über ihre lebenslange Weigerung, das Puppenzimmer ihrer Kindheit zu verlassen. Aber ich liebe sie, ihre Schönheit blendet mich, und wenn sie mich zum Teufel jagen, glaube ich, daß sie alle guten Gründe auf ihrer Seite haben. Ein Mann muß einer Frau nichts angetan haben, sollte sie ihn mit einem Stimmungswechsel aus heiterem Himmel überraschen. Es wird schon etwas geben, was sie verärgert, man kommt nur nicht schnell dahinter und streitet sich völlig unnötig. Bei aller Liebe, die Verkäuferin hat mir übel mitgespielt, und auch wenn ich ihr unsympathisch sein sollte, wie sie mir ins Gesicht geschrien hat, glaube ich kaum, daß es ihre Beleidigung rechtfertigt. Sie wollte mich übers Ohr hauen, und ich habe es nicht zugelassen.

Ich bleibe sitzen und schaue hinaus aufs Meer, und der Anblick bannt mich derart, daß mich die fremden nackten Frauen kaum ablenken können. Einige stehen im hüfthohen Wasser, suchen ihre nähere Umgebung nach Quallen ab oder quirlen eine sichere Zone um sich herum. Dann aber, als habe sie das Meer beleidigt, geben sie es auf, kehren wieder zurück zu den Strandkissen, kämmen ihr Haar, blättern in Illustrierten. Als ich mich der Bettler nicht mehr erwehren kann, mache ich mich auf den Weg zu einem Restaurant in Hotelnähe, die Kellner beherrschen die Kunst, die Stoffservietten zu Kardinalshüten zu falten, das Besteck ist immer blank geputzt. Ich bestelle eine gemischte Fleischplatte, und als ich meinen Stuhl in einen windgeschützten Winkel verrücke, entdecke ich den Lustagenten. Er sitzt am Pistazienautomaten, am äußersten Ende des Tresenschenkels, und knapp über seinem Kopf, auf der gläsernen Abstellplatte, ist ein Barlöffelköcher aus Keramik plaziert, so daß jeder, der zum Abendessen oder zum frühen Trunk einkehrt, nicht anders kann, als den monströsen Fantasiekarpfen anzustarren. Von der Holzkassettendecke sind alte Weinschläuche an dünnen Ketten herabgelassen, und jedesmal wenn die Tür aufgeht, pendeln die Schläuche sachte an ihren Aufhängungen, und dann bewegen sich Halbmondschatten auf den Gesichtern oder gehen ein in die Schlagschatten der Gäste an der Wand. In diesem Gesellschaftsraum ist der Lustagent eine anerkannte Größe, und die Nutten vergangener Hauptgeschäftszeiten, Frauen, die er anbot und aus dem Verkehr zog, schöne Frauen der Dämmerung, machen ihm ihre Aufwartung. Der Mann hat Glück, er sitzt neben einer jungen Person, deren Arm in einer kurzen Diagonale verharrt, und Minuten später steuert er die Toilette an. Im Vorbeigehen raunt er mir zu, der erste Beischläfer beeinflusse alle späteren Geburten, und ich denke, nun endlich versucht er sich in einem Eröffnungszug und wird, wenn er wieder zurückkommt, seine Biertulpe greifen und umständlich mir gegenüber Platz nehmen, und der Hund, den er eng bei Fuß führt, kann sich unter dem Spielautomaten einrollen zum kurzen Schlaf. Doch ich irre mich, er würdigt mich keines Blickes und unterhält sich mit der Nutte über die zornigen Händler. Ich ärgere mich über meine an unverhältnismäßigen Orten an unverhältnismäßige Menschen verschwendete Sentimentalität. Was habe ich erwartet? Hier ist ein Mann, hier trinkt er seinen süßen Branntwein, seinen Kummerlikör, hier kann er, umgeben von brüchigen Silhouetten, vergessen, daß seine Nutzungsdauer abgelaufen ist. Die Fleischstücke schlinge ich in mich hinein, verzichte auf den Nachtisch, bezahle im Stehen und stürze ins Freie, hole tief Luft, um die aufkommende Panikattacke niederzuringen. Ein paar Bettelkinder lassen einen großen Oktopusdrachen aufsteigen, die Fangarme peitschen am Himmel, und für Momente gebe ich mich der Täuschung hin, ich würde auf dem Meeresgrund stehen und einer Krake beim Auftrieb zusehen. Es ist noch zu früh, als daß ich mich auf den kommenden Tag freute, und die Vorstellung, die Rezeptionistin um meinen Zimmerschlüssel zu bitten, läßt mich die Gegenrichtung einschlagen. Die ersten Nataschas haben sich ausgehfein geschminkt und schwärmen zu Beutezügen aus – sie taxieren mich, und da sie mich für einen eingemeindeten Kaukasier halten, ziehen sie weiter. Eine alte Plastikblumenverkäuferin zischt ihnen hinterher, der Teufel warte an der nächsten Straßenecke, und er werde sie, die Höllenpferdchen, eine nach der anderen begatten.

An der Straße »Zu den vier Palmen« biege ich von der Strandpromenade ab, ich lache vor mich hin bei dem Gedanken an die Holzfrevler, die in der Zeit nach dem Morgengebet mit ihren Äxten hier eingefallen sind und die Palmen gefällt haben. Es gab keine Zeugen, und die Polizei schloß einen politischen Hintergrund aus, damit wurde der Fall noch am selben Tag zu den Akten gelegt. Ich kann mir nicht vorstellen, daß irgendwelche Spaßvögel am Werk waren; absurde Vorfälle dieser Art häufen sich, und nicht der Bürgerzorn, aber die geschnürte gekränkte Bürgerseele sucht nach Ventilen für den Abfluß des Drecks, des stehenden Abwassers, das verlandet und in dem die Bürger waten müssen.

Vor dem gußeisernen Torbogen der Parkanlage sitzt wie gewöhnlich ein alter Herr im Anzug, und als er mich kommen sieht, legt er eine Scheibe Honigkuchen in eine Serviette und grüßt mich freundlich, als sei ich ihm ans Herz gewachsen. Wir kennen uns aber erst seit acht Tagen, und nur ein einziges Mal haben wir uns unterhalten. Ich gebe ihm das Geld, das er im Banknotenfach seines Portemonnaies unterbringt. Der Schein der Papierlaternen, zu Girlanden aufgereiht und von Ast zu Ast, von Baum zu Baum gespannt, taucht den Park in ein warmes gelbes Licht. Die Einheimischen sind unter sich, Nataschas werden nicht geduldet, und wenn sie sich hierher verlaufen, fordert man sie so lange auf zu gehen, bis sie Folge leisten.

Ich glaube nicht an Zufälle. Man mag es für einen Zufall halten, daß sie, die mich zum Kauf einer gefälschten Hellenenkopeke anstiften wollte, allein an einem Tisch sitzt, den Blick auf ein unbedeutendes Detail gerichtet, und daß ich, wie es also der Zufall will, nach dem Essen nicht zum Hotel, doch statt dessen zum Park gelaufen bin. Schicksal ist ein großes Wort, zwischen Schicksal und Zufall liegt die gute Wendung, und daran glaube ich: daß sich die Dinge zum Guten fügen. Damit es nicht altmodisch klingt, spreche ich lieber von einer unvorhergesehenen Situation, mit deren Wundersamkeit ich nicht gerechnet habe. Ich habe es nicht erwartet, und ich bin auch nicht sonderlich überrascht, nur verhalten verlegen, nur verhalten froh. Sie schiebt die Spitze des Kürbiskerns zwischen die oberen Schneidezähne und knackt ihn auf wie ein Papagei. Die Schalen befördert sie mit einer, wie ich aus dieser Distanz vermute, schnellen Zungenbewegung zum Mundwinkel, und die Schalen fallen wie von alleine auf ihren Schoß, über den ihre freie Hand immer wieder wischt. Sie scheint sich zu erholen von dem Tagwerk, und wüßte ich es nicht besser, würde ich sie für eine müde junge Hausfrau halten. Keine Macht der Welt kann mich daran hindern, mich an ihren Tisch zu setzen, ich bitte sie nicht um Erlaubnis, ich bremse mich nur ein bißchen.

Es ist doch immer dasselbe, sagt sie. Ein Mann, irgendein Niemand, tritt aus dem Schatten, und du weißt sofort, er will dich jagen. Du hast eine Grippe, dich plagen Kopfschmerzen, dein Hals juckt, aber ihn interessiert es nicht – wichtig ist ihm allein, daß er sich vorstellt, daß er, dieser Niemand, einen Eindruck bei dir hinterläßt. Ich bin nicht in der Verfassung, daß man sich in mich verliebt, bitte nicht, bitte nicht jetzt, und bitte nicht du, du auf keinen Fall.

Ich bin nicht auf eine Urlaubsaffäre aus, sage ich, und ich will auch nicht die erstbeste Frau vom Fleck weg heiraten. Wäre ich wirklich häßlich, würde ich mich von deinen Worten entmutigen lassen. Ich möchte nur, daß du mich eine Zeitlang beachtest.

Stell dir vor, es ist ein regnerischer Tag, es regnet sogar in Strömen, und du siehst mich das allererste Mal, du siehst mich mit vier schweren Einkaufstüten aus dem Supermarkt kommen. Was würdest du tun?

Ich würde dir die Tüten abnehmen und mich vor deinen Augen naß regnen lassen, während du unter einem Regendach zusehen dürftest.

Nein, sagt sie, du würdest mir den Weg versperren und mich umständlich zum Essen einladen. Die Tüten wären dir egal, der Regen wäre dir egal.

Eine blutjunge Natascha taucht auf, und nach einer Unterhaltung in gebrochenem Englisch kann der Teestubenbesitzer sie davon überzeugen, daß sie in diesem Park nichts verloren hat.

In dem Alter, sagt sie, hat man mir schon die Mandeln, die Gallenblase und den Blinddarm entnommen.

Mit dem Rest deiner Organe schlägst du dich ganz tapfer, sage ich.

Wie blöd kann man eigentlich sein? Was verleitet mich dazu, diesem Kürbiskern-knackenden Schaufensterengel derart fatale Komplimente zu machen? Wieso schlage ich diesen falschen Ton an? Ich verstehe meine Freunde, die sich für ihr Liebesgeflüster am Telefon rechtzeitig absondern, sichergehen, daß auch wirklich niemand zuhört, die nachprüfen, ob sie ihre Wohnungstür abgeschlossen haben – und erst dann, nach einer Reihe weiterer Vorkehrungen, zum Telefonhörer greifen. Ein männlicher Einflüsterer gleicht einem Hypnotiseur, der das Pendel lange schwingen muß, bis der Patient endlich in den Schlaf gleitet.

Sei mir nicht böse wegen der Münze, sage ich, ich kann sie mir nicht leisten. Ich lebe über meine Verhältnisse, sogar den Urlaub kann ich mir nicht wirklich leisten.

Du bist nicht reich? sagt sie.

Nicht annähernd, sage ich, ich bin Beamter.

Wo arbeitest du?

Im Staatsministerium, sage ich, aber ich bin nur eine kleine Nummer. Unter mir sind noch der Pförtner und der Hausmeister ... na ja, so schlimm ist es auch nicht.

Und so einem Menschen soll ich mein Herz vergeben? Du träumst ...

Sie weist mich in die Schranken, und sie hat nicht ganz unrecht. Wenigstens leide ich nicht an der Statusangst, ich fürchte mich nicht vor dem Tag, da ich in die Unterschicht abrutsche und für einen Gaskocher stundenlang anstehen muß. Heute bindet sich eine Frau nur nach Maßgabe ihres Instinkts, der ihr erlaubt, die Straßentauben von den Zuchttauben zu unterscheiden. Wäre ich eine Frau, würde auch ich die verliebten armen Schweine zum Teufel jagen.

Du willst an mir Vergeltung üben, sage ich. Ja, ich habe dir nicht gleich auf Anhieb gefallen. Aber ich werde dir einen Anlaß geben, mich zu mögen, am Anfang ein klein wenig, dann später etwas mehr, und vielleicht bald so sehr, daß du es vermissen wirst, wenn du nicht mit mir schimpfen kannst. Glaube mir, es geht ganz schnell, daß man anfängt, sich nach einem Fremden zu sehnen.

Das Drehbuch von Seifenopern, sagt sie, ich schaue mir die Serien an, und wenn ich den Fernseher ausschalte, weiß ich, mein Leben geht weiter, das Leben anderer Menschen geht weiter bis zur nächsten Folge.

Eben, sage ich, du bist süchtig nach diesen einfachen Geschichten. Der kostenlose Traum der Liebe, das ist die Seifenoper. Kaum passiert es dir, möchtest du nichts davon wissen. Ich tauche plötzlich auf, und du, die Angestellte deines Chefs, durchschaust mein Manöver, scheuchst mich fort wie einen kleinen Jungen. Das macht nichts – einer schönen Frau steht es gut an, daß sie nicht auf Kommando mitspielt.

Lächerlich, sagt sie, du bist lächerlich.

Für heute habe ich genug, ich überlasse sie ihren Kürbiskernen, und ich hoffe, daß sie sich daran verschluckt und ihre Gesichtszüge wenigstens für die Dauer eines Hustenanfalls entgleisen. Der Ehering an ihrem dünnen Finger ist nicht zu übersehen, doch ich glaube, daß sie ihn trägt, um sich vor Nachstellungen zu schützen, bei den meisten Männern hat es jedenfalls den gewünschten Effekt. Ich spreche den Teestubenbesitzer an, um ihre Getränke zu bezahlen, er schaut kurz über meine Schulter in ihre Richtung und bedauert, mein Geld nicht annehmen zu können, die Dame schreibe bei ihm an, und im übrigen gehöre sie zu der Sorte von Menschen, die niemandem etwas schuldig bleiben wollten. Ich bin alles andere als begeistert, nach vielen Kinderspielen bin ich erwachsen geworden, um immer aufs neue festzustellen, daß mich die Erwachsenenspiele anöden. Prinzipien, Vorsätze, Glaubensinhalte, Seriosität. Ich stehe also vor diesem schnurrbärtigen Kerl, und auch er gibt mir zu verstehen, daß ich mit meinen Mitteln haushalten sollte, weil die Dame, die Kürbiskerne knackt und tiefschwarzen Tee schlürft, keine Lust verspürt, auf mein Werben einzugehen.

Ich liege im Bett und betrachte die Zimmertapete,

vor meinen Augen verschwimmt sie bald zu einem toten Fleck. Gerne gestehe ich meine Niederlage ein, doch es bringt mich nicht weiter, ich bin heute nicht einen Fußbreit weitergekommen. Ihr Spottlachen klingt mir noch im Ohr. Als ich nach der erneuten Abfuhr an ihrem Tisch vorbeiging und »schade« flüsterte, lachte sie schadenfroh, wie um mich zu einem peinlichen Handeln, zu einem peinlichen Akt der Verzweiflung anzustacheln. Was hat sie erwartet? Daß ich sie auf Knien anbettle, sie möge keine Zweifel an ihrer Vollkommenheit haben, auch wenn ihr die Mandeln, die Gallenblase und der Blinddarm fehlen? Als ich es in meiner Grabkammer nicht mehr aushalte, ziehe ich mich an, verzichte auf den Lift und steige die Treppen herunter, die Fingerspitzen am kalten Metall des Handlaufs. Die Empfangsfrau sitzt vor dem Ventilator, ihre Augen sind geschlossen, das Wissenslexikon liegt aufgeschlagen auf dem Beistelltisch hinter dem Hoteltresen. Ich nähere mich beinahe lautlos, doch sie hat mich bemerkt und macht eine Miene, als wolle sie mich widerwillig gewähren lassen.

Guten Abend, sage ich, stört es Sie, wenn ich mich kurz dazusetze?

Das wäre ein Verstoß gegen die Vorschriften, sagt sie, und nach einer kurzen Pause, meinetwegen.

Ich setze mich in den Korbstuhl, dessen Rückenlehne wie eine Muschelschale geformt ist. Wortlos stellt sie mir eine Büchse Bier hin, ich ziehe die Lasche ab, ich lecke den aus der Öffnung herausquellenden Schaum und stutze im selben Moment.

Entschuldigen Sie, sage ich.
Was soll ich entschuldigen?

Sie müssen denken, daß ich keine Manieren habe. Ich wollte nur nicht kleckern ... Es hat bestimmt so ausgesehen, als hätte ich meinen Rüssel ausgerollt.

Machen Sie sich deswegen keine Gedanken, sagt sie, trinken Sie einfach unbekümmert Ihr Bier.

Sie wollen nichts trinken?

Während der Arbeit ist es verboten.

Ach ja, sage ich, ist das auch ein Teil Ihrer Arbeit, ich meine, gehört es auch zu Ihren Aufgaben, daß Sie sich um unruhige Hotelgäste kümmern müssen?

Sind Sie unruhig? sagt sie. Sie haben sich aber gut unter Kontrolle.

Wollen Sie eine idiotische Geschichte hören?

Die Nacht ist noch lang, sagt sie, unterhalten Sie mich ruhig.

Sehen Sie, ich bin Beamter, sage ich, ich gehe morgens aus dem Haus, treffe als einer der ersten im Büro ein, arbeite die Ordner auf meinem Schreibtisch durch, mache eine kleine Mittagspause, arbeite bis zum späten Nachmittag und kehre mit dem Bus nach Hause zurück. Sehr öde.

Keine Überraschungen, sagt sie.

So ist es, sage ich, und wenn die Wohnungstür hinter mir zuschnappt, wünsche ich mir nichts sehnlicher, als mit einer großen Tasse Kaffee auf dem Balkon zu sitzen. Ich tat es auch vorletzte Woche, nahm einen Schluck, freute mich, daß ich über den Dächern der Großstadt wohne, nahm den nächsten Schluck. Doch dann schaute ich zur Seite und entdeckte auf dem Balkon des Nachbarn einen Artischockenkaktus. Ich kenne den richtigen Namen nicht. Von dicken Trieben gingen kleine Schößlinge ab, die an der Spitze zu kleinen aufgegangenen Artischocken erblühten. Der Kronleuchtereffekt ist verblüffend.

Ich weiß, welche Kaktusart Sie meinen, sagt sie, die Pflanze sieht aus wie ein Fleischfresser.

Erstaunlich, Sie kennen den Kaktus. Verzeihen Sie bitte die folgende Stelle. Ich habe nämlich damals »Was für eine Scheiße!« ausgerufen, es war einer der seltenen Fälle, daß ich geflucht habe.

Sie sind ein banaler Mensch, sagt sie, Sie sind wirklich ein langweiliger Mann.

Es trifft mich unvorbereitet, und aus Verlegenheit nehme ich einen großen Schluck aus der Bierbüchse, als unsere Blicke sich kreuzen, verschlucke ich mich. Es war kein Versehen, sie ist sich ihrer Sache sicher, sie hat ihre Worte mit Bedacht gewählt.

Sie haben mich die Geschichte nicht zu Ende erzählen lassen.

Sie sind Junggeselle, sagt sie, Sie haben es satt. Und Sie denken: Jetzt aber. Allerhöchste Zeit für das große Abenteuer. Endlich oder wieder einmal wollen Sie eine Langzeitprognose in der Liebe wagen. Wer um Liebe bettelt, braucht eine Therapie. Ich bin dafür nicht zuständig. Die Frau, von der Sie sich einen Korb geholt haben, ist dafür nicht zuständig.

Woher wissen Sie das? sage ich.

Seit acht Tagen belauern Sie das arme Mädchen, die Verkäuferin. Heute haben Sie all Ihren Mut zusammengenommen und sie angesprochen. Ohne Erfolg.

Tja, sage ich, danke für Ihre Offenheit, und viel Spaß beim Lesen.

Bleiben Sie sitzen, sagt sie, so leicht kommen Sie mir nicht davon. Meine Eltern sind Bauern, jetzt kommt meine Dorfgeschichte. Eines Tages bekommen wir Besuch von einem ledigen jungen Mann aus dem Nachbardorf. Kein schlechter Mensch, er versucht sich nur wie ein Städter zu benehmen. Eine unnötige Vorstellung. Mein Vater will ihn nach kurzer Zeit rauswerfen, aber er denkt, der Kerl ist in meinem Haus, und ich lade eine Sünde auf mich, wenn ich ihn mit hungrigem Magen davonziehen lasse. Also sitzen wir auf dem Boden und essen, dem Gast ist es sichtlich peinlich, ein Städter ißt zivilisiert am Tisch. Meine Mutter setzt ihm wie uns allen eine Schüssel Hackbällchen in Kraftbrühe vor, der Junge taucht den Löffel in die Suppe und versteinert plötzlich. Es arbeitet in seinem Kopf, er hat einen Holzlöffel so groß wie eine Kelle und kann nach Herzenslust schöpfen – aber er ist der Meinung, daß ein Städter wahrscheinlich nur einen Fleischklops löffeln würde. Andererseits will er nicht gegen die Dorfsitte verstoßen, er glaubt, es gebe eine Ahnenvorgabe, wie man seine Suppe zu essen hat. Also fragt er meinen Vater: Werden die Toten bei euch einzeln oder doppelt bestattet?, und mein Vater erwidert daraufhin: Das kommt ganz auf den Toten an. Der Kerl konnte keinen Bissen runterkriegen, er hat eine Magenverstimmung vorgetäuscht und ist dann aufgebrochen ... verstehen Sie?

Nicht so richtig, sage ich.

Ich wünsche Ihnen noch eine gute Nacht, sagt sie.

Ja, schlafen Sie auch gut, sage ich und erhebe mich aus dem Korbstuhl. Mir gefällt die Vorstellung nicht, meinen Rücken preiszugeben, während ich auf den Lift warte, also gehe ich die Treppen hoch, schließe meine Zimmertür auf, die hinter mir zuschnappt, und ich trete auf den Balkon, atme tief ein und aus, ich sehe unten auf der Promenade die Nataschas, die Einheimischen, die Einzelgänger und die Familien wie Spielzeugfiguren auf- und abmarschieren, das Mondlicht bescheint das Meer. Unweigerlich schweift mein Blick auf den Nachbarbalkon.

Ein Liebesdienst

Der Unterschlupf des Handauflegers ist das letzte der Armenhäuser vor dem Müllhügel. Wenige Schritte weiter stößt man auf die Aasklauber, denen alle Essensreste heilig sind und die, wenn es nicht anders geht, mit ihren Holzhaken eine Aasmöwe zu Tode schlagen. Die Sonne hat die Lumpenschichten zu Sedimenten verbakken; unter den dünnen Krusten verbirgt sich ein gärender Fäulnismatsch, in dem die jungen Sammler immer wieder steckenbleiben, weil sie ungestüm sind in ihrer Suche. Der Gestank lockt aller Arten Beißer und Nager an, den Menschen reicht es schon, wenn der gelegentlich aufkommende Wind die Giftdünste in die Nacht verweht. Der Handaufleger führt gegen die Tiere einen aussichtslosen Kampf, sein Schutzwall aus Ölkanistern, platt gehämmerten Konservendosen, Reifen und Betonplatten hält das Ungeziefer nicht auf. Es wühlt und drängt, es zerbeißt das Ritzenfüllsel, es stochert jede Beschwerung lose und gelangt mit dem Kopf voran in das Menschenhaus. Der heilige Mann kann sie nicht aussperren, die Wühler, und er hat sich dafür entschieden, sie in seiner Magiepraxis zu benutzen, tot oder lebendig.

Mein Körper ist rein, mein Herz schlägt, ich schwitze nicht mehr als nötig, und ich werte es als ein gutes Zeichen, daß keiner aus dem Haufen kauernder Kulis mich angesprochen hat. Es sind Amateure, die nicht wissen, wie man schauen und aussehen muß, wenn der Fotograf auf den Auslöser drückt. Sie geraten sofort in Rage und zeigen den Touristen die blanke Faust oder knurren sie an, als wollten sie aus der Hocke aufspringen und sich in sonnenverbrannte Hälse verbeißen. Die Touristen haben es mit der Angst bekommen, aus der Ferne betrachten sie uns, und ich weiß genau, welches Bild wir ihnen bieten: die Unfruchtbaren, die Gelenkstarren, die von der Armut verdorbenen, alle Beter und Büßer der Gegend warten geduldig, daß der Heilige sie einen nach dem anderen hereinläßt. Der Sonnenglast blendet sie trotz der dunklen Brillen, an deren Bügelenden die Kordelclips fixiert sind und das Licht reflektieren. Die Fremden haben den weiten Weg auf sich genommen, man muß ihnen zeigen, wie das Leben hier funktioniert und wovor sie sich in acht nehmen müssen. Denn sonst geraten sie unnötig in Gefahr. Wir sind sonderbare Patienten, sie halten uns bestimmt für verrückt, doch wenn man es ihnen erklärte, würden sie nicken, ihre schöne Selbstbeherrschung aufgeben und den Heiligen um einen Termin bitten.

Ich verlagere mein Gewicht von einem Fußballen auf den anderen, fast berührt mein Hosenboden die staubige Erde. Die gezwirbelten Enden des Taschentuchs auf meinem Kopf stehen ab, also schütte ich aus der Plastikflasche Wasser auf mein Haupt. Der Mann hinter mir tippt auf meine Schulter, zeigt auf seinen Mund und dann auf die Flasche, die ich ihm wortlos reiche. Er gehört zu den Fraßspürhunden auf dem Müllhügel, er hat sich den Vormittag freigenommen, um dem Heiligen seinen Herzenswunsch vortragen zu können. Sein wertvollster Besitz ist ein Wedel aus Pfauenfedern, den er einem Touristen gestohlen hat. Wieso er ihn nicht auf dem schwarzen Markt verkauft, ist mir ein Rätsel, schließlich hat er viele Mäuler zu stopfen. Seit den letzten Brotunruhen vor einem Monat müssen solche Leute wie er Kraft sammeln, bevor sie um eine Ecke biegen: die Wohltäter fahnden nach Spitzeln, und die besten Spitzel sind die geborenen Opfer und Habenichtse, die ihren Nachbarn die dünne heiße Suppe mißgönnen. Am besten, man geht auf Abstand; so wie ich während meiner Wartezeit peinlich darauf achte, daß kein Körper die Lücke zwischen mir und meinem Nächsten füllt, so lasse ich auch ansonsten keine Anteilnahme über das gebotene Maß hinaus erkennen. Ich hätte dem Kerl vielleicht doch nicht erlauben dürfen, aus meiner Flasche zu trinken.

Ein wenig abgewandt sitzt eine der Schönen des Viertels auf einem Stein und glättet mit einer Spatelfeile die Hornhaut an den Fingerknöcheln. Ihren Verlobten, der sie die meiste Zeit des Tages beaufsichtigt, hat sie vorhin weggeschickt. Er soll etwas Eßbares auftreiben. Unter den Wartenden entdecke ich einige Kindsfrauen in Begleitung ihrer Mütter. Sie stehen kurz davor, in anderer Hände Besitz überzugehen, und der Heilige, der seine Hand auf ihre Bäuche legt, wird sie davor bewahren, ihre Unterleiber aus bloßer Sturheit verschlossen zu halten. Die Hitze setzt ihnen zu, ihre in grellen Farben bestrichenen Lider flattern, es liegt außerhalb ihrer Macht davonzurennen. Kinder werden hier als leicht verderbliche Ware gehandelt. Eine Mutter zieht um ihren schwachsinnigen Sohn einen unsichtbaren Kreis und verstreut unter lauten Ausrufen Mohnsamen.

Ein Greis will ihm die Hand auf den Scheitel legen, die Mutter fährt ihn an, und er zieht blitzschnell die Hand weg und versteckt sie in seinem zerschlissenen Wams. Jede Segnung wird auf Nutzen berechnet. Der alte Mann sagt: Wenn ich ihm Schaden zugefügt habe durch meine Rechte, so wolle Gott, daß ich nie verwes'. Der Junge will ihm nachsprechen, doch als es ihm nicht gelingt, steigert er sich in eine Albernheit, er keckert und zupft das große Gerstenkorn an seinem Unterlid, und die Mutter, die mit Liebkosung nicht weiterkommt, wirft dem Greis die Handvoll Samen ins Gesicht. Irgendeine schlimme Sache hat uns alle erschüttert, und lieber bissen wir uns die Zunge durch, als daß wir ein Wort darüber verlören. Deshalb sind wir hier, auch wenn es so taghell ist, daß man glaubt, nackt zu sein, und sich ein Versteck suchen möchte. Was hat der Handaufleger gesagt? Ihr armen Lumpen wollt euch in einer Wunderkammer einrichten, in der ihr aufhören könnt, kalten Blutes zu sein.

Endlich geht die Tür knarrend auf, und die Kuppelmutter tritt heraus, ein über die Jahre vertalgtes Weibsbild, das Scham lehrt und Schande lebt. Die Kindsmädchen folgen jeder seiner Bewegungen und versuchen, seine Aufmerksamkeit auf sich zu lenken. Das Weib kennt viele Mittel, die der Unlust der Männer abhelfen, in dem Heiligen hat es aber seinen Meister gefunden. Ich stehe langsam auf und drücke die Schulterblätter zusammen, das Tuch gleitet auf den Boden, ich lasse es liegen. Die Kuppelmutter bleibt, wo sie ist, und ich bin gezwungen, mich dünn zu machen und an ihren dicken Brüsten vorbeizustehlen. Ihre Angebote interessieren mich nicht, sie ist, was sie ist, und ich bin, was ich bin. Jenseits der Schwelle herrscht eine milde Dunkelheit, der Schein der einzigen brennenden Altarkerze erhellt einen Winkel des Raumes. Auf den ersten Blick sieht es aus wie in einem kleinen stickigen Höllenvorzimmer – doch das Kreuz, das der Heilige aus Gardinenstangen gefertigt hat, vertreibt jeden ungebetenen Gast, der sich hier einquartieren möchte. An den Wänden hängen Zauberzeichnungen, Köpfe, die aus Anordnungen von arabischen Lettern bestehen, verschmierte Zahlenkolonnen bilden Gliedmaßen, gebauchte oder gestreckte Buchstaben fügen sich zu Rümpfen. Er sitzt, an eine hochkant aufgestellte Matratze gelehnt, auf dem Boden und schaut mich an, im ersten Moment erschrecke ich: er hat sich Bart und Haare geschnitten, ich wage nicht, ihn nach dem Grund zu fragen. Fast jede Woche wird ein zuschanden geknüppelter Körper im Viertel abgeladen, die Menschen hasten an ihm vorbei, es vergehen Stunden, bis der Leichenmann erscheint und den Toten mitnimmt, es passiert einfach, und man kann es nicht ändern, man hat gelernt, auch den Lebenden keine Fragen zu stellen. Der Heilige ist der einzige, dem man sich anvertraut, das Beichtgeheimnis hält ihn davon ab, Informationen an die Wohltäter und die Spitzel weiterzugeben.

Was willst du? sagt er, die Fremden laufen dir zu wie verwahrloste Hündinnen, du ziehst sie an, du brauchst mich nicht, ich kann dir nicht helfen.

Ich habe die Birnenkerne mit, sage ich, ich habe sie getrocknet, ich habe aus einem Brunnen getrunken und mit meinem ausgespülten Mund die Kerne siebenmal angehaucht. Ich brauche dein Zauberpapier.

Die Kuppelmutter ist für dich zuständig, sagt er, von der Unzucht versteht sie mehr als ich. Geh jetzt!

Ich bitte dich, Ohannes, ich will doch nicht, daß du mir bei meinen Geschäften hilfst. Bei dieser Frau weiß ich nicht mehr weiter ...

Dann hast du eben einmal Pech, sagt er, ich bin nicht traurig darüber.

Ich habe mich in ihrer Schlinge verfangen, sage ich, ich muß immerzu an sie denken. Du bist meine letzte Hoffnung, Ohannes, gib mir etwas ab von Gottes Gnade.

Halt den Mund, sagt er, komm her und setz dich neben mich.

Nachdem ich ihm versichert habe, daß mir kein Konkurrent meine Buhlerei verdirbt, darf ich ihm still bei seiner rituellen Zauberfertigung zusehen. Er streicht ein kariertes Blatt Papier glatt, das er aus einem Schulheft herausgerissen hat, und knickt die vier Enden zu Eselsohren ein. Mit seinem speichelbetupften Zeigefinger malt er drei Kreuzzeichen in die Luft, dann schließt er die Augen und fällt in sich zusammen. Er hat sich schlecht rasiert, der Bartstoppelwirbel unter seiner Kinnlinie reicht bis zu den Narben am Hals. Die Wohltäter haben einen jungen unerfahrenen Aufschneider mit der Aufgabe betraut, den Christenhund kaltzumachen, und fast wäre es ihm auch gelungen. Ein paar betrunkene Aasklauber waren zufällig in der Nähe, sie konnten dem Jungen gerade noch in den Arm fallen. Ich weiß, wo sie ihn verscharrt haben.

Der Heilige öffnet die Augen, ergreift einen Kugelschreiber, setzt die Mitte auf dem Papier im flachen Winkel an. Er zeichnet ein Gebilde, das aussieht wie ein

Fischerboot in der Seitenansicht. Von rechts nach links setzt er einen Buchstaben in der Form eines Hühnerschlegels neben den anderen, umspielt sie mit kleinen Klammern, die in Schriftzeichen auslaufen. Rechts und links oben prangen Widderköpfe, in der Blattmitte wimmelt es bald von Angelhaken. Er schaut mich an, ich lasse die Birnenkerne von meiner Hand in seine Handkuhle rieseln. Der Heilige streicht die Kerne zu einer dünnen Linie aus, seine Fingerspitzen, rauh und aufgerissen, kämmen die Linie wieder zu einem Häufchen zusammen, und schließlich faltet er das Papier zu einem Briefchen, das er in eine Zeitungsseite einschlägt.

Das ist der Liebeskitt, sagt er, ich bin fertig mit dir.
Was muß ich tun?
Du bist mir nichts schuldig. Ich habe dir einen letzten Dienst erwiesen. Ein studierter Mann wie du sollte sich auf seinen Verstand verlassen. Ich fürchte, ich kann dich nicht von der Unzucht abhalten. Hau ab und laß dich nie wieder blicken.

Ein Werbeplakat, auf dem sich ein amerikanischer Hollywoodstar im Schützengraben an sein Gewehr klammert, ist mit einer Kampfparole der Wohltäter übersprüht: Religion statt Silikon! Mit fünf Jahren treiben die Kinder Eisenreifen mit langen Holzstecken vor sich her. Mit sechs verkaufen sie an Touristen Tierfiguren aus Draht und Blech. Mit sieben knoten sie Stirnbänder um den Kopf, malen sich mit Ruß einen Vollbart ins Gesicht und spielen bis zur Abenddämmerung Partisanenkampf. Der Barbier, der auf dem Schwarzmarkt mit ausländischen Filterzigaretten gutes Geld macht, hat seinen Sohn verloren, weil das Kind die von den Wohltätern verhängte inoffizielle Ausgangssperre mißachtet hatte. Seine Frau ist wieder schwanger, die Trauer hat nicht lange angehalten. Er steht in der Tür seines Ladens, und als ich ihn im Vorübergehen grüße, wendet er sich ab und macht seinen Kunden im Barbierstuhl auf mich aufmerksam. Der Lehrling, der neben seinem Meister Aufstellung nimmt, öffnet die Haarschere in seiner Hand, legt einen Finger zwischen die Scherenarme, zielt und schießt, zielt und schießt. Eine perfekte Pantomime. In Nachahmung des Rückstoßes prallt seine Hand immer wieder zurück. Ich habe einen langen Fußmarsch vor mir, ich darf mich nicht ablenken lassen. Auf dreibeinigen Schemeln sitzen die Händler vor ihren Geschäften, unnützer Porzellantand ist ihre einzige Einnahmequelle, und weil das Kleingeld nichts mehr wert ist, werfen sie mit Münzen nach Katzen und Ratten. Oder nach mir, dem streunenden Mietrüden, der den fremden Frauen die Banknoten aus der Tasche zieht und auf dessen Gesicht sich der Schweiß mit dem schwer abwaschbaren Schminkpuder alter Frauen mischt. Da, schon wieder trifft mich ein Geldstück, und die Händler sind überrascht, als ich mich bücke und die Münze aufhebe. Ich lasse sie in der Tasche verschwinden. Was wissen diese Gesinnungsbriganten schon von der Güte der Frauen, die so freundlich sind, einen kleinen Mannsteil in sich aufzunehmen? Wie könnte es einem Aasklauber einfallen, sosehr er sich auch sonst mit Unrat abmüht, seine Frau, seine Schwester, seine Tochter nicht mehr in blickdichte Schandgewänder zu stecken? Ein Lump lernt, daß er mit Artigkeiten nicht weiterkommt. Und ich habe einst tatsächlich geglaubt, ein Diplom berechtige mich, diesen Leuten beizubringen, daß Sabotage kein Kunststück sei und Korrektheit ein großer Aufwand, der sich lohne. Sie lernen schnell, vor allem die Bastardgören, und sie benutzen ihr Wissen wie eine Lanze, vor deren Spitze sie Herzen, Bäuche und Lungenflügel, Augen, Hälse und Weichteile des Feindes, eines Feindes, herbeiwünschen. Sogar der Lehrling, der mich vorhin im Geiste erschoß, hat mich mit seiner Klugheit erstaunt.

An der zweiten Fahnenstange vor dem Touristenhotel ist das Werbebanner einer Investmentbank gehißt. Das Yen-, das Euro- und das Dollarzeichen bilden das Wort Yes. Der Lehrling, der sich damals an meine Fersen heftete, zeigte auf die Fahne und sagte: Die drei Weltwährungen ergeben die kapitalistische Lebensbejahung. Ein zehnjähriger Junge redet wie ein Politikkommissar, druckreif und ohne zu stocken, ein widerlicher kleiner Tugendgendarm, der darauf pfeift, daß die kleinen Gangster auf kleines Risiko spielen. Er bemüht sich, er ist wißbegierig, und solange er so weitermacht, wie es einem Schüler ansteht, werden die Wohltäter ihn bald rekrutieren. Das Aas wird eingesammelt, das ist sein Schicksal.

Diese Gedanken bringen mich noch um, sie können sich ihre Patronen sparen. Zehn Jahre, zehn verdammte Jahre bin ich weg gewesen, und nach meiner Rückkehr habe ich das Land nicht wiedererkannt. Der Auftaktscherz meiner wenigen Freunde: sie hielten mich fest und banden mir eine frisch ersoffene tote Katze um den Hals, und lachten, lachten aus vollem Halse. Sie nahmen mich in ihre Mitte, vielmehr bildeten sie um mich einen Schutzring aus Ehrenmännern, und vom nassen Katzenfell lösten sich Tropfen und rannen mir den Hals und den Rücken herunter, bis ich aufgab, den schlaffen Tierkadaver lose zu schütteln, denn er war ein Geschenk dieser Menschen, die es gut mit mir meinten, und was zählte schon eine Katze, diese verdammte Katze. Meine Gutmütigkeit hat mir nichts gebracht, sie spüren es, wenn du nur zum Schein mitmachst, wenn du von Ritualen schwätzt, wo doch all diese kleinen Morde gar nichts bedeuten, sie sind Mistzeug, und die Menschen sind Mistzeug. Am meisten gehen mir die Alten auf die Nerven: sie schieben zwei Zuckerwürfel in die Backentasche und warten, bis sie sich auflösen, den süßen Speichel schlucken sie herunter, wortkarge zuckerschleckende Todeskandidaten, die ihre Knochengrube selber ausgehoben haben, um Geld zu sparen, und darauf setzen, daß man sie wenigstens ordentlich bestattet. Nur manchmal gelingt es mir, meinen Fußmarsch von einem Viertel zum anderen ohne innere Beteiligung abzuschreiten, kein anderer Vagabund, der mich ablenkte, kein Blindenhund, der an meinen Hosensäumen schnüffelte.

Für die auf die Fensterbretter gestützten Haus- und Hofweiber bin ich blind. Die Halbwüchsigen laufen mit Personenwaagen den Fremden hinterher, ich sehe sie nicht. Die Beschwörer des heilenden Hauchs, die Knoten- und Geschwulstwegblaser, die Wunderdoktoren, die tief und ruhig Atem holen, um kehlig auszuhusten, und die geilen Touristen mit ihrer Gier nach Schäbigkeit: ihre Gegenwart plagt mich nicht mehr. Sie bleiben in Hörweite, ich kann sie erkennen, ich ziehe meinen Kopf ein in meinen Panzer, eine schwebende

Skulptur mit wunderbar eingemeißelten Lachfalten im Gesicht.

Das Hotel, ein Betonbau aus den Siebzigern, ist mit seiner Fassadenmalerei eine Attraktion. Ein bekannter russischer Maler nutzte seinen Kuraufenthalt, um eine Völkerverständigungsszene in gräßlichen Grundfarben festzuhalten: Nackte Menschen ohne Geschlechtsteile sind in pathetischen Freudenposen erstarrt, die Sonne in Form einer an den Rändern eingedellten rotgelben Scheibe erhebt sich wie ein ins Monströse verzeichneter Fischkopf aus dem Wasser. Der Hotelleiter hat fast jeden Morgen die Schmierereien der Wohltäter gereinigt, und als er es satt hatte, stellte er einen ehemaligen Straßenschläger ein, steckte ihn in eine Zirkusdirektoruniform und gab strenge Anweisung, jeden Unbefugten und Einheimischen fortzuscheuchen. Man sagt, der Mann habe bei dem einen oder anderen Wohltäter seine Aufwartung gemacht und sie von seiner vaterländischen Gesinnung überzeugen können. Die Graffitisprüher wurden abgezogen und für andere Sabotagetätigkeiten abgestellt. Achmed steht zwischen den mannshohen Tonvorratsgefäßen vor dem Hoteleingang und scheint in die Betrachtung des Flugzeugwracks aus dem Zweiten Weltkrieg draußen im Wasser versunken zu sein.

Achmed, ich grüße dich, Wohl dir und deiner Familie.

Er macht sich nicht die Mühe, mir zu antworten, im Dienstbetrieb hat man sich neutral zu verhalten. Der Jackenkragen schneidet in sein Doppelkinn, der Stoff spannt an den Schultern, aus den Achselschlitzen ist das weiße Hemd herausgezupft, das er laut Order als eine Art Schweißtuch anzuziehen gezwungen ist.

Ich will dich bestimmt nicht dumm anmachen, sage ich.

Das würde ich dir auch nicht raten, sagt er.

Ist sie ... ist die Fremde da drin?

Von mir bekommst du keine Auskunft, sagt er, such dir eine ehrenvolle Beschäftigung, sonst zertritt man dich wie eine Grille.

Es bleibt mir nichts anderes übrig, als auf den Strand auszuweichen. Der Mann kann zuschlagen, wenn man es am wenigsten erwartet, er verteidigt sein Wasserloch mit Zähnen und Klauen. Als ich mich schon umdrehe, höre ich ihn sagen, der Mensch sei ein Lehrling und der Schmerz sein Meister.

Am Strand tragen die Billigschmuckhändler Revierstreitigkeiten aus, der Sandstreifen ist ein heiß umkämpftes Gelände, und statt sich miteinander auf einheitliche Preise zu verständigen, unterbietet ein Bauchladenhausierer den anderen und drückt seinen Nettogewinn auf eine lächerliche Marge. Die Hälfte der Einnahmen fließt in die Kriegskasse der Wohltäter. Auch mein dreckiges Geld wird besteuert. Ich streife meine Sandalen ab und stapfe barfuß durch den Sand. Fiona hat sich auf der Strandliege ausgestreckt, das verschossene Rot ihres Badeanzugs unterstreicht ihre blasse Haut. Als würde sie von heillosen Gedanken beansprucht werden, teilt eine Zornschrunde die Stelle zwischen ihren Augen, und sie betrachtet ihr Kind, das ihren Plastikkübel mit Meereswasser füllt und ein kleines Loch vollgießt. Eine Spange hat sich gelöst, sie klemmt an einer Strähne, das Kind wischt sie ungeduldig aus dem Gesicht.

Schöne Fiona, ich bin da, rufe ich aus einiger Entfernung, damit sie nicht erschrickt. Sie hat mir verraten, daß ihr die fremden ausgemergelten Männer meines Landes angst machen. Ich lasse mich neben der Liege nieder und strahle sie an: ein Sommertag, ihr Kind und ein Mann in Reichweite, ihre Wünsche gehen in Erfüllung, sie muß nur aufatmen.

Hallo, sagt sie, ich hatte gehofft, ich sehe dich nicht wieder.

Wieso denn? Habe ich dich gestern in eine unmögliche Situation gebracht? Habe ich dich blamiert? Wir beide haben uns doch nur unterhalten, und dein Kind mochte mich auch auf Anhieb.

Johanna ist zu jedem nett, der sie nicht schlägt, sagt sie, und ich zucke zusammen und versuche, meine Verlegenheit wegzuräuspern.

Kann ich dich heute abend zu einem Glas Wein einladen?

Nein.

Eine Tasse Kaffee? Wasser und Süßgebäck? Was immer du willst ...

Geh mir nicht auf die Nerven, sagt sie, ich kann Johanna nicht alleine lassen.

Der Hotelleiter kennt Kindermütter, das kostet hier nicht so viel. Glaub mir, ich kann dir auch eine Frau besorgen ...

Ich habe keine Lust auf dich, sagt sie, versteh es doch endlich. Versuch dein Glück doch bei den anderen Touristinnen, bei mir ist nichts zu holen.

Ich bin ein kräftiger Mann, sage ich, ich kann dir

eine Stütze sein. Du kannst dich hinter meinem Rücken verschanzen, ich stelle mich jeder Bedrohung in den Weg, das sichere ich dir ehrenwörtlich zu.

Diese fremden Worte ... du sprichst meine Sprache, aber ich verstehe dich nicht ...

Johanna verlangt quengelnd nach ihrer Mutter, sie erhebt sich und geht eines Schrittes, der nur Frauen mit kleinen Füßen zu eigen ist. Ich will die mich Zurücklassende beschreiben: die Mühen der letzten Tage haben ihre Allergie aufbrechen lassen, die freien Partien ihres Rückens röten sich in der Farbe der Randhaut am Nagelbett. Ihre Schönheitsmakel sind in diesem fast kalten Licht offensichtlich – die Wirbel zeichnen einen Bogen ein, den kleine Mulden unterbrechen. Nach den Verhältnissen dieser Gegend fehlt ihr das Fleisch auf den Rippen. Ein Nest von Narbenkerben, als wäre sie rücklings auf Teeglasscherben gefallen, und eine verschwärte und verheilte Impfstelle; die dicken Fersen, ein Erbübel, das sie an ihre Tochter weitergab. Sie ist keine Frau, an die man denkt, wenn an entlegenen Plätzen wieder einmal ein Stachel ins Herz fährt. Meinen Irrsinn kann sie nicht lindern, dafür hat sie sich aus früheren Mädchentagen ein Stimmungstief erhalten, und sie spricht über die tagtäglichen Plagen, als würde sie am Krankenbett eines ungeliebten Mannes sitzen und vorlesen. Eure Bambule-Gazetten, hat sie gestern gesagt, eure turbulente Kultur! Wäre man noch in der Kolonialzeit, so müßte man euch Heiden Benehmen beibringen. Hat sie dabei gelacht? Ich weiß es nicht mehr. Ich glaube kaum, sie hat ein Kind und kann sich Ironie nicht leisten. Das Böse, das Schadhafte, die milden Krankheiten kann man herausbluten lassen, der Sündenstolz vergeht, man bettelt um Gesundheit, und Gott schenkt sie dem Bettler. Sie ließ mich von solchen Dingen sprechen, und ich gab mich eine Zeitlang dem Glauben hin, ich würde sie unterhalten, doch plötzlich sagte sie: Eure schlichten Arrangements! Wieso hat sie mir gestern abend vertraut und schickt mich heute wieder weg? Ich habe sie zwei Tage beobachtet und jede Vorsicht fahren lassen. Der Hotelwächter Achmed warnte mich, er würde auf meinem Gesicht tanzen, ich sollte Leine ziehen. Den Platzanweisern bin ich also nicht ausgewichen: zeugt das nicht von einer Sympathie, die jede professionelle Haltung übersteigt?

Sie zieht Johanna hinter sich her, dreht sie um und untersucht ihre Haarwurzeln, und als sie endlich fündig wird und die Läusenissen entdeckt, sagt sie: Was ist das nur für ein scheiß Land, wir verdrecken hier.

Die Schwarztuschzeichnung trägt den Titel ›Auf ihrer Reismühle eingeschlafene Frau‹ und stammt von Meister Hokusai, von dem die Quellen zu berichten wissen, er habe im Laufe seines Lebens mehr als fünfzig Male seinen Künstlernamen und neunzig Male seine Wohnung wechseln müssen. Die Frau vergräbt ihr Gesicht im Kimonostoff ihres rechten Unterarms, sie entbietet dem Betrachter nur ihre blasse Stirn: ein Streifen unkoloriertes Reispapier zwischen ihrem Schopf und den Ärmelmustern in Altrosa. Wenn ich die Augen kneife und die Peripherien des Sehfeldes dunkeln, sehe ich in der Figur keine Frau, die – wie vom Meister vorgegeben – beim Reismahlen eingenickt ist. Sie schaut in einen tiefen Brunnen, das dunkle Grundwasser spiegelt nicht, und doch stellt sie sich ihr Spiegelbild vor. Fionas

Hände sind mit den Haaren ihres Kindes beschäftigt, und sie blickt nicht auf, als ich die Fotokopie einer Nachbildung aus einem Kunstband vor ihr entfalte und eine kleine Geschichte erzähle. Es ist wahr, daß man hier verlaust, genauso wie es wahr ist, daß die Aasmöwen nur die Firstbalken der Häuser und die oberste Reihe der Dachziegel mit Kot verdrecken. Ich habe den Grund, die vielen Gründe, nicht herausfinden wollen, ich habe mich nur gefügt. Dieses Eingeständnis brächte mich nicht weiter, es brächte mich ihr nicht näher. Plötzlich steht sie auf und winkt den Hotelwächter herbei, ich rühre mich nicht von der Stelle, und dann saust seine Faust auf meine Schulter, daß ich vor Schmerz zur Seite kippe, er will mir bei dieser Gelegenheit die Knochen brechen. Ich laufe weg, und als ich an die Hemdtasche fasse, ist sie leer, den Zauberbrief habe ich unterwegs verloren.

Die Lauchzwiebeln schmoren in der Pfanne, das Weißbrot ist in Scheiben geschnitten, das Stück Mandelhelwa schwitzt Zuckerperlen aus. Mit dem Fegehader wische ich den Küchensteinboden, und weil der Schmutz das Brauchwasser im Kübel färbt, gebe ich ein zweites Mal nach. Ich verrücke den Tisch in den hinteren Winkel, so daß ich im Luftzug essen kann, und schalte auf den Fernsehkanal des Wohltäterbundes, der vom frühen Nachmittag bis zum späten Abend sendet. Der bärtige Talkmaster fragt gerade eine Professorin der Archäologie, ob sie eine Vorstellung davon habe, wie die jungen Menschen unseres Landes am besten in den Genuß eines sittlichen Stahlbades kommen könnten. Sie wirft einen Blick auf ihre Notizen und stimmt, haspelnd und schluckend, ein Erbarmedich-Esperanto an:

Sie sehe schwarz, ihr Pessimismus speise sich aus der Feldforschung, zu der sie gezwungen sei, weil sie auf dem Weg zur Universität die Abkürzung über die Prachtboulevards der Hauptstadtmitte nehmen müsse; und genau dort, sie müsse es in aller Deutlichkeit sagen, tummelten sich die Jugendlichen und äfften ihre amerikanischen Vorbilder nach. »Ein Beispiel: Frauen neigen bekanntlich zu Verkühlungen, wenn eine Frau unbedingt ihren Mann aufreizen will, kann sie zu Hause einen geschnürten Strapsgürtel tragen, der ihre Nieren warm hält. Wie gesagt, zu Hause! Ich finde es aberwitzig, daß junge Mädchen, kaum sind sie der Kinderstube entwachsen, ihre Nabel vorzeigen ...« Der Talkmaster nimmt die wirren Ausführungen zum Anlaß, um seine Spiritistenparolen vom Blatt abzulesen: Meidet die Zonen der Unzucht, die Engel sind dort nicht zu Hause, der Himmel ist das Dach der Moralstarken, wir sehen uns wieder, morgen um die gleiche Zeit. Ich schalte den Fernseher aus und setze mich ans offene Fenster, ich blicke hinaus auf Häuser, Hütten und Höhlen, auf den Billigdiscounter, errichtet auf den Trümmern der Hauptgeschäftsstelle für Gaskocher, die bei einem Sabotageakt in die Luft flog. Die toten Angestellten, Arbeiter und Anwohner wurden auf die Ladeflächen von Armeelastern verfrachtet, die Soldaten trugen Mundschutz, arbeiteten hart und gründlich, sie wurden als Helden gefeiert – einige Gefreite heirateten sogar Frauen des Viertels. Hat man uns derart eingeschüchtert, daß wir uns nur noch im Schatten von Denkmälern wohl fühlen können? Die Touristen stimmt es froh, wenn sie die auf Schuhmacherfäden gezogenen Peperonischoten, zum Trocknen ausgehängt und fast mumifiziert, für vier Scheine unserer Bananenwährung kaufen. Sie streifen gern herum, kommen von der offiziellen Route ab und entdecken ein handliches Stück: wir verkaufen alles, die wenigen Gegenstände, die wir besitzen, sind abgenutzt und deshalb in den Augen der Fremden besonders begehrenswert. In mein Viertel aber verirren sie sich nie, die Fremden – was sollten sie auch an verschwärzten Ladenfronten vorbeischlendern und von Raubmenschen angefallen werden? Weiter hinten, in der Deckung der Ruinen, im wirklich abgelegenen Bereich dieser Gegend, hat man letztes Jahr ein englisches Pärchen abgeschlachtet. Dort werden sogar die wilden Hunde verrückt.

Als es klopft, falle ich vor Schreck fast vom Stuhl. Der Eintreiber kann es nicht sein, ich habe ihm die Miete für diesen Monat auf die Hand gezahlt. Die Wohltäter passen das Opfer im Freien ab, und meine Berufskollegen verabreden sich mit mir in modernen Cafés. Die Klinke wird von außen langsam heruntergedrückt, die Tür geht nach innen auf, und Fiona, den Kopf geschürzt und im knöchellangen Schamgewand, tritt in das Zimmer und legt den Zauberbrief, den ich für immer verloren wähnte, auf den Tisch.

Ich mag es nicht, wenn mir fremde Männer auf die Kappe kommen, sagt sie, es tut mir leid, daß Achmed dich geschlagen hat.

Du hast ihn um Hilfe gerufen, und er hat sich an seine Anweisungen gehalten. Dafür wird er auch schließlich bezahlt.

Ja. Du hättest nicht kommen dürfen ...

Sie schaut sich um, und das, was sie sieht, gefällt ihr

nicht, Möbelstücke zweiter Wahl, ein Aufenthaltsraum, das Rückzugsgebiet eines Professionellen. Ich löse mich endlich aus meiner Starre, biete ihr eine Schale Rosinen an, sie lehnt ab, sie möchte nicht lange bleiben, das östliche Kostüm, in dem sie sich vor jedermann versteckt, ist an Brust und Rücken schweißnaß, sie zupft nervös an den Schürzenzipfeln, und ich nehme an meinem Fensterplatz Stellung und starre blicklos hinaus, sicher, es wird vergehen, sicher, ich werde es los, morgen oder irgendwann.

Was steht da drin? sagt sie.

Eine Geheimschrift, sage ich, ein geheimer Wunsch nach Erfüllung. Man geht zu einem Wunderexperten und verrät ihm unter vier Augen, was man begehrt, und er entscheidet, ob er sich mit seinen Künsten dafür verwenden möchte, daß es ein gutes Ende nimmt.

Ich weiß nicht, wovon du redest.

Die Menschen in meinem Land glauben an Autoritäten. Ich gehe auf den Markt, und der Fischer sagt mir, er habe dicklippige Meeräschen dabei beobachtet, wie sie dicht an der Wasseroberfläche geschwommen seien, ihre Köpfe hätten aus dem Wasser geragt. Wenig später habe es geregnet. Er sagt auch, die Frische lasse sich an den schwarzen Pupillen der Fische ablesen. Der Mann weiß, wovon er redet, ich ziehe seine Weisheiten nicht in Zweifel. Auch zweifele ich nicht an der Macht der Heiler, die ich aufsuche, wenn ich in Bedrängnis gerate oder einen Herzenswunsch habe.

Du hast also einen Hokuspokusmagier bezahlt, damit er ein Wunder wirkt.

Der Mann nimmt kein Geld an, sage ich, man kann ihm schon vertrauen.

Jetzt hast du dich verraten. Die Frauen bezahlen dich für den Sex, du bist nicht vertrauenswürdig.

Kann sein. Ich muß mich von irgendwas ernähren ... Hast du einen Mann?

Das ist meine Privatangelegenheit, sagt sie.

Da gab es eine Frau ... es war nur eine gute Freundin ... sie hat sich nach einigen Mißgriffen für einen Mann entschieden, der ihr versprach, ihrem Kinderwunsch zu entsprechen. Sie heiraten, sie leben eine Weile zusammen, und eines Abends serviert sie dem Mann einen Rotbarsch in der Porzellanschale und auf Champignonhälften gebettet, sie hat sogar an Rosmarinzweige gedacht. Der Mann starrt den Rotbarsch an und sagt: Das kann keine Frau mit gutem Charakter sein, die Rotbarsch mit Kopf serviert. Er hat sie seit diesem Tage nicht angerührt, die Ehe ging in die Brüche. Der Fisch hat ihn angeschaut und ihn mit seiner Verzweiflung angesteckt.

Was ist schon ein Trennungsgrund? sagt sie. Das entscheidet sich doch viel früher.

Schließlich stößt sie die Tür mit der Fußspitze zu, legt Kleid und Tuch ab und hängt sie über die Stuhllehne. Ihr Blick ruht auf der geknitterten Husse des Sessels, und weil sie schon günstig steht, macht sie zwei Schritte zur Seite und setzt sich vorsichtig hin. Als sie den Standaschenbecher entdeckt, steckt sie sich eine Zigarette an. Ein Altkleiderhändler ruft draußen aus, ein paar Hunde schlagen Alarm und überbellen ihn, dann ist es wieder still.

Ich kann nicht gut schlafen, sagt sie.

Ihr könnt bestimmt in ein anderes Zimmer umziehen.

Nein, nein. Ich habe ein Schlafproblem.

Ein Fluch, sage ich.

Wenn du so willst, ja. Ich habe mein Leben umgestellt, die Hausarbeit verrichte ich in der Zeit zwischen Mitternacht und fünf Uhr, immer dann, wenn normale Leute in ihren Betten liegen. Ich kann dann natürlich nicht Staub saugen, aber ich bügele auf einem Bein, damit ich ermüde. Lesen macht mich wach, das lasse ich also, auch wenn's mir leid tut ... kann dein heiliger Mann was dagegen tun?

Ich weiß nicht, sage ich, er hat eine heilende Hand.

Sie schlägt ein Bein über das andere und hält die Zigarettenglut an den von der Saumnaht ihres Rocks abstehenden Faden. Auf den blutrot lackierten Zehennägeln spannen sich grobmaschige Netzstrümpfe mit Lianenmuster, die schlichten Damenschuhe stammen vom Wochenendbasar. Bald werden die Absätze abfallen.

Erzähl mir eine Geschichte, sagt sie, bitte. Ich bin unendlich müde.

Da gibt es diese Frau ... ich kenne nicht ihr Leben, ihre Grenzwerte und ihren Eigensinn, ich weiß nicht, ob sie nachts, nach den zähen langen Abendstunden, Walgesängen vom Band lauscht oder ob sie sich vor dem Spiegel, bevor sie morgens aus dem Haus geht, vornimmt, auf gute Gedanken zu kommen. Es wird aber selten etwas daraus, denn sie geht im kleinen Maßstab vor. Die Fremden und Freunde ihrer natürlichen Umgebung zehren in einem mageren Jahr von der angefressenen Fettschicht: sie kann es nicht, sie hat es nie gekonnt. Ein kleines Licht hat der Vater sie genannt, meist immer dann, wenn sie der Mutter beim Tischabdecken nicht zur Hand gehen wollte. An die frisch gebackenen Vanillekipferln erinnert sie sich gerne. Und an das Tischgebet. Und an den Zimt in den Süßspeisen. Und an so vieles andere mehr. Sie ist ein zur Arbeit erzogenes Mädchen. Vielleicht arbeitet sie in einer Reiseagentur. Vielleicht hat sie ihr eigenes Geschäft. Auf jeden Fall hat sie mit Menschen zu tun, die kommen und gehen. Es strengt sie an. Eine Kundin verrät ihr im Vertrauen, ihr Mann habe sie sage und schreibe fünfundsechzigmal betrogen, sie müsse peinlicherweise zugeben, daß sie eine Strichliste geführt habe. Ihr Mitarbeiter hat seine Augen überall, es sollte sie nicht weiter stören, solange sich die reiferen Frauen geschmeichelt fühlen. Nach Feierabend treibt sie sich herum, auf sie wartet kein Haustier, das gefüttert werden will. Im Sommer geht es ihr schlagartig besser, eine Ruhe überkommt sie, daß ihr die Unlust vergeht, und sie liebt es, die von der Sonne gereizte Nase zu kratzen. Sie fängt mit dem Handspiegel das Sonnenlicht ein und lenkt den Reflex auf dösende Herumstreuner oder schwätzende Hausfrauen auf der Parkbank. Wie sie auf den über ihren Körpern zappelnden Reflex herunterschauen, in der Gewißheit, daß ein Parkvoyeur seine Spielchen treibt! Spätestens dann, wenn ein Galan die Szene betritt, lachen sie wie verrückt oder wie vom eigenen Streich angestachelt, und sie läuft davon, sie geht einfach verloren, und sie hat einen komischen Gedanken: Sie sehen mich nicht wieder, das haben sie nun davon, ich bin viel zu schnell. Aus den kleinen Komplikationen geht sie fast immer glücklich hervor.

Mit den Jahren wächst ihr eine Bekanntschaft zu: so

sind die Bürger unserer Tage, daß sie den Bessergestellten nacheifern. Ein Mann hat sie ausgespäht, vielleicht ist das Wetter umgeschlagen und hat ihn ins Freie gelockt, und er sah sie. Vielleicht roch er den Duft ihrer Reinigungsmilch, ihrer Veilchensalbe, und er bemerkte sie. Als er sie über seine ernsten Absichten informiert, sagt sie: Ich bin so anorganisch, ich weiß nicht, ob ich dich lieben kann. Es geschieht eben dann doch, es geschieht. Zur Feier ihres Geburtstages trifft sie sich mit den Freunden, ihr Geliebter ist dabei. Diese Frau schaut durch das halbvolle Weinglas und beobachtet ihn: er häuft auf seinem Teil der Tischplatte Zucker zu einem stumpfen Kegel, formt mit der Handkante Linien und Halbkreise, bis schließlich ein schwangeres Strichweibchen im klaren Umriß zu erkennen ist. Den Skandal, den er provozieren möchte, will sie unbedingt vermeiden, er trägt diese ihrer beider Sache an die Öffentlichkeit, und das ist ungeheuerlich. Ist das wirklich ungeheuerlich? Alle Welt soll es wissen, er platzt vor Stolz und Glück, und geheimhalten wird man ein Kind doch nicht können ...

Was ist? sagt sie. Wieso erzählst du nicht weiter?

Ich dachte, du schläfst.

Wenn das so einfach wäre ... ist diese Frau eine deiner Frauengeschichten?

Nein, sage ich und wundere mich, daß sie nicht nachhakt.

Fiona, die vom Schein der Straßenlaterne Beglänzte, sie, die ins Bodenlose fallen und endlich die Nachtstunden verschlafen will, Fiona, die Arme über Kreuz und die Hände auf den Schultern, prüft mein Gesicht mißtrauisch auf ein Anzeichen von Lüge und Betrug. Sie raucht wieder, was sollte sie sonst tun: Hunger hat sie nicht, durstig ist sie nicht. Die grelle Helle ist dem warmen Abendlicht gewichen, und auch wenn es noch eine ganze Weile dauern wird, bis das Dunkel sich über das Viertel senkt, sind die Laternen angegangen. Sie bittet um eine Decke, die sie um ihre frierenden Beine wikkelt, die Damenschuhe streift sie ab. Ich kann ihr eine warme Suppe anbieten, frische, mit kleingehackter Petersilie bestreute Tomaten, Brotscheiben, die auf der Herdplatte geröstet sind – sie will nicht ohne Hunger essen. Die Stille bindet mich für einige Augenblicke an sie, dann aber verfliegt dieses Gefühl wie ein Haar im Wind. Diese Frau übertreibt, sagt sie, ich finde sein Verhalten alles andere als skandalös.

Er meint es gut mit ihr?

Ja. Jedenfalls trifft ihn keine Schuld. Ist sie schön?

Man dreht sich nicht nach ihr um, sage ich, aber sie weiß zu bezaubern – eine unfreiwillige Schönheit.

Und er?

Kein Frauenschwarm, durch harte Arbeit kommt er ans Ziel.

Da haben sich zwei gefunden, sagt sie, mehr als gut ist eben nicht drin im Leben.

Na ja.

Doch ... Mach jetzt weiter, ich höre dir gerne zu.

Ich gehe zurück in die Zeit ihrer Kollapstage: wenn sich die innere Unruhe auf eine Krise einpendelt, wenn wir uns fragen, ob es nicht besser wäre, unsere Liebe zu verwetten ... dann berauscht uns nicht Freiheit noch Zucht, dann sind wir sehr nahe bei der Gefahr. In dieser Verfassung ist es schlecht zu leben, wir schrecken vor fast nichts zurück. Diese Frau also tut im zweiten Jahr ihrer Mutterschaft alles Normale ab und glaubt, die bürgerliche Seelenruhe gegen den geregelten Wahnsinn eintauschen zu müssen. Sie sieht in den Gegenständen die gereckten Zeigefinger Gottes, und sie ist nicht etwa deswegen beunruhigt, sie bekommt Appetit. Auf einer Postkarte, die ihr eine Freundin aus dem Urlaub schickt, tobt eine Menschenmenge bei einem Festakt – sie studiert mit einem Vergrößerungsglas die Szene eingehend und unaufgeregt und stellt die Theorie auf, daß die meisten dieser Menschen ein Blutbad erlebt haben oder erleben werden. Sie läßt eine Ringleuchtröhre im Badezimmer installieren, weil das Licht aus einem Kreis strahlen sollte. Bevor sie den Briefkasten aufschließt, schnippt sie mit den Fingern, um sich gegen unheilvolle Sendungen zu wappnen. Sie wird wirklich seltsam, wunderlich, eigenartig. Ihr Mann kommt abends von der Arbeit nach Hause, er ist der Alleinversorger der Familie und hört ihr schon gar nicht mehr zu, wenn sie ihre Märchenstunde hält: grünes Feuer, Satansknall, Himmelsleuchten, Errettung durch Mikroskopie, Zombies, die Fleischstücke aus den Lebenden herausbeißen, eine baldige Erhebung der sensiblen Massen. Das Sonnenrad-Sushi mit halbierten Riesengarnelen, vom Gourmet-Imbiß außer Haus geliefert, rührt sie nicht an. Wieder einmal, und auch in dieser Geschichte, steht das Essen zwischen zwei Menschen, die Nahrung verliert ihren Sinn als Sättigungsmaterial, die Lebenden magern ab. Ich kenne sie nicht, diese Frau, aber ich kann mir vorstellen, daß sie gegen die Langeweile Possen reißt, doch der Wahnsinn vergeht, und man kehrt zurück zum kleinen Maßstab, zu den Dingen, mit denen man es im normalen Leben zu tun hat: der Lärm des Kindes, Einkäufe, die machbare Liebe zum angeheirateten fremden Mann, der Tag danach mit einer ähnlichen Abfolge der Verrichtungen. Ein Magenbitter auf Eis nach dem Essen, so ist es, wenn der Schwindel vergeht. Hat sie das Gift aus dem Blut bekommen? Hat sie für eine Untat gebüßt? Es ist klein, ihr Leben, und sie verging sich nicht am Leben anderer. Ihr Ausbruch, ihr Aussetzer, ihre krumme Sache: sie sind ergründlich. Am Ende, so denkt sie, bleibt mir das Kind, um das sich eine Mutter kümmern muß. Ihre preußische Großmutter hat immer gesagt: schlank und rank – elegant, kurz und dick – ungeschickt. Jetzt arbeitet diese Frau also an ihrer eigenen Eleganz und an der des Kindes ...

Das war's, sage ich, Vorhang zu.
 Ich bin immer noch wach, sagt sie, du philosophierst wohl gerne?
 Ein bißchen.
 Das bringt doch nichts. Es bleibt alles beim alten.
 Man versüßt sich die Wartezeit, sage ich, im Wartezimmer blättert man in den Magazinen, bis man aufgerufen wird.
 Schon wieder Philosophie, sagt sie, ich kann damit nichts anfangen.
 Ich muß schlafen.
 Sie nickt und unterdrückt den ersten Impuls, einfach aufzustehen, die Schutzkleidung anzulegen und mir eine gute Nacht zu wünschen, ich schaue weg, ich will sie nicht unter Druck setzen, ich schließe die Fenster-

flügel und schiebe den dünnen Riegelstift vor. Nachtstunde, Ausgangssperre, die Jäger rücken aus zum tödlichen Versteckspiel.

Kann ich noch eine Weile sitzen bleiben? sagt sie.

Sei mein Gast, sage ich und schlüpfe angekleidet ins Bett, ziehe mir die Decke über den Kopf, liege ruhig da, kein Gedanke, der mich störte, kein Laut, der mich vom Schlaf abhielte.

Als ich die Augen wieder öffne, ist es schon später Vormittag, ich lausche den Straßengeräuschen und dem Lärm, den die Hausbewohner schlagen, ich betrachte lange die Geldscheine, die Fiona mit einer Sicherheitsnadel an der Decke angebracht hat, und dann richte ich mich auf und lächele, weil ich weiß, daß ich mich saubermachen und ein frisches weißes Hemd anziehen werde, und ich sehe Fiona auf der Liege sonnenbaden, ich sehe mich an sie herantreten und sagen:

Schöne Frau Fiona, du mußt mir für meinen Liebesdienst nicht danken, nimm das Geld, es gehört dir.

Inhalt

Diesseits

1 Fünf klopfende Herzen,
   wenn die Liebe springt 11
2 Fremdkörper 33
3 Libidoökonomie 39
4 Götzenliebe 66
5 Feindes Zahn 76
6 Gottesanrufung I 84
7 Gottesanrufung II 92

Jenseits

8 Häute 105
9 Gottes Krieger 122
10 Der Kranich auf dem Kiesel in der Pfütze ... 157
11 Bettelbrot 191
12 Ein Liebesdienst 208

Feridun Zaimoglu
German Amok

Roman
Gebunden

Eine Reise bis ans Ende der Nacht, angeführt von einem wortgewaltigen Kunstmaler. Bildreich, wortmächtig und mit grotesker Komik lässt Zaimoglu eine faszinierend-abgründige Welt entstehen.

Sein Ich-Erzähler, ein erfolgloser Maler und begehrter Lustsklave, will den Oberflächlichkeiten der Berliner Kunstszene entfliehen. Seine Reise in die ostdeutsche Provinz entwickelt sich zu einer wahnwitzigen Höllenfahrt.

 www.kiwi-koeln.de

Feridun Zaimoglu
Liebesmale, scharlachrot

Roman
KiWi 675

Feridun Zaimoglus erster Roman in lupenreiner »Kanak Sprak« – eine wortgewaltige und wundervolle Liebesgeschichte um den jungen Deutschtürken Serdar, der von der türkischen Ägäis aus Briefe nach Deutschland schreibt und versucht, sein außer Kontrolle geratenes Leben wieder in den Griff zu bekommen – was natürlich erst einmal nur zu neuen Turbulenzen führt ...

»Seit Arno Schmidt hat wohl keiner mehr ein so produktives Schindluder mit der Sprache getrieben, ihren Acker so umgekrempelt und durchlüftet wie dieser manische Kieler Osmane.« *Neue Zürcher Zeitung*

Paperbacks bei Kiepenheuer & Witsch   www.kiwi-koeln.de

Jochen-Martin Gutsch / Juan Moreno
Cindy liebt mich nicht

Roman
KiWi 876
Originalausgabe

Erst als Maria spurlos verschwindet, lernen sich David und Franz kennen. Beide waren Marias Freund, beide hatten sich verliebt. Nun machen sie sich in einem alten braunen Opel auf die Suche nach ihr ...
Mit feinem Witz und einem Gespür für das Groteske der Situation erzählen David und Franz abwechselnd. Zwei, die immer wollten, dass alles besser so bleibt, wie es ist, müssen erkennen, dass Maria alles verändert.

»Eine intelligente, gut geschriebene, unsentimentale Dreiecksgeschichte, die nur eine Frage offen lässt: Wann erscheint das nächste Buch?« *News*

Paperbacks bei Kiepenheuer & Witsch   www.kiwi-koeln.de

Imran Ayata
Hürriyet Love Express

Storys
KiWi 880
Orginalausgabe

Rosen, die ein Blumenverkäufer mit den Worten »Liebe ist mächtiger als Tito« verschenkt. Ein Kasino, das noch nicht gebaut ist. Eine Kontaktanzeige in »Hürriyet«, die das Leben zweier Männer mächtig durcheinander bringt. Eine geklaute Sonnenbrille, die den Schleudergang nicht überlebt. Imran Ayatas Geschichten handeln von den skurrilen Begebenheiten, die das Leben für junge Migranten in Deutschland bereithält. Sie spielen in Berlin, Frankfurt, Istanbul oder Heidelberg. Aber das ist beinahe herzlich egal. Es interessiert nur das Hier und Jetzt. Oder dreht sich die Erde doch so schnell, dass man rasch den Halt verliert?

»Beeindruckend ist, wie lakonisch Imran Ayata wichtige und weniger wichtige Situationen im Leben seiner Figuren zu schildern weiß.« *taz*

»Mit Witz und Feinfühligkeit erzählt und immer wieder überraschend.« *De:Bug*

Paperbacks bei Kiepenheuer & Witsch   www.kiwi-koeln.de